Mucksmäuschenstill

Coco Zinva

Danke!

Ein ganz dickes Dankeschön geht an meine Leser, die den Entstehungsprozess dieser Geschichte verfolgt haben und mir mit ihren Kommentaren und ihrer Kritik unglaublich viel geholfen haben.
Ganz besonders möchte ich mich auch bei meinen wundervollen Testlesern bedanken!

Karin Meier
Melanie Stolz
Bernd Frielingsdorf
Mana
Bernd Gutsch
Lana Hartmann
Elana Rain (Autorenseite auf facebook)
Tina Filsak (Autorenseite auf facebook)
verity (verity.71@web.de)
Mia Grieg (Autorenseite auf facebook)
Ulla (http://ulla-liebt-buecher.blogspot.de)
Ramona Gutbrod (https://theworldofbigeyes.wordpress.com)
Sabine Schwarz (www.lichtart.net -- Fotografie)

Ihr seid großartig! Ohne euch wäre die Geschichte von Val und Leon nicht annähernd so schön geworden.
Ich drück euch!

Diese Geschichte entsprang meiner Fantasie. Ähnlichkeiten der Protagonisten mit lebenden oder toten Personen sind rein zufällig.

Auch wenn Erotik nur einen kleinen Teil dieser Geschichte ausmacht, wendet sie sich vornehmlich an Leser, die volljährig sind und nichts gegen die Darstellung von sexuellen Handlungen zwischen zwei Männern haben.

Kontakt
Mail: coco.zinva@gmail.com
Web: http://coco-zinva.blogspot.de
Facebook: Coco Zinva

Text: Coco Zinva
Covergestaltung: Coco Zinva

Prolog

10 Jahre ist es her.
Morgen auf den Tag genau vor 10 Jahren hat sich mein ganzes Leben verändert. Dabei sollte ich glücklich sein, dass ich überhaupt noch atmen kann.
Er kann es nicht mehr. Für ihn kam jede Hilfe zu spät. Damals war er fast so alt wie ich jetzt. Ich will mich nicht erinnern. Es tut immer noch weh. Aber ich habe jede Sekunde dieses schrecklichen Tages ganz genau vor Augen:

Roman hat gesagt, dass ich auf ihn warten soll. Er will mich von der Schule abholen und dann hätte er eine Überraschung für mich. Ich bin richtig aufgeregt. Er kommt mit seinem neuen Auto. Er hat jetzt diesen tollen Job und auch eine eigene Wohnung. Er ist aber trotzdem noch oft bei uns zu Hause. Dann spielen wir auf der Konsole, hören Musik oder Roman schmuggelt heimlich Horrorfilme mit rein, die wir dann um Mitternacht gucken, wenn unsere Eltern schon schlafen. Manchmal sind die echt gruselig und ich bin froh, dass er über Nacht bleibt und auf mich aufpasst. Das macht er immer.

Ich kann die neidischen Blicke der Mitschüler in meinem Rücken spüren. Mein großer Bruder ist beliebt. Er sieht gut aus und schlau ist er auch noch. Und er fährt einen schwarzen Wagen. Er ist der coolste Typ, den ich kenne und mit ein bisschen Glück färbt ein wenig davon auf mich ab. Noch sieht man davon nicht viel, aber Roman versichert mir immer wieder, dass er mit 14 auch nicht anders war als ich. Ich bin geneigt, ihm zu glauben. Auf alten Fotos sieht er tatsächlich ein wenig so aus wie ich jetzt.

Fröhlich steige ich zu ihm in den Wagen. Aber ich bin auch ein wenig nervös. Ich muss unbedingt mit ihm sprechen, solange wir allein sind. Doch das hat noch ein klein wenig Zeit.

Jetzt zieht Roman mich erst einmal in eine feste Umarmung.

»Valentin! Ich wünsche dir alles Gute zum Geburtstag!« Dann zieht er die Stirn kraus und mustert argwöhnisch meine Klamotten.

»Sag mal, Kleiner! Ist das nicht mein Hemd?« Ich grinse ihn breit an.

»Oh, ja? Mama hat das in meinen Schrank gelegt. Sie muss das verwechselt haben. Ist mir gar nicht aufgefallen!« Und wir beide wissen, dass das gelogen ist. Das Hemd ist mir viel zu groß, aber trotzdem seh ich damit ziemlich cool aus, ein kleines Bisschen wie er. Roman grinst ebenfalls und sagt: »Na gut, Kleiner. Ich will mal nicht so sein. Heute ist ja schließlich dein Geburtstag! Betrachte das Hemd als dein erstes Geschenk! Der Rest kommt noch! Ist aber eine Überraschung! Wir müssen uns allerdings ein wenig

beeilen. Schnall dich an, dann können wir endlich los.«

Während ich den Gurt anlege, wende ich mich ihm zu:

»Danke Roman! Für die Glückwünsche und das Hemd. Was hast du denn noch mit mir vor? Das klingt ja richtig geheimnisvoll!« Er weiß doch genau, dass ich wahnsinnig ungeduldig bin.
»Nichts da! Wenn ich es dir sagen würde, dann wäre es ja keine Überraschung mehr!«, gibt er fröhlich zurück. Er ist bester Laune und ich denke, wenn ich mit ihm reden will, dann ist jetzt wohl eine gute Gelegenheit. Während Roman sich in den Stadtverkehr einreiht, knete ich nervös meine Hände und atme tief ein.
»Roman? Darf ich dich mal was Persönliches fragen?«
»Klar, Kleiner! Schieß los! Geht es etwa um Mädchen?«, amüsiert er sich und wirft mir ein kurzes Lachen zu, um den Blick dann gleich wieder auf die Straße zu richten. Das ist gut, so kann er wenigstens nicht sehen, dass ich knallrot anlaufe. Also nehme ich meinen ganzen Mut zusammen:
»Nicht direkt. Ich meine, irgendwie schon, aber eben nicht um Mädchen.« Ich beobachte sein Profil und kann deutlich sehen, wie sich seine Stirn in Falten legt.

»Wie meinst du das?«, fragt er verwirrt nach. Mist! War ja klar, dass man mein Gestammel nicht verstehen kann. Durchatmen!
»Ich weiß auch nicht.« Na, das läuft ja super. Ich sollte mich echt mal zusammenreißen!
»Roman? Woher wusstest du, dass du dich für Mädchen interessierst?«
»Val! Das merkt man dann schon. Aber wenn du dich noch nicht für Mädchen und Knutschen hinter der Sporthalle begeistern kannst, ist das doch okay. Du hast noch alle Zeit der Welt. Und glaub mir, so toll sind Mädchen auch nicht. Vor allem nicht in deinem Alter. Ziemlich anstrengend die Gören.«
Ach! So weit war ich auch schon. Also los jetzt! Ich zieh das jetzt durch.
»Es ist ja auch nicht so, dass ich mich nicht fürs Knutschen an sich interessiere, nur eben nicht mit Mädchen, glaub ich«, stottere ich. Jetzt starre ich ihn an. Ich muss einfach wissen, wie er reagiert. Er grübelt, doch dann wirft er mir ein kurzes Lächeln von der Seite zu.
»Du bist dir also nicht sicher, ob du auf Mädchen stehst oder doch eher auf Jungs?«
Immerhin hat er mich verstanden und er dreht nicht gleich durch. Das ist doch gut! Also nicke ich einfach und brumme zustimmend.
»Ist doch nicht schlimm! Mit Kerlen ist es wahrscheinlich sogar weniger kompliziert als mit diesen zickigen Mädels!«, nimmt Roman die Sache mit Humor. Mir

fällt ein zentnerschwerer Stein vom Herzen. Aber ich will ganz sicher sein.

»Du hättest also kein Problem damit? Du würdest mich nicht eklig finden oder so?«, frage ich hoffnungsvoll nach.

»Ach Quatsch, Kleiner! Von mir aus kannst du knutschen, mit wem du willst! Das ist okay! Mach dir keine Gedanken. Du bist genau richtig, so wie du bist. Und es ist mir egal, ob dir vielleicht mal ein Junge das Herz bricht oder ein Mädchen, du kannst immer zu mir kommen und dich bei mir ausheulen. Das weißt du doch, nicht wahr Val?«

Verdammt! Ich muss gerade echt schlucken, damit ich nicht losheule. Mein Bruder ist für mich der wichtigste Mensch auf der Welt. Der Einzige, mit dem ich über solche Dinge reden kann. Es bedeutet mir unendlich viel, dass er zu mir hält.

»Ja, ich weiß. Danke! Und du weißt hoffentlich, dass ich dich liebe!«

Das musste jetzt einfach mal sein. Roman wirft mir ein warmes Lächeln zu und schaut gleich wieder nach vorn auf die Straße.

»Ich dich auch, Kleiner! Und ich bin verdammt stolz auf dich!« Wow! Mein Vertrauen scheint ihm auch viel zu bedeuten. Ich weiß echt nicht, was ich ohne ihn machen würde.

Ich beobachte Romans Profil. Er lächelt immer noch und das ist wohl der glücklichste Moment in meinem

Leben. Ich hatte wirklich ein klein wenig Schiss, dass Roman das nicht so locker nehmen könnte.

Dann durchfährt mich nackte Panik! Schneller als ich einatmen kann, rollt ein LKW auf uns zu. Der sollte doch Rot haben! Wieso bremst der nicht?
Roman sieht geradeaus auf die Straße, kann nicht sehen, welche Gefahr von der Seite droht. Er lächelt noch, während der riesige Kühlergrill unaufhaltsam auf unser Auto zurast.
Dann wird alles schwarz.

Ich glaube, ich hatte nicht einmal Zeit, zu schreien.

10 Jahre ist es her. Bis heute weiß ich nicht, was Roman als Überraschung zu meinem 14. Geburtstag geplant hatte.
Er ist tot und auch für mich sah es nicht gut aus. Ich lag lange im Koma und hatte viele schwere Verletzungen, wurde nur noch von Maschinen am Leben gehalten. Zu lange. Es gab Probleme mit der künstlichen Beatmung. Die Ärzte mussten oft neu intubieren. Zu oft. Meine Stimmlippen haben das nicht verkraftet und ich kann nicht mehr sprechen. Nie wieder.

Seit dem Unfall habe ich keinen Geburtstag mehr. Ich werde einfach nur älter. Kein Grund zu feiern. Mit der Zeit wurde es erträglicher. Die Erinnerung an diesen Tag und deren Bedeutung verblassten gegenüber all den schönen Dingen, die ich zusammen mit Roman erlebt habe. Heute erinnere ich mich gern an ihn. Aber er fehlt mir immer noch wahnsinnig. Ich hätte ihn wirklich gebraucht, besonders in der Zeit nach dem Unfall.

Kapitel 1

Mein Geburtstag! Im besten Fall wird es ein Tag wie jeder andere. Aber heute ist mein erster Tag an der neuen Uni und ich bin aufgeregt. Ich habe sogar ein bisschen Schiss. Die Anderen kennen sich schon alle und es herrscht ein reger Austausch der Geschichten, die sie in der vorlesungsfreien Zeit erlebt haben. Ich habe zum neuen Semester hier her gewechselt. Hier ist es einfacher, die mündlichen Prüfungen zu umgehen.

Um mich herum ist es laut, alle anderen Studenten reden wild durcheinander. Ein paar werfen mir misstrauische Blicke zu. Ich ignoriere sie, so wie sie mich bald ignorieren werden. Es macht mich ein bisschen traurig. So viele neue Menschen, so viele neue Möglichkeiten und doch wird sich für mich nichts ändern. Sie werden feststellen, dass der Neue irgendwie merkwürdig ist, dass er mit niemandem redet, immer nur allein bleibt.
Dann werden sie sich über mich das Maul zerreißen, bis es sie langweilt, weil ich mich nicht dagegen wehre, weil es mir egal zu sein scheint. Und dann werden sie vergessen, dass ich existiere. Sie werden meine Anwesenheit nicht mehr wahrnehmen.
Ich wünschte, es wäre schon so weit. Dann könnte ich mir diese Erfahrungen ersparen. Unsichtbar zu sein, ist viel besser, als diese mich kritisch musternden Blicke zu spüren.
Ich will ja auch gar nicht rumjammern, aber das passiert nicht zum ersten Mal. Das war schon in der Schule so und

jedes Mal läuft es genauso ab. Früher habe ich es noch versucht. Ich habe Zettelchen geschrieben, meist mit Mädchen. Die finden mich ›voll süß‹, solange ihnen nicht auffällt, dass ich anders bin. Und dann ignorieren sie mich doch. Bringt also nichts. Ist nur anstrengend und artet schnell in Peinlichkeiten aus.

Und schon kommt eine Gruppe dieser Halbstarken auf mich zu. Die typische Clique der beliebten Studenten, gut aussehend, selbstbewusst und intelligent. Das sind die, die von den meisten gehasst und gleichzeitig beneidet werden. Alles scheint ihnen in den Schoß zu fallen. Solche Leute machen immer irgendwas Besonderes. Sie heben sich von der Masse ab und führen einem vor Augen, wie normal und langweilig man ist. Wenn man, so wie ich, nicht einmal normal ist, dann kommt man sich neben denen erst recht minderwertig vor.
Einer von den Typen sticht selbst aus dieser erlesenen Gruppe noch hervor. Mann, sieht der gut aus! Dunkle Haare, die in weichen, wirren Wellen um sein Gesicht fallen, markante männliche Züge und Augen, so himmelblau, dass man sich darin verlieren könnte. Und zu allem Überfluss sitzt dieser wahnsinnig hübsche Kopf auf einem atemberaubenden Körper. Durchtrainiert, aber nicht zu übertrieben, einfach genau richtig.
Shit! Den Anblick bekomme ich so schnell nicht mehr aus dem Kopf. So einem Typen liegt doch die ganze Welt zu Füßen und er weiß das auch. Der hat bestimmt so ein abgefahrenes Hobby wie Fallschirmspringen oder Tiefseetauchen. Vielleicht ist er auch Hobbypilot!
Ach verdammt! Wenn mein Leben ein klein wenig anders verlaufen wäre, dann würde ich vielleicht sogar zu denen

gehören. Ich wäre bestimmt auch einer von denen geworden, die jeder beneidet. So wie mein Bruder. Aber jetzt? Jetzt wünschte ich einfach nur, ich wäre ganz normal.

Die Typen lachen laut, machen sich über irgendetwas lustig und führen sich auf wie die Könige der ganzen Uni. Vielleicht sind sie das sogar. Wie ein Tornado streifen sie durch die Massen der Studenten, rempeln andere zur Seite und bahnen sich laut grölend ihren Weg.
Oh nein! Jetzt kommt der obercoole Typ direkt auf mich zu, unterhält sich aber weiter mit seinen Begleitern und bemerkt mich nicht mal.
Ich weiß nicht, wohin ich ausweichen soll, da ist es auch schon zu spät.
Ein kräftiger Hieb von einem Ellenbogen trifft mich in die Seite und bringt mich mitsamt dem Bücherstapel, den ich in meinen Händen balanciere, ins Schwanken und ich gehe ungeschickt zu Boden. Verflucht! Wieso musste ich auch vor der Vorlesung schon zur Bibliothek und mir diesen Stapel Bücher holen, der jetzt weit um mich verstreut liegt?
Jetzt besitzt der Kerl auch noch die Frechheit und schnauzt mich an. Müssen diese arroganten Typen eigentlich immer so schön sein? Und diese himmelblauen Augen sollten verboten werden! Der denkt wirklich, dass es meine Schuld ist, dass er seine hübschen Augen nicht zum Gucken benutzt! Er hat mich nicht einmal angesehen!
Und ich? Ich bleibe stumm, sehe ihm nur wütend nach, aber kein einziger Ton kommt über meine Lippen. ›Arschloch!‹, denke ich und wünschte, ich könnte es ihm nachrufen.

Alles ist wie immer und ich kann nichts daran ändern.

Doch plötzlich schiebt sich eine kräftige Hand vor mein Gesicht. Nach kurzem Zögern ergreife ich sie und lasse mir von einem freundlich lächelnden Mitstudenten aufhelfen.
»Mach dir nichts draus! Das sind Idioten und die merken nicht mal, dass sie sich wie Vollpfosten benehmen. Immer daran denken: Es wäre möglich, dass in Zukunft einer von denen mal einen Job von dir will oder vielleicht ein neues Computersystem für seine Firma. Und dann kannst du es solchen Typen heimzahlen und denen einen fiesen Virus verpassen!«, lacht er mich an und deutet auf die Informatikbücher, die ich mir ausgeliehen habe. Verunsichert lächle ich zurück.
»Ich bin übrigens Matthias und das ist«, er deutet auf ein hübsches Mädchen, das sich schon daran macht, meinen Bücherstapel aufzusammeln, »meine Freundin Jana.«
Auch sie wirft mir ein warmes Lächeln zu und ich erwidere es. Aber eine Antwort muss ich schuldig bleiben. Stattdessen suche ich nervös nach meinem Block und dem Stift, die ich immer bei mir habe. Shit! Ich finde sie nicht! Ich muss sie in meiner anderen Jacke vergessen haben! Ausgerechnet heute und ausgerechnet jetzt! Ich bin so ein Idiot!
»Viel reden tust du ja nicht gerade!«, bemerkt Matthias mit vorwurfsvollem Unterton. Jana drückt mir den ganzen Stapel Bücher in die Hände und ich versuche, sie dankbar anzulächeln. Aber sie sieht mir nicht ins Gesicht, sondern auf ihre Hände, die die Bücher balancieren.
Ich weiß nicht, was ich machen soll. Mit vollen Händen kann ich mich noch weniger verständlich machen. Aber es

ist auch schon egal, denn ich kann gerade noch sehen, wie sie genervt die Augen verdreht und dann Matthias hinterhergeht, der sich schon von mir abgewendet hatte. Scheiße! Die beiden schienen doch wirklich nett zu sein. Und jetzt halten sie mich für einen Arsch! So viel zum Thema erster Eindruck.

Ich folge den anderen in den Hörsaal. Ganz hinten suche ich mir einen Platz. Hier nimmt mich hoffentlich niemand wahr. Doch kurze Zeit später kommt eine hübsche Blondine auf mich zu. Mist! Sie lächelt mich direkt an. Panik steigt in mir auf, meine Hände sind feucht und mir wird ganz schlecht.

»Hey! Ich hab dich hier noch nie gesehen. Du bist bestimmt neu hier. Ist der Platz noch frei?«, spricht sie mich an und klimpert verführerisch mit ihren langen Wimpern.

Nervös lächele ich sie an und nicke. Sie wird sich eh gleich wieder woanders hinsetzen. Ich drehe mich von ihr weg und krame meine Schreibsachen heraus. Wenigstens kann ich jetzt etwas notieren.

»Ich bin Lisa!«, streckt sie mir ihre blutrot manikürte Hand entgegen. Mit großen Kulleraugen mustert sie mich fragend. Ich kann genau in ihrem Gesicht erkennen, wann ihr Ausdruck von ehrlich interessiert zu irritiert und verwirrt bis zu abweisend und nahezu hasserfüllt wechselt. Denn kein einziges Wort kommt über meine Lippen. Aber ich lasse ihre Hand wieder los und schreibe auf einen Zettel. Doch ehe ich die paar Buchstaben fertig habe, ist sie schon wutschnaubend mit den Worten »Könntest ja wenigstens höflich was sagen, wenn du kein Interesse hast!«, abgedampft.

Alles ist wie immer. Wieso haben die Menschen es nur so schrecklich eilig? Wieso habe ich nicht einmal zehn Sekunden Zeit, um einen Satz auf ein Blatt Papier zu schreiben? Aber das würde auch nichts ändern. Wenn sie es wüssten, würden sie mich auch in Ruhe lassen, nur die Gründe wären andere.

Manchmal wünschte ich mir, dass man mir ansehen würde, dass etwas mit mir nicht stimmt. Dann könnten sich andere gleich entscheiden, mich nicht anzusprechen und ich würde nicht jedem vermitteln, dass ich ein arrogantes Arschloch bin. Obwohl, im Laufe der Zeit bin ich das vielleicht sogar geworden. Immer wieder werde ich von Menschen beschimpft, nur weil sie denken, ich ignoriere sie oder halte mich für etwas Besseres. Sie vermuten, ich will nicht einmal mit ihnen reden. Dabei würde ich so gern. Ich würde gern ›Bitte‹ und ›Danke‹ sagen. Ich würde gern auf ein freundliches ›Hallo‹ antworten können und manchmal würde ich auch einfach gern fähig sein, ganz laut zu schreien. Aber ich kann nicht. Nie wieder.

Lisa tuschelt mit ihrer Freundin. Sie reden über mich und sie geben sich nicht einmal Mühe, das zu verbergen. Sie schauen immer wieder zu mir nach hinten und dann steigt auch Jana mit in das Gespräch ein.
Wow! Das ist mein neuer Rekord! So schnell habe ich mich noch nie unbeliebt gemacht. Normalerweise dauert es ein paar Tage, bis mich alle für verrückt halten, aber gleich in der ersten Vorlesung, das ist schon eine tolle Leistung von mir.
Auch egal! Es ist mir egal, was die anderen von mir denken! Zumindest will ich, dass es mir egal ist.

Solange sich niemand mit mir abgibt, kann ich mich immerhin voll und ganz auf die Vorlesungen konzentrieren. Dann muss ich zu Hause nichts mehr tun. Muss ich sonst aber auch nicht. Ich habe noch nie viel lernen müssen, um gute Bewertungen in der Schule oder der Uni zu bekommen. Es fällt mir leicht, den ganzen Kram zu behalten. Mein schlaues Köpfchen beschert mir reichlich Freizeit, mit der ich leider nicht viel anzufangen weiß. Deshalb höre ich noch ein paar Extra-Vorlesungen. Ist ja nicht verboten. Eigentlich studiere ich Informatik, aber ich habe auch schon fast ein komplettes BWL-Studium mitgemacht. Es interessiert mich eben und ich mache alle Scheine mit. Wer weiß, wozu das mal gut ist.

Die Uni habe ich auch nur gewechselt, weil es hier ausschließlich schriftliche Prüfungen gibt. Hier muss ich mich nicht mit dem ganzen Papierkram herumärgern und ärztliche Atteste einreichen. Ist immer blöd, jemandem erklären zu müssen, dass ich nicht sprechen kann. Es gibt sowieso nichts, das ich von der alten Uni vermissen könnte. Freunde habe ich eigentlich nur im Internet. Mit denen kann ich von überall aus schreiben. Ist also egal, in welcher Stadt ich wohne. Und von hier aus ist es auch nicht so weit, wenn ich meine Eltern besuchen möchte.
Mein einziges Hobby ist Sport. Fast jeden Tag gehe ich in die Schwimmhalle und ziehe ganz für mich allein meine Bahnen. Auch wenn mich alle anstarren, weil ich ein paar Narben auf meinem Körper habe. Das ist mir egal. Ist sogar besser so, weil mich dann erst recht niemand anspricht. Seit ich regelmäßig schwimme, habe ich auch weniger Rückenprobleme. Meine Wirbelsäule hat bei dem

Unfall etwas gelitten, aber mit Sport bekomme ich das ganz gut in den Griff.
Als ich noch in der Schule war, habe ich es auch mal mit Fußball versucht. Aber aus so einer Mannschaft wird man über kurz oder lang ausgegrenzt, wenn man anders ist.
Ich weiß, dass kaum jemand das wirklich böse meint. Oft ist es den Menschen nicht einmal bewusst, dass sie sich von mir zurückziehen. Mit mir ist es eben zu anstrengend, ein simples Gespräch zu führen. Es herrscht immer dieses peinliche Schweigen, das ich nicht durchbrechen kann. Aber die meisten Menschen ertragen keine Ruhe. Sie wollen reden, über belangloses Zeug, einfach nur, um die Stille zu vertreiben. Ich mag die Stille. Mir macht es nichts aus, gemeinsam mit jemandem zusammenzusitzen und nicht zu reden. Aber die anderen versuchen, krampfhaft ein Gespräch am Laufen zu halten. Das ist ohne Gegenpart aber zu mühselig. Und wenn ich etwas aufschreibe, dauert es zu lange. Da wird der Redefluss unterbrochen. So beschränkt man sich automatisch auf die notwendigste Kommunikation. Und dazu gehört nun mal nicht, über Alltägliches zu plaudern oder mich zu Freizeitaktivitäten einzuladen. Aber so langsam sollte ich mich daran gewöhnt haben.

Nach dem Unfall hat meine Mutter mich sogar zu so einem Kurs für Gebärdensprache mitgeschleift. Sie kann das heute deutlich besser als ich.
Das war echt die Hölle. Die Menschen, die mit in dem Kurs waren, haben mir so leidgetan. Die waren wirklich behindert. Alle, die nicht sprechen konnten, waren zusätzlich taub. Viele hatten sogar noch weitaus ernstere Probleme, die durch Verletzungen des Gehirns verursacht wurden.

Auch durch Autounfälle. Erst da ist mir wirklich bewusst geworden, wie viel Glück ich eigentlich hatte.
In der Gruppe habe ich mich so unwohl gefühlt. Im Vergleich zu denen habe ich doch gar keine Schwierigkeiten. Die meisten hätten wohl sofort mit mir getauscht.
Ich fühle mich nicht behindert, weil ich in meinem Alltag doch kaum eingeschränkt bin. Ich kann alles machen, mich frei bewegen und überall hingehen. Es gibt eigentlich nichts, wofür ich fremde Hilfe brauche.
Nur soziale Kontakte gestalten sich schwierig. Aber wenn man mal ehrlich ist, dann geht es auch vielen Menschen so, die sich unterhalten könnten. Die sind dann zu schüchtern oder igeln sich selbst zu Hause ein.

Und die Sache mit der Gebärdensprache würde mir im Alltag auch nicht weiterhelfen. Ich habe das mal versucht, als ich von einem Mädchen angesprochen wurde. Ich wollte ihr einfach zeigen, dass ich nicht sprechen kann. Aber das Mädel hat richtig Panik bekommen, weil sie dachte, dass ich sie auch nicht hören könnte. Sie hat wild mit den Händen umhergefuchtelt und versucht, mir zu erklären, dass sie keine Gebärdensprache kann. Das war ja auch nicht zu übersehen. Die Kleine tat mir richtig leid. Mit hochrotem Kopf zuckte sie entschuldigend mit den Schultern und ließ mich stehen.

Damit war das Thema für mich erledigt. Beim Einkaufen, Busfahren und im Café würde es auch nicht helfen. Verstehen würde mich ja doch niemand. Nur meine Mutter war ein wenig enttäuscht. Und das tut mir auch ehrlich leid. Aber für sie hat sich damit Einiges geändert. Sie hat den Kurs beendet und engagiert sich jetzt ehrenamtlich in der

Organisation, die Behinderte in allen Bereichen unterstützt. Die Arbeit mit den Kindern macht ihr besonders viel Spaß und ich bin ganz froh, dass sie etwas zu tun hat. Papa macht so viele Überstunden in seiner Kanzlei, dass er oft erst spät nach Hause kommt oder sogar am Wochenende arbeitet. Und seit ich ausgezogen bin, kann sie mich ja nicht mehr so sehr bemuttern. Das fehlt ihr. Und ein klitzekleines bisschen auch mir.

Meine Eltern sind wirklich toll. Manchmal ist es auch mit ihnen schwierig, aber sie bemühen sich wirklich und ich weiß, dass sie mich lieben und mich bei allem, was ich tue, vorbehaltlos unterstützen. Es ist beruhigend zu wissen, dass sie immer für mich da sind. Das gibt mir Sicherheit und macht mir Mut, wenn es mal nicht so gut läuft. Roman wäre auch für mich da. Und ganz besonders damals hätte ich ihn so sehr gebraucht. Er fehlt mir immer noch, auch nach so langer Zeit.
Als ich noch zu Hause gewohnt habe und in die Schule gegangen bin, da war alles noch viel schlimmer. Da habe ich mich wirklich einsam und verloren gefühlt. Andere Schüler haben mich häufig gemobbt und beleidigt. Ich wurde regelmäßig verprügelt oder die haben mein Essengeld geklaut. Ich war natürlich auch zu feige, es einem Lehrer oder meinen Eltern mitzuteilen. Es war mir einfach alles so peinlich. Ich war echt froh, als ich den Abschluss hatte und die ganze Scheiße hinter mir lassen konnte.

An der Uni ist es wesentlich angenehmer. Hier gibt es kaum Anfeindungen, nur ein paar Lästereien und missbilligende Blicke. Aber ich habe keine Angst herzukommen und fürchte auch nicht, dass mich jemand verprügelt und offen als Krüppel beschimpft. Und ich selbst bin auch ein klein wenig erwachsener geworden. Es geht mir nicht mehr alles so nah. Und seit ich regelmäßig Sport treibe und mich nicht mehr nur zu Hause verkrieche, bin ich selbstbewusster geworden. Auch wenn das niemand außer mir mitbekommt.

Kapitel 2

Die Wochen plätschern so dahin.
Ich beobachte die anderen Studenten, höre, wie sie über mich hinter vorgehaltener Hand reden, und gebe mir Mühe, das zu ignorieren. Einige sprechen mich an, versuchen mich in irgendetwas mit einzubeziehen, doch auch bei den wenigen Mitstudenten, die Interesse an mir haben, flaut das nach kurzer Zeit ab. Aber es ist okay. Ich bin es gewohnt. So habe ich ganz schnell meinen Ruf weg und werde unsichtbar. Endlich! Ich gehe in der anonymen Masse der Studenten unter und niemand stört sich mehr daran, dass ich mit keinem rede.
Die ersten Prüfungen stehen an und ich lerne aus Langeweile. Den Stoff habe ich schnell drauf und die Klausuren laufen gut. Sogar sehr gut. Und als wir unsere Noten wiederbekommen, habe ich es rot auf weiß. Ich bin ein klein wenig stolz auf mich und schreibe eine SMS an meine Eltern. Sie freuen sich für mich und gratulieren mir. Natürlich nicht, ohne nachzufragen, wann ich sie denn wieder besuchen komme. Typisch, aber dennoch entlockt es mir ein Lächeln. Wenigstens mit ihnen kann ich solche Momente teilen, auch wenn es nur ein paar Zeilen auf einem Handydisplay sind.

Um mich herum spiegelt sich die volle Bandbreite an Emotionen von purer Freude bis hin zu tiefer Enttäuschung ab. Einige Studenten sind mit ihren Noten sehr zufrieden, aber ein paar sehen auch etwas zerknirscht aus. Einer der beliebten Studenten fällt mir besonders auf. Leon, glaube ich. Das ist derjenige, der mich gleich am ersten Tag umgerannt hat. Er sitzt ganz hinten in meiner Reihe, nur ein paar Plätze von mir entfernt. Oft war er ja nicht gerade in den Vorlesungen. Er dachte wohl, jemandem wie ihm müssten gute Zensuren einfach so zufliegen. Und jetzt hat er offensichtlich die Quittung bekommen. Ein klein wenig Schadenfreude macht sich in mir breit. Er ist wohl doch nicht ganz so perfekt, wie ich dachte. Aber trotzdem sieht er immer noch verboten gut aus. Nervös fährt er sich durch die Haare und starrt verzweifelt auf das Blatt Papier vor sich. Wenn ihm das Ergebnis der Klausur so wichtig ist, dann frage ich mich, wieso er nicht zu den Vorlesungen gekommen ist. Aber das ist ja nicht mein Problem. Und es interessiert mich auch nicht!

Einer seiner Kumpels, Paul, dreht sich grinsend zu ihm um, macht irgendeinen Scherz darüber, dass Leon so aussieht, als hätte er es mal wieder vergeigt. Ob das sein letzter Versuch war? Dann müsste er das Fach wechseln oder ganz aufhören zu studieren.

Jetzt habe ich doch ein wenig Mitleid mit ihm. Das Klausurergebnis scheint ihn echt fertigzumachen und er faucht seinen Kumpel wütend an, dass er die Klappe halten soll. Leon ist also nicht bloß zu mir so unfreundlich. Es ist wohl ein wenig charmanter Charakterzug von ihm.

Ehe er bemerken kann, dass ich ihn beobachte, richte ich die Augen wieder auf meine Klausur.

Ich bin einen einzigen Punkt an den 100% vorbeigerutscht. Nur ein winziger Fehler in der ganzen Klausur? Klar ist das bescheuert, aber es wurmt mich. Also suche ich nach diesem dummen Fehler in meinen Zetteln.

Plötzlich steht jemand ganz dicht hinter mir. Überrascht zucke ich zusammen.
»Hey! Tschuldigung, wollte dich nicht erschrecken.« Leon setzt sich auf den Platz direkt neben mich und fährt sich wieder nervös durch die Haare. Er hat schöne Haare, dunkelbraun und wellig. Er trägt sie etwas länger und so fallen ihm immer mal wieder ein paar Strähnen ins Gesicht. Ein wahnsinnig schönes Gesicht!
Ich starre ihn verwirrt an. Und ich werde nervös, fast schon panisch. Was will der Typ von mir? Es reicht mir vollkommen, ihn aus der Ferne ein wenig anzuschmachten. Das hier geht entschieden darüber hinaus. Oder hat er bemerkt, wie ich ihn angesehen habe?

Sein Blick ist auf das Papier vor mir gerichtet, meine Klausur, und er stiert auf die Punktzahl. Dann atmet er tief durch und sieht mich an.
»Volle Punktzahl! Wow! Ich glaub, das hat noch niemand geschafft. Und ich muss es ja wissen, ich schreib die Klausur schon zum dritten Mal. Einmal wurde zum Glück nicht gewertet, also bleibt mir nur noch ein Versuch.«
Okay, wenn er das ernst meint, wundert es mich nicht, dass er nicht bestanden hat. Schließlich sitzen wir hier über einer Matheklausur. Da sollte er doch die volle Punktzahl von der fast vollen Punktzahl unterscheiden können.
Fahrig streicht er sich eine Haarsträhne aus der Stirn und sein Blick wandert unruhig zwischen mir und der Klausur hin und her.
»Ähm ... also, Valentin, richtig? Du fragst dich bestimmt, was ich von dir will.« Ich nicke irritiert.
»Der Typ, der unsere Aufgaben kontrolliert, ist ein Kumpel von mir. Er hat mir gesteckt, dass du den Stoff am besten

drauf hast. Und so, wie ich das sehe, liegt er goldrichtig. Er würde mir ja auch selbst helfen, aber er hat Schiss, dass er dann Probleme bekommt und seinen Job verliert. Also … ich bräuchte deine Hilfe. Ich meine so was wie Nachhilfe. Ich muss diese verdammte Klausur beim nächsten Mal schaffen. Alle anderen Scheine hab ich schon, nur diese Scheiß Matheklausur bekomm ich nicht auf die Reihe!«
Aufgebracht haut er mit der flachen Hand auf den Tisch. Er ist auf sich selbst wütend. Das kann ich gut nachvollziehen. Manchmal könnte ich mich auch selbst ohrfeigen. Immer dann, wenn ich mal einen klaren Moment habe und feststelle, dass ich vielleicht nicht all meine Probleme auf die Stummheit schieben kann. Manchmal bin ich selbst das Problem, weil ich zu schnell aufgebe. Und dafür könnte ich mir selbst in den Arsch treten. Also gut, vielleicht sollte ich mir nur ein klein wenig mehr Mühe geben.

Leon sieht mich fragend an.
»Verdammt, wieso sagst du nichts?«
Schnell greife ich nach einem Zettel und beginne, zu schreiben. Aber aus dem Augenwinkel kann ich sehen, dass Leon ruppig aufsteht und mit ein paar Schimpfwörtern auf diesen wundervollen Lippen abzieht.
Wieso, verdammt noch mal, denkt jeder sofort, dass ich ihn ignoriere, weil ich etwas aufschreibe? Das ist doch echt nicht fair! Aber diesmal will ich nicht so schnell aufgeben.

Während alle anderen schon den Hörsaal verlassen, schreibe ich meine Mailadresse und meine Handynummer mit dem Hinweis, dass ich nur texte, auf einen Papierschnipsel. Dann laufe ich Leon hinterher. Als ich ihn vor

dem Gebäude erreiche, halte ich ihn am Handgelenk fest und er dreht sich wutschnaubend zu mir um.
Die Überraschung steht ihm deutlich ins Gesicht geschrieben, als er mich erkennt. Für einen kurzen Moment vergesse ich, was ich eigentlich vorhatte und sehe ihn nur an. Er sieht wirklich gut aus, wie so ein Unterwäschemodel, nur mit mehr Stoff auf der Haut. Ich mag den Stoff nicht. Wie er wohl ohne das Zeug aussieht? Er ist gut trainiert, breite Schultern und die Muskeln auf seiner Brust und seinen Armen zeichnen sich deutlich unter dem engen Shirt ab, das unter seinem offenen Hemd gut zu erkennen ist. Und seine Augen! Sie sind so verdammt blau, dass sie mit dem Himmel um die Wette strahlen.

Plötzlich wird mir bewusst, dass ich ihn immer noch am Handgelenk festhalte! Hitze steigt mir ins Gesicht. Abrupt lasse ich ihn los und drücke ihm den Zettel in die Hand. Dann laufe ich einfach an ihm vorbei, doch die Blicke in meinem Rücken, mit denen er mich verfolgt, sind deutlich spürbar.

Kapitel 3

Shit! Was war das denn? Ich hab ihn angestarrt und seine Hand festgehalten! Wie bescheuert kann man denn noch sein? Ausgerechnet bei so jemandem wie ihm. Er war bestimmt viel zu schockiert, um irgendetwas zu sagen. Wenn der denkt, dass ich schwul bin, dann verprügelt der mich am Ende doch noch. So eine Scheiße kann auch nur ich bauen. Und das gerade, nachdem ich mir vorgenommen hatte, mich nicht mehr so abweisend zu verhalten. Soooo hab ich das doch nun auch nicht gemeint!
Okay, ich bin ja wirklich schwul. Aber eigentlich ist das auch egal, denn ich war noch nie und werde wohl auch niemals jemandem so nahe sein, dass das eine Rolle spielt.
Na egal! Jetzt liegt es ja an ihm, ob er sich bei mir meldet oder nicht. Wenn er schreibt, kann ich wenigstens vernünftig antworten. Aber er wird sich nicht melden. Bestimmt nicht.
Und wenn doch? Nachhilfe kann ich ihm ja eh nicht geben. Erklären ist nicht gerade meine Stärke. Leon scheint mir auch nicht besonders geduldig zu sein.

Verdammter Mist!
Alle fünf Sekunden checke ich mein Postfach! Ich bin so ein Idiot! Wie ein verknallter Teenie sitze ich am Rechner und reloade die Seite immer und immer wieder. Ich steh doch nicht wirklich auf so einen Typen? Der würde mich doch zum Frühstück verspeisen.

Na gut, eigentlich würde ich genau in seine Clique passen. Rein äußerlich bin ich wohl genau der Typ Mann, mit dem er sich abgeben würde. Nur als Freunde selbstverständlich. Aber ich denke, optisch kann ich mit ihm mithalten. Zumindest schließe ich das daraus, dass ich verdächtig oft von Mädchen mit roten Wangen gemustert werde.
Ach scheiß drauf, ist doch eh egal. Der würde sich doch niemals für einen Kerl interessieren! Selbst wenn, dann nicht ausgerechnet für einen, der nicht mal mit ihm reden kann.

In meiner Wohnung fällt mir die Decke auf den Kopf. Ich brauche ein wenig Abstand zu meinem Mailpostfach. Also gehe ich raus und laufe ein wenig herum. Das Wetter ist toll. Die Sonne strahlt und es ist fast noch sommerlich warm. Ich sollte mir im Coffeeshop an der Ecke einen Kaffee holen und in den Park gehen. Während ich in der Schlange stehe und meinen Kaffeezettel suche, auf dem meine Lieblingssorte steht, taucht plötzlich Leon neben mir auf.
»Hey! Was soll denn das? Erst ignorierst du mich und dann gibst du mir deine Mailadresse? Ich wollte dich nicht anbaggern oder so was. Ich wollte nur deine Hilfe!« Er sieht irgendwie verärgert und verunsichert zur gleichen Zeit aus. Und gerade jetzt bin ich an der Reihe. Katja arbeitet heute und sie lächelt mich fröhlich an. Klar, dass sie sich an mich erinnert. Den Typen mit den Zetteln vergisst man eben nicht so schnell. Aber das ist mir nur recht. Mit erhobenem Finger bedeute ich Leon kurz zu warten. Keine Ahnung, ob der das versteht. Dann suche ich nach dem Kaffeezettel und zeige ihn Katja. Sie wirft einen Blick auf das Papier und trällert dann freundlich:

»Ahh, also dasselbe wie immer! Willst du auch wieder einen Muffin? Schoko oder Blaubeere? Wie heißt du eigentlich?« Sofort läuft sie knallrot an.
»Oh, ... ähm ... das tut mir leid. Du kannst ja gar nicht sprechen, also auch nicht antworten. Ich ...«, versucht sie ihre Fragen zu entschuldigen und wird sogleich unterbrochen.
»Er will beide Muffins! Und noch einen schwarzen Kaffee dazu. Der Süße heißt übrigens Valentin und ist hocherfreut, deine Bekanntschaft zu machen!«, kommentiert Leons angenehme Stimme neben mir das Geschehen. Es ist deutlich zu hören, dass er grinst. Und irgendwie verwirrt mich das gerade zutiefst. Aber offensichtlich hat er dank Katja jetzt mitbekommen, dass ich nicht sprechen kann, und übernimmt das Reden für mich.
Wieso ist er überhaupt hier? Und wieso findet er das gerade alles so witzig? Ich möchte am liebsten vor Scham im Boden versinken und Katja ganz sicher auch. Aber sie darf sich jetzt umdrehen und den Kaffee machen und ich kann nur diesen wunderschönen Mann anstarren. Hat er mich wirklich süß genannt? Das habe ich mir doch nicht eingebildet?
Leon grinst mich weiterhin an. Einfach so. Er sagt nicht mal was. Dann holt er einen Schein aus seiner Hosentasche und reicht ihn Katja. Er nimmt ihr den Kaffee ab und drückt ihn mir in die Hand. Dabei flüstert er viel zu nah an meinem Ohr:
»Hier! Ich lade dich ein. Dafür will ich ein paar Minuten deine Aufmerksamkeit! Gehen wir ein Stück zusammen?«
Ich nicke vorsichtig. Und zum ersten Mal in meinem Leben bin ich froh, nichts sagen zu müssen. Denn kaputte Stimm-

lippen hin oder her, dazu wäre ich jetzt definitiv nicht in der Lage.

Leon verlässt das Café in Richtung Park und ich folge ihm. Was soll ich auch sonst tun? Eine Weile gehen wir einfach gemütlich nebeneinander her. Einfach so, ohne dass er irgendetwas sagt. Die Stille scheint ihn nicht im Geringsten zu stören. Dafür bin ich derjenige, der zusehends nervöser wird. Ich will wissen, was er von mir will. Wieso, verdammt noch mal, spazieren wir zusammen durch den Park?

Mittlerweile sind wir in einem ruhigen, bewaldeten Teil angekommen. Leon führt mich zu einer kleinen Lichtung mit einer Wiese. Mir stockt der Atem, als er sich sein Hemd auszieht und nur noch in seinem Muskelshirt vor mir steht. Ich hoffe, er merkt nicht, dass ich ihn anstarre. Es ist zwar recht warm, aber wir haben Ende Oktober. Man könnte fast meinen, er macht das mit Absicht, um mich zu beeindrucken.
Das ist doch bescheuert! Aber egal ob er das beabsichtigt hat, es funktioniert. Er hat wundervolle Arme, trainiert, aber nicht unnatürlich aufgepumpt. Das Hemd legt Leon wie eine Decke ins Gras, lässt sich darauf fallen und bietet mir die andere Hälfte zum Sitzen an. Etwas zögerlich lasse ich mich neben ihm nieder. Leon streckt entspannt die langen muskulösen Beine aus, legt sich halb auf die Seite und sieht mich an. Er bietet mir wortlos beide Muffins an und ich entscheide mich für Blaubeere. Sichtlich zufrieden beißt er in den Schokomuffin. Ich nehme noch einen tiefen Schluck von meinem Kaffee und hoffe, dass Leon nicht merkt, wie nervös mich seine Gegenwart macht.
»Du bist stumm?«, fragt er geradeheraus. Ich nicke.

»Und niemand von den anderen Studenten weiß das?« Ich zucke mit den Schultern. Ist mir doch eigentlich egal, ob es jemand weiß.
»Aber du kannst hören?« Ich nicke wieder.
»Hast du sonst noch irgendetwas? Ich meine, das klingt jetzt blöd, aber ich würd's gern wissen. Also kannst du noch irgendwas nicht?« Jetzt fährt Leon sich wieder durch die Haare und ich muss lachen. Ohne Ton natürlich, aber deutlich als solches zu erkennen.
»Ja, schon gut. War ne blöde Frage! Fliegen kannst du vermutlich auch nicht«, rollt er amüsiert die Augen.
»Ach komm schon! Du weißt doch, was ich meine! Ist sonst alles in Ordnung mit dir?« Bei der letzten Frage wirkt er fast schüchtern und zupft an ein paar Grashalmen herum. Ich warte, bis er mich ansieht, und nicke wieder. Dafür schenkt er mir ein strahlendes Lächeln, das mich echt fertigmacht.
Ich kann gar nicht glauben, dass das hier wirklich passiert. Leon liegt neben mir auf einer Wiese, trägt nur ein ärmelloses Unterhemd und er unterhält sich mit mir. Er sieht einfach umwerfend gut aus und ich muss mir wohl doch eingestehen, dass er genau mein Typ ist.
Wir liegen so dicht zusammen, dass sich unsere Hände fast berühren. Ich müsste nur den kleinen Finger zwei Millimeter bewegen und würde seinen streifen. Leon kneift die Augen zusammen und überlegt etwas. Ich muss mich echt zusammenreißen, als es sein kleiner Finger ist, der sich zwei Millimeter in meine Richtung bewegt. Da ist jetzt eine winzig kleine Stelle, an der sich unsere Finger berühren! Haut an Haut! Ich darf mir auf keinen Fall etwas anmerken lassen. Ihm fällt das doch gar nicht auf. Oder doch?

»Hast du mich vorhin absichtlich auflaufen lassen?« Sofort schüttele ich den Kopf. So langsam wird mir klar, warum Leon so viel überlegt. Er stellt alle Fragen so, dass ich sie beantworten kann. Die meisten Menschen schaffen das nicht. Sie lieben ›oder‹-Fragen. Am liebsten mit zehn Auswahlmöglichkeiten. Oder sie stellen ihre Fragen so, dass ich einen ganzen Roman als Antwort erzählen müsste. Aber Leon überlegt, wie er mich was fragt. Das hätte ich ihm nicht zugetraut. Verdammt, sogar meine Eltern vergessen immer wieder klare Fragen zu stellen und das treibt mich oft in den Wahnsinn. Dabei kann man, wenn man es denn will, fast alles in Ja/Nein-Fragen packen.
»Hältst du mich für einen Idioten?« Mehr als verblüfft starre ich Leon an und muss dabei ziemlich dämlich aussehen. Leon lacht sich schon wieder kaputt. Er scheint ein sehr fröhlicher Mensch zu sein, immer gut gelaunt. Das ist irgendwie beneidenswert.
»Schon gut, du musst nicht antworten. Die meisten halten mich wohl für einen Idioten. Ist also kein Problem. Aber ich bin nicht blöd. Ich habe ganz gute Noten im Studium und ich weiß, dass ich auch Mathe packen kann. Aber ich brauche Hilfe dabei. Und wie der Zufall es will, bist du derjenige, der den ganzen Stoff am besten drauf hat. Abgesehen von der blöden Kuh Lisa vielleicht. Die ist auch nicht schlecht. Aber die würde gleich denken, dass ich sie ficken will und wahrscheinlich ohne Unterwäsche auftauchen. Und darauf hab ich echt keinen Bock!«
Das verwirrt mich ein wenig. Ich dachte, Typen wie Leon würden alles vögeln, was Möpse hat, wenn sich die Gelegenheit dazu bietet.
»Also, Valentin! Würdest du mir bitte helfen? Ich bezahle dich auch. Das ist kein Problem. Und es wäre auch nur für

diese eine Klausur. Danach belästige ich dich nie wieder!« Shit! Jetzt schaut er mich mit so einem treuen Dackelblick an, dass mir die Knie weich werden. Zum Glück liege ich. Aber wie stellt er sich das vor? Wie soll ich ihm denn was erklären? Also greife ich nach meiner Jacke, um Zettel und Stift herauszuholen, doch, noch ehe ich sie erreiche, schließen sich warme kräftige Finger um mein Handgelenk. Und noch mehr Haut an Haut! Dazu kommt noch dieses atemberaubende Lächeln, das irgendwie meinen Verstand lähmt.

»Du fragst dich, wie das funktionieren soll, richtig?« Ich nicke zustimmend.

Leon grinst mich an:

»Siehst du? Ich versteh dich doch auch so, ohne, dass du was sagen musst! Du bist wie ein offenes Buch für mich!« Was meint er damit? Er kann unmöglich wissen, was ich denke! Und wenn doch? Shit! Der Typ macht mich echt fertig!

»Ich stell mir das so vor: Ich versuche, die Aufgaben zu lösen und du schaust mir über die Schulter. Und wenn ich was falsch mache, dann piesackst du mich so lange, bis ich es richtig habe. So ungefähr!« Und sofort landet sein Finger in meiner Seite und pikst mich unaufhörlich. Es kitzelt und ich kann gar nicht anders, als mich herumzurollen und zu kichern. Dann liege ich auf dem Rücken und Leon beugt sich über mich. Als ich mir dessen bewusst werde, halte ich inne und sehe ihn an. Er lächelt mir zu. Als wäre das hier alles total normal.

»Also, mein lieber Valentin, willst du es mit mir versuchen?«, fragt er mich grinsend, nur wenige Zentimeter von mir entfernt. Verflucht! Der Typ verdreht mir doch mit voller Absicht den Kopf! Ich glaube kaum, dass viele

Heteromänner ihre Kumpels abkitzeln und mit ihnen lachend und mit ganz viel Körperkontakt über eine Wiese tollen! Oder doch?
Immerhin schaffe ich es, vorsichtig zu nicken, was Leon mit einem noch breiteren Grinsen zur Kenntnis nimmt.
»Gut, dann haben wir das ja geklärt. Dann kommst du morgen Abend so gegen acht zu mir! Ich bestell Pizza und besorg ein paar Flaschen Bier und du bringst deinen schlauen Kopf mit. Ich schick dir die Adresse.« Leon springt mit einem geschmeidigen Satz auf und winkt mir mit dem Zettel zu, auf dem meine Mailadresse steht. Dann ist er auch schon weg. Ich sehe ihm verdutzt nach.
Was zum Teufel ist hier gerade passiert? Schnaufend lasse ich mich zurück auf den Boden fallen. Aber das ist gar nicht der Boden, ich liege immer noch auf seinem Hemd! Er hat sein Hemd hier vergessen! Oder war das Absicht? Damit ich wirklich bei ihm auftauche? Ach, das ist doch Blödsinn! Was mache ich denn jetzt? Ist das nun so eine Art Date? Oder wirklich nur Lernen? Es kann doch nur Lernen sein!
Aber er war mir so nah, hat mich berührt und mich mit diesem undeutbaren Blick angesehen. Ich kapier einfach nicht, was das soll! Ich habe doch keinerlei Erfahrungswerte. Meine soziale Kompetenz ist praktisch nicht vorhanden. Ich weiß doch gar nicht, woran man erkennt, ob es ein Date ist oder ob es sich nur um Nachhilfe handelt.
Ach, so ein Blödsinn! Ich sollte mal wieder runterkommen. Leon! Es ist doch Leon! So ein Typ ist garantiert nicht schwul und selbst wenn, dann könnte der doch jeden Hintern haben, den er will. Und meiner ist zwar nicht zu verachten, aber es gibt wohl noch Millionen andere da draußen, die wesentlich unkomplizierter sind als ich.

Ich bleibe noch eine Weile auf der Wiese liegen. Mein Kopf ruht auf seinem Hemd und sein Duft hüllt mich ein. Ich träume vor mich hin, bis mir kalt wird. Es dämmert schon und ich sollte wirklich nach Hause gehen.

Kapitel 4

Am nächsten Tag in der Uni sehe ich Leon nicht. Offenbar reicht eine schlechte Note nicht aus, um ihn dazu zu bewegen, an den Lehrveranstaltungen teilzunehmen. Eine Nachricht habe ich auch noch nicht bekommen. Aber es ist noch früh. Irgendwie bin ich gut gelaunt und fühle mich so energiegeladen. Heute habe ich einfach keine Lust, unsichtbar zu sein. Ich kann nicht sagen, warum, aber ich will irgendetwas Bedeutendes tun.

Jana und Matthias, die beiden, die ich gleich am ersten Tag vor den Kopf gestoßen habe, sitzen eine Reihe vor mir. Vielleicht sollte ich bei ihnen anfangen. Also nehme ich meinen Block und einen Stift, und beginne zu schreiben.
Es ist nicht viel, nur ein kleiner Brief, in dem ich meine Situation erkläre und mich bei ihnen für mein unhöfliches Verhalten entschuldige. Und auch dafür, dass ich erst so spät den Mut aufbringe, ihnen zu schreiben. Ein paar Zeilen, die kaum jemandem viel bedeuten werden, außer mir. Es ist ein Teil von mir, nach langer Zeit der erste Versuch aus meinem Schneckenhaus auszubrechen. Und bevor ich es mir anders überlegen kann, stupse ich Jana an und reiche ihr den Zettel.
Sie schaut mich kurz fragend an, nimmt dann aber das Blatt, dreht sich wieder um und faltet es auseinander. Für den Rest der Vorlesung starrt sie gebannt auf meine Worte und sogar Matthias scheint meinen Brief mehrfach durchzulesen. Ich bereue schon, dass ich mich so weit vorgewagt habe. Als der Prof dann endlich seinen Unterricht

beendet und die meisten Studenten den Raum verlassen haben, kommt Jana zu mir. Ihre Augen schimmern verdächtig, sie breitet ihre Arme aus und zieht mich in eine liebevolle Umarmung.

Was ist denn bitte mit den Leuten hier los? Das ist doch nicht normal! Jana sieht mich wieder an und jetzt glitzern deutlich Tränen in ihren Augen.

»Es tut mir so leid! Valentin! Wir hatten doch keine Ahnung! Und wir haben so schlecht über dich geredet! Wieso hast du nicht gleich was gesagt? Wieso weiß denn niemand davon? Wir alle hatten keinen Schimmer! Wir haben gedacht, dass du einfach nur …«

Die letzten Worte werden von einem lauten Schluchzen erstickt. Ich kann gar nicht anders, als Jana wieder in den Arm zu nehmen und ihr tröstend über den Rücken zu streichen. Dann kommt Matthias mit einem verlegenen Lächeln auf uns zu. Er hebt entschuldigend die Arme.

»Tut mir auch leid. Also, dass wir dich so mies behandelt haben. Und dass Jana sich nicht unter Kontrolle hat.« Sofort bildet sich ein breites Grinsen in seinem Gesicht.

»Sie ist schwanger! Und seitdem heult sie ständig los. Soll ich sie dir wieder abnehmen?« Mit einem liebevollen Blick zieht Matthias seine Freundin in seine Arme und versucht sie zu beruhigen. Aber er hat wenig Erfolg damit. Dann wendet er sich wieder an mich:

»Wir haben für heute Abend ein paar Freunde eingeladen. Hast du Lust, auch vorbeizukommen? Oder hast du schon was anderes vor? Du kannst auch gern noch jemanden mitbringen.« Da sind sie wieder, die vielen Möglichkeiten. Auf solche Fragen kann ich nicht schnell antworten. Es überrascht mich immer noch, wenn ich da an Leons Art mit mir zu sprechen denke. Bei ihm war es irgendwie viel ein-

facher. Abgesehen natürlich von meiner dämlichen Schwärmerei für ihn.
Also schüttele ich nur den Kopf und hoffe, Matthias versteht das richtig. Mit einem freundlichen Lächeln und einem Winken verabschiede ich mich von den beiden. Aber ich nehme mir vor, ihnen in der nächsten gemeinsamen Vorlesung wieder eine Nachricht zu schreiben. Nur was Kleines, Glückwünsche zum Baby vielleicht.
Jetzt kann ich gar nicht schnell genug nach Hause kommen. Ich stürze förmlich zur Tür herein und mein Computer fährt schon hoch, noch bevor ich meine Jacke ausgezogen habe.
Keine Nachricht von Leon.
Ich versuche, meine Enttäuschung in den Griff zu bekommen. Es ist ja erst sechs Uhr, bis um acht ist noch etwas Zeit, rede ich mir ein. Er hatte doch acht Uhr gesagt, oder? Und er meinte doch heute? Oh verflucht! Irgendwie muss ich mich ablenken!
Ich entscheide mich für eine heiße Dusche. Nicht, dass ich heute noch was Bestimmtes vorhabe, das ganz sicher nicht! Aber es kann ja nicht schaden, einen gepflegten Eindruck bei Leon zu hinterlassen. Nur für den Fall, dass er sich doch noch meldet. Mein Handy, über das ich auch meine Mails abrufen kann, habe ich auf den lautesten Klingelton gestellt. Auf keinen Fall will ich es verpassen, wenn er sich meldet. Aber das blöde Ding gibt keinen Ton von sich. Als ich tropfnass aus der Dusche steige, kontrolliere ich noch einmal das Display, aber da ist wirklich keine Nachricht eingegangen.

Gerade als ich mir ein T-Shirt anziehe, klingelt es an meiner Tür. Keine Ahnung, wer das sein kann. Eigentlich

kommt nur der Lieferant mit meiner neuen Festplatte infrage. Also öffne ich einfach und blicke in das grinsende Gesicht von Leon.
»Hey! Ich war gerade in der Nähe. Ich bin mit dem Wagen hier und habe mir gedacht, dass ich dich abhole. Dann spare ich mir die Wegbeschreibung. Ich hoffe, das ist okay?« Damit hat er sich schon an mir vorbei in meine Wohnung geschoben. Er wirkt fast ein wenig verlegen. Ich bin gerade heilfroh, dass ich wenigstens schon mein T-Shirt und eine Unterhose angezogen habe. Woher weiß der Typ eigentlich, wo ich wohne? Verdammt! Manchmal ist es echt frustrierend, wenn ich nicht gleich etwas nachfragen kann.
Interessiert sieht Leon sich in meinem Zimmer um. Es ist recht groß, aber dafür ist es Wohn- und Schlafzimmer in einem. Plötzlich fällt mir siedend heiß, was das bedeutet und meine Augen richten sich sofort auf mein Bett.
Natürlich entgeht meinem Gast diese Geste nicht und er folgt meinem Blick. Dann wird sein Grinsen noch breiter. Hätte nicht gedacht, dass das überhaupt möglich ist. Er macht sich ganz offensichtlich über mich lustig. Lässig schlendert er zum Bett hinüber und greift nach seinem Hemd. Es liegt zusammengeknüllt auf meinem Kissen. Man kann sogar noch erkennen, wo mein Kopf gelegen hat.
Ja okay! Ich bin gestern Abend schwach geworden. Es war einfach zu verlockend mit seinem Geruch in der Nase einzuschlafen. Das ist so unendlich peinlich. Am liebsten würde ich sofort im Erdboden versinken. Zu allem Überfluss spüre ich auch noch, wie ich knallrot anlaufe. Amüsiert dreht Leon sich zu mir um, hält mir sein Hemd vor die Nase.

»Danke, dass du dich so liebevoll darum gekümmert hast. Ich nehm es wieder mit, oder möchtest du es lieber noch ein Weilchen behalten?« Jetzt besitzt er auch noch die Frechheit, mir zuzuzwinkern! Ich werd einfach nicht schlau aus ihm. Sauer ist er jedenfalls nicht. Er findet das alles urkomisch. Keine Ahnung, was ich damit anfangen soll. Also starre ich ihn einfach nur weiter an.
»Bist du so weit? Können wir los?« Ich nicke mechanisch, während ich mir eine Jeans anziehe.
»Gut, dann komm!«, geht er fröhlich pfeifend zur Tür. Ich wüsste zu gern, was Leon jetzt denkt. Es scheint ihn nicht zu stören, dass ich auf ihn stehe. Mittlerweile muss er das einfach gemerkt haben. Er macht nicht den Eindruck, als würde ihn das irritieren. Also beschließe ich kurzerhand, mich auch nicht beeindrucken zu lassen und gehe einfach mit ihm mit, als wäre es das Normalste von der ganzen Welt.

Ich beobachte ihn beim Fahren. Er sagt nichts, aber ich bin sicher, dass es ihm auffällt. Er ist nur so verflucht attraktiv! Sein Verhalten verwirrt mich dermaßen, dass ich kaum noch klar denken kann. Irgendwie bekomme ich diese fixe Idee nicht aus dem Kopf, dass Leon mit mir flirtet. Dabei weiß ich doch ganz sicher, dass er nicht auf mich steht! Oder?

Nach einer viel zu kurzen Autofahrt kommen wir bei Leon an. Seine Wohnung ist sehr groß, also hat er vermutlich einen Mitbewohner. Er führt mich an einem Wohnzimmer vorbei und dann schnurstracks in sein Schlafzimmer. Das ist so riesig, dass er hier in einem Bereich eine Art Arbeitszimmer mit Computer und Schreibtisch eingerichtet hat.

Leon bietet mir einen Platz auf seinem Bett an und wirft sein Hemd demonstrativ auf sein Kopfkissen. Wieder laufe ich knallrot an. Ich weiß echt nicht, was ich davon halten soll.
Leon hält mir ein Pizzaprospekt vor die Nase und, nachdem ich ihm meine Wahl zeige, bestellt er telefonisch für uns.
»Die haben gerade viel zu tun. Es dauert noch ne Stunde, bis die Pizza kommt. Sollen wir schon anfangen? Vielleicht schaffen wir vorher ein paar Aufgaben.« Ich nicke und einmal mehr wird mir bewusst, dass er mit mir ganz anders redet als andere. Er nimmt Rücksicht auf mich, aber es scheint ihn nicht sonderlich anzustrengen oder ihn zu nerven, dass er anders formulieren muss. Er macht das irgendwie automatisch.

Leon holt seine Unterlagen hervor und setzt sich zu mir aufs Bett. Wir beginnen mit der ersten Aufgabe aus der alten Klausur und jeden Schritt, den er aufschreibt, begründet Leon. Ich mag es, ihm zuzuhören. Seine Stimme ist angenehm tief und ruhig. Und so kann ich ihn beobachten. Leon liegt auf dem Bauch, den Kopf in seinen Ordner vertieft. Ich sitze im Schneidersitz neben ihm und schaue ihm über die Schulter. Er ist so schön, wenn er sich ab und zu grübelnd durch die Haare fährt, oder sich mit seinem Stift abwesend an die Lippen tippt. Wie zufällig rückt er immer dichter, sodass sich seine Schulter sanft gegen meinen Arm drückt. Jetzt bin ich mir auch sicher, dass das nicht bloß meine Einbildung ist. Aber macht Leon das auch mit Absicht, oder bekommt er davon vielleicht gar nichts mit?

Dann kommt er zu der Stelle, an der er den Fehler gemacht hat und ich pikse ihn wie gewünscht in die Seite. Er lacht laut auf, kichert vergnügt weiter und schenkt mir dann ein amüsiertes Lächeln, das mir den Atem raubt. Er rückt noch ein Stück dichter zu mir und ich kann seine Wärme deutlich durch den Stoff unserer T-Shirts spüren. Immer noch lachend spricht er mich an:
»Hier hab ich also den Fehler gemacht?« Ich nicke.
Er erzählt, dass er sich unsicher war und überlegt laut, was für Möglichkeiten er für die Lösung der Aufgabe sieht. Tatsächlich kann ich ihm für jede Möglichkeit ganz schnell den Grund aufschreiben, warum das nicht funktioniert. Es auch dauert nicht lange, dann kommt Leon von selbst auf die richtige Lösung. Er ist wirklich nicht dumm und es wundert mich ein bisschen, dass er solche Schwierigkeiten in Mathe hat. Ist wohl nur Faulheit.

Als Leon am Ende das richtige Ergebnis stehen hat, freut er sich wie ein kleines Kind an Weihnachten. Er legt mir sogar einen Arm um die Schultern, um mich kurz an sich zu drücken. Hat er überhaupt eine Ahnung, wie gut sich das anfühlt? Und erst sein fantastischer Duft! Ich bin richtig enttäuscht, als genau jetzt die Türklingel geht. Die Pizza ist da und Leon steht auf, um zu öffnen.

Mit unseren Pizzen kommt er zurück und wir setzen uns wieder auf sein Bett, um zu essen. Leon ist bester Laune, bedankt sich noch einmal für meine Hilfe und fragt dann:
»Bist du schon immer stumm?« Ich schüttele den Kopf.
»Warst du über zehn, als es passierte?« Ich nicke.

»Warst du elf?« Ich verneine. Und so fragt er sich hoch bis 14 und dann nicke ich. Er hat es echt drauf. Ich benötige nicht einmal meine Hände, um mit ihm zu kommunizieren.
»Du warst 14, als du stumm wurdest?«, vergewissert er sich, ob er es auch richtig verstanden hat. Ich bejahe seine Frage.
»Und davor konntest du ganz normal reden?«, fragt er richtig ungläubig. Wieder ein Nicken von mir. Ich ahne, wo seine Fragerei hinführt und bin mir nicht sicher, ob mir die Richtung gefällt. Nervös knete ich meine Hände. Ich wüsste auch gar nicht so recht, wie ich ihm alles von dem Unfall erzählen sollte und eigentlich will ich das auch gar nicht. Wir kennen uns doch kaum und das Thema ist für mich sehr schwierig. Gar nicht auszudenken, was passieren würde, wenn ich plötzlich losheulen würde. Leon würde sich doch über mich kaputtlachen!
Aber er scheint auch zu bemerken, dass mir das unangenehm ist und dann haut mich seine nächste Frage fast aus den Socken.
»Aber du willst nicht darüber reden, wie es passiert ist, richtig?« Ich schüttele zögerlich den Kopf und kann kaum glauben, dass er wirklich so sensibel ist. Das hätte ich ihm nicht zugetraut.
»Schon okay! Kein Problem. Vielleicht erzählst du es mir irgendwann einmal, wenn wir uns besser kennen. Oh, was ich dich noch fragen wollte: Matthias hat erzählt, dass du eigentlich Informatik studierst. Stimmt das?« Ich nicke. Moment mal! Hat er da gerade gesagt, ›wenn wir uns besser kennen‹? Heißt das, er will sich öfter mit mir treffen?
»Krass! Und BWL machst du nur so zum Spaß nebenbei?« Wieder bestätige ich.

»Wahnsinn! Ich wünschte, ich wäre auch so ein Schlaukopf wie du! Vielleicht kannst du mir nachher noch einen Gefallen tun? Ja, ich weiß, ich hab bestimmt schon alle Gefallen aufgebraucht. Aber ich hab da ein Problem mit einer Tabelle für meine Masterarbeit. Ich bekomme die einfach nicht in den Text eingefügt. Da verschieben sich sofort alle Zeilen. Also nur, falls es keine Umstände macht: Könntest du da vielleicht mal einen Blick drauf werfen?« Ich nicke ihn freundlich an und bin richtig erleichtert, dass wir uns nun wieder den Aufgaben widmen. Damit kenne ich mich aus, das bringt mich nicht so sehr durcheinander, wie ein Gespräch mit Leon. Nur seine Schulter, die sanft gegen meinen Arm drückt und so viel Wärme abstrahlt, die macht mich noch ein klein wenig nervös. Leon verhält sich irgendwie so undurchsichtig, fast so, als wäre er wirklich an mir interessiert, und zwar nicht nur so als Freunde.

Wider Erwarten haben wir wirklich viel Spaß beim Lernen. Leon macht immer wieder Witze und hat die verrücktesten Gedankengänge und immer häufiger muss ich ihn in die Seite piksen, was ihm so ein lustiges Glucksen entlockt. Ich muss mich wirklich zusammenreißen, nicht auch laut loszulachen.

Es ist nämlich nicht so, dass ich gar keine Laute erzeugen kann, es sind nur eher gurgelnde oder röchelnde Töne, manchmal auch eher quietschig. Nichts, womit man sinnvolle Worte bilden kann. Aber gerade deshalb kann es passieren, dass ich beim Lachen Gefahr laufe, etwas merkwürdig zu klingen, da ich die Töne dann nicht unter Kontrolle habe.

Eigentlich ist es kein Problem, denn normalerweise lache ich nicht so viel. Aber hier mit Leon, das ist ganz anders als sonst.
Wir reden miteinander. Die ganze Zeit. Also er redet und ich habe nicht das Gefühl irgendwie abartig zu sein. Er spricht so mit mir, dass ich ohne Hilfsmittel antworten kann. Er hat keine Angst vor so einem Fragespiel. Er hat keine Bedenken, dass er mich damit vielleicht beleidigt. Das hat mir einmal eine Bekannte gesagt, als Begründung, warum es ihr schwerfällt, mit mir zu reden. Sie ist mir irgendwann einfach aus dem Weg gegangen. Ich habe nicht verstanden wieso und an einem einsamen Abend mit zu viel Bier, habe ich sie im Chat einfach gefragt. Sie hat sich tausendmal entschuldigt und mir wirklich ausführlich und ehrlich geantwortet. Dafür bin ich ihr unheimlich dankbar, denn sie hat mir erst gezeigt, wie ich auf andere Menschen wirke.
Sie meinte, dass es so schwer einzuschätzen ist, was ich verstehe. Sie hatte Angst, dass sie mit mir wie mit einem Kleinkind redet, wenn sie immer einfache Fragen stellt und dass ich das dann falsch verstehen könnte. Sie hatte die meiste Zeit befürchtet, etwas falsch zu machen, mich irgendwie zu verletzen oder zu verärgern.
Leon scheint keine Bedenken zu haben. Er fragt einfach drauf los und macht sich nicht so viele Gedanken über meine Gefühlswelt. Und das fühlt sich großartig an. Er hat vermutlich nicht die leiseste Ahnung, wie viel mir dieser gemeinsame Abend bedeutet. Und das hat gar nichts damit zu tun, dass ich mich hoffnungslos in ihn verknallt habe, sondern einfach damit, dass er keine Berührungsängste hat. Sein übergroßes Selbstbewusstsein hat offensichtlich auch so seine Vorteile.

Nachdem wir fast alle Aufgaben gelöst haben, beschließt Leon, dass das genug für heute ist und wir ein anderes Mal weitermachen können. Ein anderes Mal impliziert doch, dass wir uns wieder sehen, oder? Wir hätten die restlichen Aufgaben auch ganz sicher noch geschafft. Sollte er das wirklich als Vorwand nehmen, um sich noch einmal mit mir zu treffen? Dieser Kerl bringt mich noch vollkommen um den Verstand. Aber wieso sollte jemand wie er ausgerechnet auf einen komplexbehafteten Langweiler wie mich stehen? Mal ganz davon abgesehen, dass ich ebenfalls ein Kerl bin. Das ist doch zum Verrücktwerden!

Leon steht vom Bett auf und schaltet seinen Computer an, damit ich mir sein Tabellenproblem ansehen kann. Ich sammle schon mal meine Bücher zusammen und stehe gerade hinter ihm, als sich das Hintergrundbild seines Desktops zeigt.

Ich erstarre zu Stein! Die eben eingesammelten Bücher fallen mit einem lauten Knall zu Boden und mir entkommt ein erschrockener, verzerrter Laut. Leon schaut mich irritiert an, folgt dann meinem Blick und lacht laut auf.
»Cool, oder? Die beiden sind wahnsinnig heiß, nicht wahr?«
Auf dem Bildschirm sind zwei nackte Männer zu sehen, die sich in eindeutig nicht jugendfreier Position befinden. Leon ist schwul? Oder steht er nur auf nackte, knutschende Männer? Alle Synapsen in meinem Gehirn fahren gerade Achterbahn.

Da hilft es erst recht nicht, dass Leon sich ganz dicht vor mich stellt. Viel zu dicht! Er schiebt einfach meine Bücher mit dem Fuß zur Seite.
»Du wusstest nicht, dass ich schwul bin? Ach komm schon! Das weiß doch jeder! Ist doch kein Geheimnis!«, lacht er mich an. Aber mein schockierter Gesichtsausdruck scheint selbst ihn zu verwirren.
»Du hast das echt noch nicht mit bekommen?« Ich verneine, ohne ihm in die Augen zu sehen.
»Hast du ein Problem damit?«, fragt er zögerlich. Aber irgendwie werde ich das Gefühl nicht los, dass er die Antwort ganz genau kennt. Trotzdem schüttele ich den Kopf. Ist er gerade noch dichter gekommen?
»Das ist gut! Denn ich mag dich!«, flüstert er mit rauer Stimme irgendwo ganz dicht an meinem Ohr. Jetzt kann ich nicht verhindern, dass ich ihn überrascht ansehe. Wieso ist es hier plötzlich so warm? Vielleicht weil seine Hand so sanft durch meine Haare streicht? Er mag mich? Mein Herz holpert ganz gewaltig. Ich muss träumen! Ganz sicher!
»Und ich hatte den Eindruck, dass du mich vielleicht auch ein klein wenig magst?« Leons Blick hält mich gefangen und er scheint mir noch näher zu kommen. Als sein Atem meine Lippen streift, bleibt die Welt um mich herum stehen. Ganz im Gegensatz zu meinem Herzen, das panisch davon galoppiert. Ich würde am liebsten auch weglaufen, mich irgendwo im Dunkeln verkriechen und doch wünsche ich mir nichts sehnlicher, als dass Leon noch näher kommt. Die Wärme seiner Lippen überrascht mich. Eine sanfte Berührung, die meinen Verstand wie eine Dampfwalze überrollt.

Leon küsst mich! Mein erster Kuss! Das eine Mal, vor über 10 Jahren hinter der Turnhalle, zählt nicht. Das ist kein Vergleich zu Leons weichen Lippen.

Ich habe Schwierigkeiten zu atmen. Mache ich das hier überhaupt richtig? Alles scheint sich zu drehen und ich muss mich an Leon festhalten. Seine Arme schlingen sich ebenfalls um mich, so eng, dass sich unsere Körper aneinander pressen. Dabei dringt Leons Zunge fordernd in meinen Mund. Ich bin vollkommen überwältigt von den Empfindungen, die auf mich einstürzen. Mein Gehirn schrumpft auf Erbsengröße zusammen und ich habe das Gefühl nicht mehr Herr über meinen Körper zu sein. Zum Glück hält Leon mich fest, sonst würde ich wohl umkippen.

Dieser Kuss fordert meine ganze Aufmerksamkeit, Leons Geschmack, seine Hitze, sein harter Körper an meinem, die Zunge, die meinen Mund erobert. Überall spüre ich seine Hände, verliere jegliche Orientierung.
Fühlt es sich für ihn ebenso überwältigend an? Ich hoffe, ich enttäusche ihn nicht. Sind das seine Finger, die ich da unter meinem Shirt spüre? Habe ich überhaupt noch ein Shirt an? Wir kennen uns gerade zwei Tage, genau genommen nur ein paar Stunden, von meiner Schmachterei aus der Ferne mal abgesehen. Das geht doch alles viel zu schnell? Oder ist das hier normal?

Leon ist bestimmend, lässt mir keinen Freiraum zum Denken, keine Zeit, um das hier zu begreifen. Er beherrscht all meine Sinne und überfordert mich gerade über alle Maßen.

Nur am Rande bekomme ich mit, dass wir mittlerweile irgendwo liegen, Leon ist über mir und sein Gewicht drückt mich auf die Matratze. Ich trage keine Kleidung mehr, genauso wenig wie Leon.
Die Narben! Nein! Die findet er sicher abstoßend. Hoffentlich hat er sie im schummrigen Licht noch nicht bemerkt. Instinktiv drehe ich mich unter ihm auf den Bauch, um sie vor ihm zu verbergen und präsentiere Leon meinen nackten Hintern. Meine Bewegung kommentiert Leon mit einem erregten Knurren. Noch mal Glück gehabt, er hat die Narben wohl nicht bemerkt. Mein Po hingegen scheint ihm zu gefallen, so wie er ihn jetzt mit seinen kräftigen Händen knetet.
Wie in Trance erlebe ich, was passiert, unfähig etwas zu beeinflussen. Leon zieht meinen Kopf sanft aber bestimmt nach hinten und küsst mich mit einer Intensität, die sogar noch in meinen Fingerspitzen prickelt. Küssen! Ich will ihn küssen! Aber wieso sind wir nackt? Ich friere und mir ist warm, viel zu heiß. Mein Puls pocht laut in meinen Ohren, übertönt alle anderen Geräusche.
Ich ringe nach Atem, während Leon meinen Anus erkundet. Das geht zu schnell, aber ich weiß nicht, was ich machen soll. Meine Lippen und mein Gehirn sind mit Küssen beschäftigt. Ich kann nicht denken und um nichts in der Welt will ich Leon verärgern. Zu groß ist die Gefahr, dass er sich ganz und gar von mir abwendet. Seine Lippen verschließen meinen Mund und ich kann gar nicht genug davon bekommen. Ich will, dass er aufhört! Nein, er soll unbedingt weitermachen!
Er massiert meinen Eingang. Feucht und kühl etwas in mich und bringt mich zum Keuchen. Hoffentlich ist Leon zu sehr abgelenkt und hat nicht bemerkt, wie schräg dieses

Geräusch klang. Alles in mir kribbelt, ich fühle mich schwerelos, so als wäre ich außerhalb meines Körpers. Erst der stechende Schmerz holt mich wieder auf den Boden zurück, macht mir bewusst, wo ich bin und was hier gerade passiert. Leon will Sex mit mir! Aber das geht zu schnell!
Ich schreie, doch er hört mich nicht. Ich will von ihm weg, aber ich bin zwischen seinem schweren Körper und dem Bett eingeklemmt. Panik steigt in mir auf und macht mich handlungsunfähig. Mir wird ganz flau im Magen und Tränen rinnen über meine Wangen. Mein ganzer Körper verkrampft sich. Ich kann mich nicht bewegen, zittere nur unkontrolliert. Ich bin doch schwul! Ich steh doch auf Leon! Ich sollte das doch toll finden!

Plötzlich ist der Druck weg. Ich rolle mich zusammen und bleibe einfach so liegen. Ich schaffe es nicht einmal, meine Augen zu öffnen. Ich weine und abgehackte Laute entkommen mir, die man wohl mit einem Schluchzen vergleichen kann. Ich kann nicht aufhören. Es geht nicht. Ich heule und kann mich einfach nicht beruhigen. Das ist mir so dermaßen peinlich.
Ich werde zugedeckt und eine warme Hand streicht über meinen Kopf.
»Es tut mir so leid! Das wollte ich nicht! Ich dachte, du willst es. Du hast mir deinen Hintern entgegen gestreckt! Ich dachte, du willst mich! Wieso hast du nichts gesagt? Wieso hast du nicht gesagt, dass du es nicht willst? Valentin? Wieso hast du denn nichts gesagt?« Wie ein Mantra wiederholt Leon diese Worte, streicht dabei mit fahrigen Bewegungen über meine Haare. Er klingt fast, als würde er auch gleich losheulen.

Ganz langsam komme ich wieder zu mir, nehme meine Umgebung wahr. Ich liege quer auf seinem Bett. Leon sitzt auf dem Boden direkt bei meinem Kopf und streichelt mich. Immer wieder entschuldigt er sich. Ich kann es nicht mehr hören. Es ist doch nicht seine Schuld! Ich hätte etwas tun müssen. Das alles ist mir so unendlich peinlich. Meine Unerfahrenheit ist das Problem. Ich hab einfach nicht dran gedacht, dass es doch eine recht eindeutige Geste ist, einem Kerl meinen nackten Hintern zu präsentieren! Verdammt! Dabei wollte ich doch nur meine Brust vor ihm verstecken. Ich bin so ein Idiot! Er musste ja denken, dass ich es sehr eilig habe, mit ihm zu schlafen. Wieso war ich nicht imstande, mich ihm verständlich zu machen? Ich hätte ihm zeigen können, nein, müssen, dass ich das nicht will. Aber eigentlich will ich doch, nur nicht so schnell, irgendwie hab ich es mir sanfter vorgestellt.
Aber ich konnte nicht. Die Angst vor der Zurückweisung war stärker. Ich wollte nicht, dass er mich für unerfahren hält und sich über mich lustig macht. Vielleicht hätte er mich sogar rausgeschmissen. Ich habe doch keinerlei Erfahrung. Keine Ahnung, wie das alles funktioniert. Ich weiß nicht, wie man mit jemandem zusammen ist. Und jetzt möchte ich vor Scham am liebsten im Erdboden versinken. Aber ich liege hier bei ihm und heule wie ein Kleinkind. Ich muss das in den Griff bekommen! Ich muss wieder klar im Kopf werden. Ich muss hier weg!

Mühsam rappele ich mich auf, meide seinen Blick, schlüpfe hastig in meine Sachen und stürme aus seiner Wohnung. Leon ruft meinen Namen, sagt immer wieder, dass es ihm leidtut. Aber ich kann jetzt nicht, kann ihn nicht einmal ansehen. Ich will nur noch weg von ihm. Seinen mitleidigen Blick könnte ich jetzt nicht ertragen. Ich will nicht wissen, wie er sich über die Nullnummer mit dem Stummen bei seinen Kumpels auslässt. Die Peinlichkeit, seinem herablassenden Blick zu begegnen, möchte ich mir ersparen.

Ich renne durch die dunklen Straßen und halte nicht an, bevor ich an meiner Wohnungstür ankomme. Zu Hause falle ich einfach in mein Bett und heule weiter.
Wie konnte ich nur so dumm sein? Wieso hat mein Verstand so radikal abgeschaltet, bis es zu spät war?

Kapitel 5

Mit einem ordentlichen Brummschädel werde ich am Morgen vom Wecker aus dem Schlaf gerissen. Ich fühle mich hundeelend und ich will gar nicht in die Uni. Aber hier fällt mir doch nur die Decke auf den Kopf. Und was würde Leon wohl denken, wenn ich mich zu Hause verkrieche? Wenn er hier vorbeikommen würde, wäre das einfach nur peinlich. Ist wohl am klügsten, wenn ich so tue, als sei alles in bester Ordnung. Vor dem Spiegel übe ich sicherheitshalber noch ein wenig, zu lächeln. Nur für den Fall, dass Leon vielleicht doch in der Uni auftaucht. Dann sieht er, dass alles in Butter ist, macht sich keine Vorwürfe mehr und wir können das gestrige Desaster einfach vergessen. Klingt doch logisch.

Also schleppe ich mich jetzt von Vorlesung zu Vorlesung, ohne wirklich etwas mitzubekommen. Mitten in einer Lehrveranstaltung setzt sich Leon plötzlich neben mich.
Verdammt! Wo kommt der denn jetzt her? So ein Mist! Ich hätte doch lieber zu Hause bleiben sollen. Was mach ich denn jetzt? Er kommt doch sonst nie zu den Vorlesungen und selbst wenn, dann würde er sich nicht zu mir setzen, sondern zu seinen Freunden. Ich habe nicht wirklich damit gerechnet, dass ich ihn so schnell wiedersehe. Und die Sache mit dem Lächeln bekomm ich jetzt auch nicht mehr hin.

Leon verzieht sein Gesicht ebenso gequält und schiebt mir einen Zettel zu. Zögerlich nehme das Papier und lese:

›Wir müssen reden! Bitte Valentin! Ich weiß nicht genau, was passiert ist. Du hast mir einen wahnsinnig großen Schrecken eingejagt und ich verstehe einfach nicht, warum du so reagiert hast. Hab ich etwas falsch gemacht? Wenn ja, dann tut mir das leid! Bestimmt ist es meine Schuld. Ich bin manchmal etwas unsensibel. Es tut mir ehrlich leid! Erklär mir bitte, was schief gelaufen ist!‹
Ja klar! Reden! Als wenn das so einfach wäre. Was soll ich denn schreiben? Er kann doch reden, wenn er will. Ach verdammt! Ich bin wütend auf ihn, dabei weiß ich doch, dass ich an diesem Dilemma die Schuld trage. Und sein geknickter Gesichtsausdruck macht die Sache auch nicht besser. Also schreibe ich nur zurück: ›Es hat ziemlich wehgetan.‹
Das ist schließlich die Wahrheit. Ratlos sieht Leon mich an und antwortet unter meinen Text:
›Das wollte ich nicht. Ich dachte, du wärst schon so weit. Ein bisschen tut es doch immer weh, oder nicht? Aber ich war bestimmt zu schnell und zu grob. Du bist so heiß und ich war so scharf auf dich, da hab ich es wohl etwas zu eilig gehabt. Ich dachte, du wolltest es auch. Es tut mir wirklich leid, dass ich dich missverstanden habe! Ich wollte dir ganz bestimmt nicht wehtun.‹

Natürlich! Leon denkt wohl, dass ich ständig mit irgendwelchen Typen ins Bett gehe! Ich kann ihm ja schlecht sagen, dass ich in meinem Alter noch Jungfrau bin. Da lacht er sich doch kaputt. Aber zum Lachen scheint ihm gerade so gar nicht zumute zu sein. Da sind richtig dunkle Schatten unter seinen Augen, als hätte er die ganze Nacht nicht geschlafen. Er macht sich wahrscheinlich doch heftige Vorwürfe. Vielleicht sollte ich es ihm erklären, damit er ver-

steht, weshalb ich so ausgetickt bin. Ich will ja auch nicht, dass er sich die Schuld gibt.
Leon sieht mich ziemlich bedröppelt an und wirkt ein wenig hilflos. Man könnte fast denken, dass er gleich anfängt, zu heulen. Die Sache scheint ihn ganz schön zu beschäftigen. Er ignoriert sogar seine Freunde, die von hinten schon blöde Sprüche über uns ablassen.
Also schreibe ich mit zittriger Hand: ›Ich hätte nicht gedacht, dass es so schlimm ist. Ich hatte da wohl falsche Vorstellungen.‹

Als er den Text liest, ruckt sein Kopf plötzlich zu mir hoch und er starrt mich ungläubig an. Er hat es also richtig verstanden. Mit ganz bestimmt hochrotem Kopf weiche ich seinem Blick aus und schaue interessiert auf die Tischplatte. Da sind einige Kerben drin, die ein spannendes Muster ergeben, das man sogar spüren kann, wenn man mit den Fingern darüber fährt. Aus dem Augenwinkel kann ich erkennen, wie Leon sich nervös durch die Haare streicht und hastig eine Antwort schreibt:
›War das dein erstes Mal?‹
Er beobachtet mich, kaut nervös auf seiner Unterlippe, so als hätte er Angst vor meiner Antwort. Ich bemühe mich krampfhaft, seinen verwirrten Gesichtsausdruck zu ignorieren.
Jetzt ist es auch egal, viel peinlicher kann es ja nicht mehr werden. Also schreibe ich wahrheitsgemäß: ›Mein erster Kuss, mein erstes Mal‹, auf den Zettel und reiche ihn wieder an Leon. Doch bevor er danach greifen kann, hat einer seiner Freunde die Nachricht von hinten an sich gerissen. Er bringt einen dummen Spruch und will sie gerade entfalten. Leon stürzt sich sofort heldenhaft auf den

Typen, umklammert fest seine Hand und zwingt ihn, den Zettel loszulassen. Der Typ beschwert sich lautstark, aber Leon entwindet ihm das Papier und verstaut es in seiner Tasche. Puh! Das war knapp.
Natürlich bleibt die ganze Aktion nicht unbemerkt und der Prof wirft Leon und den Anderen gleich aus der Vorlesung. Aber zum Glück hat Leon den Zettel wiederbekommen. Gar nicht auszudenken, was passiert wäre, wenn er unter den Studenten herumgezeigt worden wäre.
Aber eigentlich ist es auch egal. Meinen Ruf als merkwürdiger Freak habe ich eh weg. Dann kommt es darauf auch nicht mehr an. Und Leon sitzt jetzt vermutlich irgendwo draußen und lacht sich über mich kaputt. Das sollte man doch eigentlich bis hierher hören können.
So eine verfluchte Scheiße!
Was mich am meisten ärgert, ist, dass ich selbst daran schuld bin, dass die Situation so aus dem Ruder gelaufen ist. Ich kann es nicht mal auf meine Unfähigkeit zu sprechen schieben. Ich bin mir recht sicher, dass ich trotzdem nichts gesagt hätte. Ich wollte es doch irgendwie. Das hab ich mir doch in meinen feuchten Träumen immer ausgemalt. Ich wollte, dass er mich will. Ich hätte ihn nicht zurückgewiesen, weil ich ihn doch nicht verärgern wollte. Aber damit hab ich genau das Gegenteil erreicht.
Ach Scheiße! Diese Grübelei führt doch zu nichts!

Endlich ist die Vorlesung zu Ende. Aber jetzt laufe ich Gefahr, Leon zu begegnen. Es ist ja nicht auszuschließen, dass er unser Gespräch noch fortführen will. Darauf habe ich aber ganz sicher keine Lust. Ich muss mir was einfallen lassen!
Oh Mann! Ich hätte heute wirklich zu Hause bleiben sollen!

Schnell schreibe ich einen Zettel und renne Jana und Matthias hinterher, bevor sie den Hörsaal verlassen. Ich frage, wie es der schwangeren Jana geht und ob sie nicht Lust hätten, heute ins Kino zu gehen. Mir ist jetzt zwar ganz und gar nicht danach, aber was Besseres ist mir auf die Schnelle nicht eingefallen.

Jana umarmt mich gleich überschwänglich, während Matthias mir freundlich zunickt. Die beiden sind wirklich nett. Jana erzählt mir ganz stolz, dass es ihr und dem Baby gut geht. Sie zeigt mir sogar ein Ultraschallbild, auf dem ich aber nicht wirklich was erkennen kann. Jana meint allerdings, dass die Kleine genau wie Matthias aussieht. Dabei strahlt sie bis über beide Ohren, ebenso wie der werdende Vater. Als wir zusammen auf den Flur gehen, ist Leon nicht in Sicht. Da hab ich ja noch mal Glück gehabt.
Fürs Kino sagen Jana und Matthias ab, da sie zum Essen eingeladen sind. Aber für einen Kaffee haben die beiden noch Zeit. Wir holen unsere Getränke aus dem Shop vor der Uni und setzen uns draußen auf eine Bank.
Um peinliche Schweigemomente muss ich mir mit den beiden wirklich keine Sorgen machen. Jana ist das blühende Leben und erzählt euphorisch von ihren Plänen, die sie zusammen mit ihren Eltern für den Abend schmieden. Die werdenden Großeltern sind schon ganz aufgeregt und möchten unbedingt bei dem Umbau des Gästezimmers zu einem Kinderzimmer helfen. Heute wollen sie die Wandfarbe und die Vorhänge aussuchen. Jana erzählt mit so viel Begeisterung und Matthias fällt ihr immer wieder ins Wort und erklärt, was er alles selbst machen will. Wenn er handwerklich nur halb so begabt ist, wie er es offensichtlich von sich denkt, dann wird das Zimmer ein Kinderpara-

dies. Die beiden sind so aufgedreht und freuen sich wahnsinnig auf ihren Nachwuchs, dass sie die ganze Zeit wild durcheinanderreden. Aber ich bin dankbar für die Ablenkung.
Doch als Jana mich in einem ruhigen Moment so merkwürdig von der Seite mustert, habe ich ein ungutes Gefühl. Ungewohnt schüchtern fragt sie mich:
»Valentin? Woher kennst du eigentlich Leon? Er hat doch vorhin bei dir gesessen, bevor er sich wieder mal machomäßig aufgespielt hat und rausgeflogen ist. Es geht mich ja eigentlich nichts an, aber du bist doch nicht etwa an so einem Arsch interessiert, oder?« Ihre Wangen färben sich leicht rötlich, aber nur halb so sehr wie meine.
Mist! Bin ich wirklich so leicht zu durchschauen?
Jana scheint Leon nicht wirklich zu mögen. Also frage ich sie, wieso sie ihn nicht leiden kann.
»Valentin! So einer wie Leon, der ist doch nichts für dich!«, empört sie sich sofort. Ich hab doch gar nicht zugegeben, dass ich ihn interessant finde. Wie kommt sie überhaupt darauf? Aber sie ist mit ihren Ausführungen noch lange nicht fertig.
»Der Typ ist so wahnsinnig arrogant, so ein reicher Schnösel, der mit Papas Geld um sich wirft und denkt, er kann sich alles erlauben. So wie eben in der Vorlesung. Rücksichtslos ohne Ende!« Sie kann ja auch nicht wissen, dass das meine Schuld war und Leon nur wegen mir rausgeflogen ist. Aber Jana kann noch mehr berichten:
»Er hat schon einigen ahnungslosen Männern und, wenn man Lisa glauben mag, auch Frauen, das Herz gebrochen. Sie hat erzählt, dass Leon jedes Wochenende in so einen Schwulenclub geht und jedes Mal einen anderen ahnungslosen Typen mit nach Hause nimmt, den er danach nicht

mal mehr mit dem Arsch anguckt!« Die kleine Jana ist richtig wütend und stemmt ihre Arme in die Seiten. Dabei sieht sie mich so eindringlich an, als wäre sie meine Mutter und müsse mich vor Leon beschützen.
»Lass dich bloß nicht auf so einen blasierten Typen ein, Valentin! Der ist es ganz bestimmt nicht wert.« Doch plötzlich grinst sie mich breit an und flüstert: »Es sei denn, du willst bloß mal kurz deinen Spaß haben. Dann bist du bei ihm natürlich genau richtig! Er sieht ja schon ziemlich heiß aus!« Dabei lacht sie mich an und ich bin ziemlich perplex. Aber Matthias überhört den letzten Satz geflissentlich und rollt nur genervt mit den Augen. Sobald Jana seine Hand nimmt, ist die Welt für ihn wieder in Ordnung und sie reden weiter über ihre Zukunftspläne. Die beiden sind so glücklich. Ihre gute Laune ist richtig ansteckend. Ich schaffe es sogar, für ein paar Minuten alle Gedanken an Leon zu verdrängen und diese wahnsinnig blauen Augen schwirren nicht mehr in meinem Kopf herum.

Genau diese blauen Augen sehen mich an, als ich wenig später meine Wohnungstür aufschließen will. Leon hat hier auf mich gewartet. Vermutlich hat er sich schon gedacht, dass ich ihm aus dem Weg gehen will. Zum Wegrennen ist es jetzt auch zu spät und ich fühle mich in die Enge getrieben. Ich hatte wirklich gehofft, dass ich heute nicht mehr mit ihm reden muss.
»Val!«, sieht er mich erschrocken an. Welch Überraschung! Wenn man mal davon absieht, dass ich hier wohne! Ach verdammt! Wieso bin ich denn so sauer auf ihn? Er hat mir doch eigentlich nichts getan. Es ist mir alles nur so unendlich peinlich und ich will das nicht noch einmal durchkauen. Schon gar nicht mit ihm!

Leon rappelt sich von der Treppe auf und fährt sich schon wieder nervös durch die Haare. Diese wunderschönen welligen Haare.
»Ich wollte mit dir reden, wenn das für dich okay ist.« Gar nichts ist okay! Wieso sieht Leon so mitgenommen aus? Wieso kann er nicht einfach so tun, als sei nichts passiert? Ich schließe auf und biete ihm an, hereinzukommen. Wenn er unbedingt reden will, dann lieber jetzt. Sonst lässt er mich nie damit in Ruhe.

Schnaufend lässt Leon sich auf mein Bett fallen und ich setze mich neben ihn.
»Es tut mir leid!« Leon sieht mich nicht einmal an.
»Ich hatte keine Ahnung. Val, wenn ich gewusst hätte, dass du noch nie … Ich hätte doch niemals …«
Ja genau! Hätte er gewusst, was für eine Niete ich im Bett bin, hätte er ganz bestimmt nicht versucht, mit mir im Selbigen zu landen. Das weiß ich auch so. Wieso ist er denn jetzt noch hier?
»Tut mir leid Val! Ich bin nicht besonders gut in solchen Dingen. Das war alles ein großes Missverständnis. Ich dachte, du weißt, wie ich drauf bin. Die Anderen reden doch ständig über mich. Und ich hätte nicht im Traum daran gedacht, dass du in deinem Alter noch Jungfrau bist. Ehrlich Val, ich hatte keine Ahnung. Ich kann es immer noch kaum glauben.« Kann er bitte einfach aufhören zu reden? Ich will das doch gar nicht hören! Bei jedem seiner Worte dreht sich mein Magen um und ich widerstehe nur mit Mühe dem Drang, mich unter meiner Bettdecke zu verkriechen.
Leon seufzt laut und redet natürlich munter weiter: »Jedenfalls wollte ich dir wirklich nicht wehtun, aber ich bin auch

niemand, der was Ernsthaftes sucht. Du weißt schon, mit festen Bindungen hab ich es nicht so. Ich hab dich vollkommen falsch eingeschätzt und du mich vermutlich auch. Tut mir wirklich leid. Ich hab nur gerade so viel um die Ohren und mit dir war es irgendwie entspannter und alles Nervige war plötzlich unwichtig. Ich ..., ach Scheiße! Wieso erzähl ich dir den ganzen Mist eigentlich? Ich hätte gar nicht erst herkommen sollen. Ich ... ich wollte mich nur entschuldigen.«

Ich lächle Leon betont freundlich an. Nebenbei schreibe ich auf meinen Zettel, dass alles in Ordnung ist und er sich keine Gedanken machen soll. Er muss sich nicht entschuldigen, weil er nichts falsch gemacht hat.
»Bist du sicher, dass mit dir alles okay ist?«, fragt er misstrauisch. Nicht denken, nur lächeln!
Ich nicke vielleicht etwas zu übertrieben, aber das ist auch nicht mehr wichtig. Ich schreibe schnell, dass ich noch verabredet bin und gleich los muss und vorher noch duschen will.
»Okay, Val! Dann geh ich jetzt besser.« Genau! Super Idee, du Blitzbirne!

Sobald die Tür hinter Leon ins Schloss fällt, sacke ich heulend auf meinem Bett zusammen. Scheiße! Wieso musste ich mich ausgerechnet in den schönsten und reichsten Typen der Uni verknallen? Ausgerechnet in jemanden, der nichts Festes sucht, jemanden, der so ganz und gar anders ist als ich? Jemand der immer alles im Griff hat und nicht ständig an sich selbst zweifelt? Eben jemanden, der so gar nicht zu mir passt und absolut unerreichbar für mich ist?

Nachdem ich mich ein klein wenig beruhigt habe, schalte ich meinen Rechner an. Hoffentlich ist Daniel online. Ich muss jetzt unbedingt mit jemandem reden und so viel Auswahl habe ich da ja nicht. Daniel ist sozusagen mein bester Freund. Wir haben uns vor ein paar Jahren in einem Chat für homosexuelle Jugendliche kennengelernt. Naja, eigentlich habe ich nur still mitgelesen, weil es mich einfach interessiert hat, wie es wohl laufen würde, wenn ich ganz normal wäre. Daniel hat in der Gruppe ordentlich mitdiskutiert und seine Erfahrungen bereitwillig mit allen geteilt. Und er hat reichlich Erfahrung, obwohl er sogar noch ein paar Jahre jünger ist als ich.

Eines Nachts, kurz bevor ich den Rechner ausschalten wollte, kam er plötzlich online. Außer mir war aber niemand mehr im Chatroom. Daniel hat mich direkt angeschrieben und gefragt, ob ich noch ein wenig Zeit hätte. Er müsse ganz dringend mit jemandem reden. Irgendwie klang das so ernst, dass ich ihm geantwortet habe. An dem Tag war seine Mutter gestorben. Wir haben bis in die frühen Morgenstunden geschrieben. Ich konnte ihm zwar auch nicht helfen, aber ich wusste ungefähr, wie er sich fühlt. Das hat ihn ein wenig getröstet. Jemanden zu haben, der zuhört und einen versteht, das reicht manchmal schon aus, damit es etwas besser geht. Seitdem chatten wir regelmäßig miteinander und erzählen uns von unseren Problemen. Daniel holt mich nicht selten wieder auf den Boden der Tatsachen zurück, wenn ich mich zu sehr einigeln möchte. Getroffen haben wir uns noch nie persönlich, aber wir kennen uns auch so in- und auswendig. Wir wissen einfach alles voneinander.

Zum Glück ist er online und hat Zeit für mich. Schnell tippe ich eine Zusammenfassung von letzter Nacht und dem heutigen Gespräch mit Leon. Daniel ist mächtig sauer auf mich. Er ist der Einzige, der mir auch mal die Meinung geigt. Er fasst mich nicht mit Samthandschuhen an und wird nie müde, mir meine Fehler unter die Nase zu reiben. Aber genau das mag ich so an ihm. Er lässt es mir nie durchgehen, wenn ich mich mal wieder hinter meinem Handicap verstecken möchte. Und jetzt schimpft er richtig mit mir. Und damit hat er vollkommen recht. Ich hätte Leon letzte Nacht stoppen müssen, zur Not mit Händen und Füßen. Daniel nimmt ihn sogar in Schutz und schreibt, dass ich wirklich froh sein kann, dass er so schnell gemerkt hat, dass etwas nicht stimmt. Wie es mir jetzt gehen würde, wenn Leon sich nicht sofort von mir zurückgezogen hätte? Und wie würde Leon sich dann fühlen, wenn er jetzt schon so ein schlechtes Gewissen hat? Dabei ist er rein technisch ja gar nicht so richtig in mich eingedrungen, nur ein kleines bisschen. Aber das hat mich ziemlich unvorbereitet getroffen. Ich will gar nicht mehr darüber nachdenken und Daniel scheint das auch endlich einzusehen.

Nachdem ich ihm auch noch erzähle, was ich von Jana erfahren habe, ist er natürlich ihrer Meinung. Daniel schreibt, dass ich niemanden gebrauchen kann, der nur mit mir ins Bett will und sich dann nicht mehr für mich interessiert. Da hat er ja auch recht, aber ich bin mir nicht sicher, ob das bei Leon wirklich so gewesen wäre. Auch wenn er es ja selbst gesagt hat, hatte ich trotzdem das Gefühl, dass er nicht nur rein körperlich an mir interessiert ist. Klar will er mich nicht gleich heiraten, aber ich denke nicht, dass er mich nur ausnutzen wollte. Wir hatten doch

wirklich viel Spaß beim Lernen. Leon wirkte doch so glücklich und ausgelassen. Oder kann er einfach nur gut schauspielern?
Wenn nur ein bisschen von dem stimmt, was Jana erzählt hat, dann verstehe ich auch, wieso Leon es so eilig hatte. Für jemanden wie ihn scheint das doch normal zu sein. Wahrscheinlich hat er ständig irgendwelche unverbindlichen One-Night-Stands.
Argghhh! So genau will ich das doch gar nicht wissen. Ich hätte ihn doch auch gar nicht so eingeschätzt. Jedenfalls nicht bis zu unserem katastrophalen Intermezzo. Irgendwie habe ich einen ganz anderen Leon kennengelernt als diesen rücksichtslosen Macho, von dem mir alle erzählen. Doch bestimmt haben Daniel und Jana recht. Ich kann so was vermutlich gar nicht richtig einschätzen. Und Leon hat es doch selbst gesagt! Er hat mir doch direkt ins Gesicht gesagt, dass da nichts zwischen uns laufen wird. Er bereut, dass es überhaupt so weit gekommen ist. Ein ganz großes Missverständnis.
Mist! Ich heule schon wieder wegen dieses Typens! Ihm bin ich nicht einmal gut genug für einen One-Night-Stand. Ich hab keinerlei Erfahrung und kann ihm beim Sex so gar nichts bieten. Nichtmal vernünftig reden kann er mit mir! Warum sollte sich jemand wie er überhaupt mit mir abgeben?

Kapitel 6

Ich sollte mir Leon endgültig aus dem Kopf schlagen. Aber das wird ganz bestimmt nicht einfacher, wenn ich jeden Tag in der Uni in seine wunderschönen blauen Augen gucken muss. Dabei versuche ich wirklich, ihm aus dem Weg zu gehen. Trotzdem ertappe ich mich ab und zu dabei, wie ich ihn verträumt anstarre. Peinlich! Ich bin so eine Niete! Ich sollte mich zusammenreißen und ihn vergessen. Aber Leon macht mir da einen Strich durch die Rechnung. Er kommt viel häufiger zu den Vorlesungen und wir treffen ungewöhnlich oft aufeinander. Aber das liegt ganz sicher nicht an mir. Ich meide seinen Blick, aber ich spüre genau, dass er mich beobachtet, wenn er denkt, dass ich es nicht bemerke. Wieso lässt er mich nicht einfach in Ruhe? Was will er denn noch von mir? Hat er so ein schlechtes Gewissen? Will er sich jetzt mit eigenen Augen davon überzeugen, dass ich wegen ihm nicht heulend zusammenbreche? Immerhin spricht er mich nicht mehr an. Aber das alles macht mich trotzdem nervös.

Dann plötzlich ist Leon weg, kommt nur noch sporadisch zu einigen Vorlesungen und ich sehe ihn kaum. Aber freuen kann ich mich darüber auch nicht. Ganz im Gegenteil. Ich vermisse ihn. Er war doch der Einzige, mit dem ich reden konnte. Vielleicht hätte ich ihm doch besser zuhören sollen. Vielleicht hätten wir ja einfach mit der Nachhilfe weitermachen können. Einfach nur so, als Freunde? Wie will er denn überhaupt die Klausur schaffen, wenn er jetzt schon wieder alle Vorlesungen schwänzt? Ob er wirklich

so viel um die Ohren hat? Das hat er doch gesagt. Aber was soll jemand wie er schon groß für Stress haben, wenn sein Papa alles für ihn bezahlt? Er muss wahrscheinlich nicht mal arbeiten gehen und wenn, dann bestimmt nur, weil er Erfahrungen sammeln will und nicht, um seine Miete zu bezahlen. Oder verdient er sich was dazu, weil er seine flüchtigen Bekanntschaften auch auf ein oder zwei Drinks einladen muss, bevor er mit ihnen ins Bett springt? Bei seinem Verschleiß kostet das doch auch ne Menge! Argghhhh! Es macht mich immer noch fertig, wenn ich nur daran denke, dass irgend so ein Flittchen Leons wundervolle Lippen küsst. Ich will ihn küssen und ich will nicht, dass jemand anderes dazwischenfunkt!
Mist! Ich häng immer noch an ihm, aber es bleibt mir gar nichts anderes übrig, als Leon aus meinen Gedanken zu verbannen. Wenigstens muss ich jetzt nicht mehr jeden Tag sein ansteckendes Zahnpastalächeln ertragen.

Aber Leon hat trotz allem etwas in mir bewirkt. Immerhin hatte dieser unglaublich schöne, beliebte, sportliche, eben einfach perfekte Mann ein ziemlich eindeutiges Interesse an mir. Das ist doch was. Also scheine ich rein optisch doch ganz gut vorzeigbar zu sein. Das macht mir ein wenig Mut für den nächsten Schritt. War Daniels Idee! Aber wie immer liegt er damit genau richtig. Ich werde ausgehen. Wenn meine Unerfahrenheit ein Problem für mich ist, dann muss ich eben etwas dagegen tun. Aber hier zu Hause auf dem Sofa wird das garantiert nichts. Daniel kennt einen Club, extra für Schwule. Er war schon einmal da, als er hier einen Freund besucht hat, und geriet richtig ins Schwärmen. Da sollen die süßesten Typen rumlaufen. Vielleicht könnte ich da jemanden kennenlernen. Da muss

ich wenigstens nicht noch überlegen, ob mein Gegenüber auf Männer oder Frauen steht. Da sind vielleicht auch ein paar jüngere Männer, solche, die vielleicht noch nicht über so einen immensen Erfahrungsschatz verfügen wie Leon. Ehe ich doch wieder einen Rückzieher machen kann, beschließe ich also gleich dieses Wochenende mal dort vorbeizuschauen. Wenn es mir nicht gefällt, kann ich ja jederzeit wieder gehen und mich unter der Bettdecke verkriechen.
Schade, dass Daniel nicht hier ist. Mit ihm zusammen wäre das sicher einfacher. Aber ich schaff das auch allein. Ist doch kein Ding. Machen Millionen andere doch auch jeden Tag.

Nachdem ich mich also am heutigen Samstagabend zehnmal umgezogen habe, bin ich endlich so weit zufrieden, dass ich mich unter Menschen traue. Ich habe mich für ein schlichtes schwarzes Shirt entschieden. Das ist allerdings ziemlich eng, doch für so einen Anlass wohl genau das Richtige. Es betont meine schlanken Muskeln und zeigt recht viel von meinem trainierten Körper, ohne zu aufdringlich zu wirken. Dazu habe ich eine alte Jeans rausgekramt, die am Hintern schön eng sitzt, die blonden Haare etwas verwuschelt und fertig bin ich. Daniel hat mich gezwungen, ihm ein Foto zu schicken und er ist mit meiner Wahl ganz zufrieden.
Für ihn wäre das sicher viel zu dezent. Er steht auf bunte Klamotten und diesen ganzen Glitzerkram. Das passt auch sehr gut zu seiner quirligen, aufgedrehten Art. Daniel liebt es, im Mittelpunkt zu stehen. Ich hingegen bin ganz froh, wenn ich nicht auffalle. Aber Daniel hat ja auch kein Problem damit, sich mit wildfremden Menschen zu unterhalten.

Ihm fällt immer irgendetwas ein, worüber er stundenlang reden kann.
Heute Abend geht er ebenfalls aus, allerdings mit einer riesigen Gruppe von Freunden. Ich wünschte wirklich, dass er hier in der Nähe wohnen würde. Zusammen hätten wir bestimmt eine Menge Spaß. Vielleicht kommt er mich bald mal besuchen. Daniel macht dieses Jahr sein Abi nach und will dann studieren. Er klang gar nicht mal so abgeneigt von meiner Uni. Mit ein bisschen Glück zieht er im Sommer vielleicht sogar hierher.

Aber jetzt muss ich mich erst mal alleine durchschlagen. Ein wenig mulmig ist mir ja schon. Aber Roman hätte mir ebenfalls so lange ins Gewissen geredet, bis ich endlich selbst die Initiative ergreife. Wenn sich etwas ändern soll, muss ich es selbst in die Hand nehmen. Ich kann nicht darauf warten, dass mich irgendjemand an die Hand nimmt und mir zeigt, wie man Männer kennenlernt. Ich werde das auch allein schaffen!

Der Türsteher mustert mich von oben bis unten, zwinkert mir anerkennend zu und lässt mich rein. Puh! Die erste Hürde habe ich schon mal geschafft. Ganz ohne Schwierigkeiten. Es ist schon recht spät, da meine Umziehaktion doch länger gedauert hat. Aber jetzt bin ich hier und um mich herum ist ein unglaublich bunter Mix aus Männern. Nur wenige Frauen haben sich hierher verirrt. Ich habe kaum Gelegenheit, mich richtig umzusehen, da spüre ich eine Hand auf meinem Hintern. Erschrocken drehe ich mich um und schiebe sie energisch weg.
»Oh mein Süßer, du hast so einen scharfen Knackarsch, da konnte ich einfach nicht widerstehen!«, spricht mich ein

vollkommen fremder, wenn auch ganz gut aussehender, Mann an. Wow! Die verlieren hier ja wirklich keine Zeit. Etwas verlegen lächele ich ihm zu, gehe dann aber weiter und lasse ihn hinter mir stehen. Der war eh nicht mein Typ, viel zu grell und glitzernd. Überhaupt scheint Dezenz hier nicht gerade als eine Tugend angesehen zu werden. Einige der Outfits, die hier zur Schau gestellt werden, würde ich allerhöchstens zu einer Kostümparty anziehen. Es ist so aufregend, all die Männer zu beobachten. Sie tanzen und flirten. Einige knutschen sogar in dunkleren Ecken und was sie mit ihren Händen anstellen, bleibt nicht so verborgen, wie sie vielleicht denken.

Endlich gelange ich an eine Bar und suche gerade nach meinem Zettel für die Bierbestellung, da drängt sich schon ein Typ an mich.
»Hey! Du bist neu hier, oder? Und du bist ganz allein unterwegs? Welch eine Schande! Darf ich dir vielleicht etwas Gesellschaft leisten und dir ein Bier ausgeben?«
Keine Ahnung, ob das eine gute Idee ist, aber ich nicke. So erspare ich mir wenigstens die Zettelbestellung. Kurz darauf stoße ich mit meinem Gegenüber an. Er sieht gut aus, groß und muskulös, aber irgendwie wirkt er so künstlich. Wahrscheinlich liegt es an den perfekt gezupften Augenbrauen und der Frisur, bei der jedes Haar genau an seinem Platz liegt. Ich vermute, er trägt sogar Make-up. Er ist schön, wirkt aber plastisch, wie Barbies Ken, nicht so richtig echt.
Er scheint es mir aber nicht übel zu nehmen, dass ich nichts sage. Es ist hier sowieso viel zu laut, um sich zu unterhalten. Stattdessen taxiert er meinen ganzen Körper mit Blicken, starrt unverhohlen auf die Ausbuchtung in

meiner Hose und bringt mich dazu, zu bereuen, dass ich die ganz enge Jeans angezogen habe. Ken prostet mir zu und leckt sich dann lüstern über die Lippen. Das wirkt auf mich eher abstoßend als anregend, so, wie es wohl von ihm beabsichtigt wurde. Plötzlich steht er so dicht vor mir, dass ich seinen Atem unangenehm feucht auf meiner Wange spüren kann.
»Komm mit mir in den Darkroom!«, raunt er mir mit merkwürdiger Betonung zu. Irgendetwas sagt mir, dass es hier nicht um eine Dunkelkammer zum Entwickeln von Fotos geht.
Shit! Ich dachte, so etwas gibt es nur in amerikanischen Fernsehserien. Sofort drängt Ken mich zu einer Tür. Ich versuche, mich ihm zu widersetzen und entwinde meinen Arm seinem festen Griff.
»Ach komm schon! Zier dich nicht so! Deshalb bist du doch hier!«, gibt sich Ken zuversichtlich. Scheiße! Ich hätte nicht herkommen sollen. Ich hatte wirklich keine Ahnung, was hier abgeht. Ich dachte, dass es so etwas nur in Filmen gibt und die übertreiben doch immer maßlos. Der Typ packt mich wieder am Arm und will mich mit sich ziehen. Doch eine große, kräftige Hand schließt sich um sein Handgelenk.
Erschrocken sieht er ihren Besitzer an:
»Scheiße, Leon! Verschwinde! Ich hab ihn zuerst gesehen!«, protestiert Ken ungehalten.
»Aber er will offensichtlich nicht mit dir gehen!« Leons Stimme klingt tief und irgendwie bedrohlich. Er scheint so richtig sauer zu sein.
»Also ich hab kein ›Nein‹ von ihm gehört! Er ziert sich nur ein wenig! Er will eben erobert werden. Also lass uns in Ruhe und such dir einen eigenen Fick!«, windet sich Ken

sichtlich nervös. Leon lässt Kens Hand los und sieht mich ruhig an. Es ist schon verdammt lange her, dass ich Leon getroffen habe. Aber jetzt bin ich unglaublich froh, ihn hier zu sehen. Seine Anwesenheit ist sehr beruhigend für mich. Ich bin mir ganz sicher, dass Leon mich niemals diesem schmierigen Typen überlassen wird.

»Möchtest du mit Danny mitgehen und dich im Darkroom von ihm durchficken lassen?«, fragt Leon mich, als würde es nur um einen Drink gehen. Ich könnte ihm vor Dankbarkeit um den Hals fallen. Eine klar formulierte Frage, auf die ich sofort heftig den Kopf schüttele.

»Da hast du es! Er will nicht! Also nimm deine dreckigen Finger von ihm!« Mit diesen Worten baut Leon sich vor Danny zu voller Größe auf und blickt angriffslustig auf ihn herunter. Der wirkt plötzlich kleiner und verzieht sich ohne ein weiteres Wort. Ich bleibe allein mit Leon zurück. Er rauft sich nervös die Haare.

»Scheiße, Valentin! Was zum Teufel machst du hier? Für die Typen bist du doch Frischfleisch! Und die sind nicht besonders rücksichtsvoll.« Er atmet tief durch, sieht mir dann fest in die Augen und fragt:

»Bist du hier um dich von irgendjemandem vögeln zu lassen?« Sofort verneine ich und pure Erleichterung macht sich auf seinem Gesicht breit. Ist Leon etwa eifersüchtig? Ach was! Das ganz bestimmt nicht. Er weiß ja schließlich, was hier abgeht. Dann ist doch wohl klar, weshalb er hier ist. Ich hätte mir doch eigentlich denken können, dass Leon in so einem Club anzutreffen ist.

»Also wolltest du nur mal gucken und vielleicht ein wenig tanzen?« Ich lächele ihn etwas verlegen an und nicke. Ich hatte doch echt keine Ahnung, dass es hier sofort zur Sache geht. Das ist garantiert nichts für mich.

»Willst du dann mit zu uns an den Tisch kommen? Dann kann ich ein wenig auf dich aufpassen.« Leon sieht mich nervös an, lächelt dabei aber sein typisches Leon-Lächeln. Und sofort ist es vorbei mit allen guten Vorsätzen, mich von Leon fernzuhalten. Er ist so schön und diese Augen machen mich ganz verrückt. Wie soll ich denn da widerstehen? Ich bin nun mal hoffnungslos in ihn verknallt. Und die Aussicht, diesen Abend mit ihm zu verbringen, hebt meine Stimmung in schwindelerregende Höhen. Ebenfalls lächelnd nicke ich Leon zu. Ich bin ihm unheimlich dankbar für meine Rettung, weiß aber gerade nicht, wie ich ihm das zeigen soll. Also gehe ich auf ihn zu und umarme ihn. Ich drücke ihn ganz fest an mich und hoffe, dass er versteht, was ich ihm sagen will.
Kurz zögert er, sein Körper versteift sich, aber dann spüre ich, wie sich seine Arme um mich schließen und er mich noch dichter an sich zieht.
»Val!«, flüstert Leon irgendwie hilflos und ich könnte schwören, dass er mir einen sanften Kuss auf meinen Scheitel gegeben hat. Ich bin unendlich erleichtert und genieße seine Nähe, die unglaubliche Wärme und seinen Duft.
Leon löst sich wieder von mir, hält meine Hand aber fest und mich trifft schon wieder so ein Wahnsinnslächeln. Meine Hand liegt immer noch in seiner, als er mich mit sich durch die Reihen tanzender Männer zieht. Jetzt wagt es niemand mehr, mir an den Arsch zu fassen. Und ich bin ein wenig stolz, dass ich in Begleitung des mit Abstand schönsten Mannes des ganzen Clubs bin.
Leon führt mich zu einer Sitzecke um einen runden Tisch. Hier stehen diverse Getränke, die zu einer Gruppe von gut aussehenden Männern gehören. Wow! Ob die alle Models

sind? Würde mich nicht wundern. Einer der Männer, der ebenfalls aussieht, als würde er gerade zur Mister Germany Wahl antreten, steht gleich auf und grinst Leon an.
»Da hast du dir ja für heute Nacht ein absolutes Sahnestück rausgefischt! Alle Achtung! Dein Geschmack ist wirklich exzellent. Möchtest du uns den Hottie nicht vorstellen?« Leon lacht mich an und ich bin mir ziemlich sicher, dass ich knallrot anlaufe.
»Jaja, Mickey, ist ja schon gut. Also Leute, das ist mein Freund Valentin. Wir kennen uns aus der Uni.« Hat er gerade ›mein Freund‹ gesagt? Wie hat er das gemeint? Ich winke etwas unbeholfen in die Runde und dann setzen wir uns zu den anderen. Leon legt einen Arm um meine Taille und zieht mich ganz dicht zu sich. Mir wird fast schwindelig von seiner Nähe. Für die anderen muss es doch jetzt so aussehen, als würde da was zwischen uns laufen. Ist ihm das etwa egal? Ich würde zu gern wissen, was er jetzt denkt.

Leon beugt sich zu mir, sein Atem auf meiner Haut, ganz anders als der von dem ekligen Typen vorhin. Ich will mehr von Leon. Ich will ihn! Aber ich hab echt Schiss. Er muss mich doch für einen absoluten Grünschnabel halten. Jeder pubertierende Teenie hat mehr Ahnung vom Leben als ich. Ich komme mir so dumm vor und weiß nicht, was ich jetzt machen soll. Ich war ja noch nicht einmal in einer richtigen Disco und schon gar nicht mit so vielen coolen Typen!
Leon erzählt mir, wer die Leute an unserem Tisch sind. Zwei von denen kennt er noch aus der Schule und der Rest kam dann nach und nach zu der Gruppe dazu. Sie treffen sich schon seit Jahren und gehen zusammen feiern. Leon redet die ganze Zeit mit mir, fragt mich einiges

und ich fühle mich wohl in seiner Gegenwart. Irgendwie normal. Ich brauche keine Zettel, damit er mich versteht. Er tut es einfach. Ich sehe ihn die ganze Zeit an, lasse ihn keine Sekunde aus den Augen. Immer wieder trifft mich sein Blick und dann schaut er fast verlegen wieder weg. Aber ich muss ihn einfach ansehen. Er ist so wunderschön, dass ich gar nicht anders kann.
Leons Verhalten gibt mir jede Menge Rätsel auf. Ich dachte, er hätte kein Interesse an mir, aber jetzt sitzen wir hier in einem Schwulen-Club, er hält mich fest an sich gedrückt und seine Hand spielt gedankenverloren mit meinen Fingern. Ganz deutlich spüre ich, wie mit jeder seiner Zärtlichkeiten meine Hoffnung wächst. Er steht auf mich und es ist ihm egal, dass die anderen das auch mitbekommen. Aber was genau will er denn jetzt von mir?

Ich habe mich nie wirklich mit zwischenmenschlichen Beziehungen auseinandergesetzt, weil ich nie welche hatte, die das erforderten. Eigentlich war ich immer auf mich allein gestellt. Es hat sich doch nie jemand für mich interessiert, weder rein freundschaftlich und erst recht nicht sexuell. Es gab einfach keinen Grund, mich damit auseinanderzusetzen. Und außer ein paar Filmen, meiner eigenen Handarbeit und der Katastrophe mit Leon habe ich absolut keine Erfahrung. Und das ist mir jetzt mehr als unangenehm. Ich will ihn nicht enttäuschen. Er ist mir viel zu wichtig und ich will mich nicht noch mehr blamieren. Aber schlimmer als in unserer gemeinsamen Nacht kann es wohl kaum werden.
Und Leon macht eigentlich nicht den Eindruck, als würde er mir irgendetwas übel nehmen.

Doch falls da wirklich etwas zwischen uns läuft, wäre es für ihn mit Sicherheit nur ein One-Night-Stand. Und ich weiß nicht, ob ich damit zufrieden wäre.

Leon kommt mir schon wieder so nah und die Luft wird für mich knapp.
»Hast du Lust zu tanzen?«, flüstert er mit heiserer Stimme in mein Ohr. Seine Worte vibrieren durch meinen Körper und ich bin vollkommen machtlos gegen seine Anziehungskraft. Wie hypnotisiert lasse ich mich von ihm auf die Tanzfläche ziehen. Doch selbst, als wir dort ankommen, lässt Leon mich nicht los. Ganz im Gegenteil. Er zieht mich an sich, seine Hände auf meinen Hüften und er wiegt unsere Körper im Rhythmus der lauten Musik. Leon sieht mich an und in seinem Gesicht zeigt sich so ein Ausdruck, der meinen Magen flattern lässt. Er hat nur Augen für mich, scheint die anderen tanzenden Männer um uns herum überhaupt nicht wahrzunehmen. Seine gesamte Aufmerksamkeit gilt ausschließlich mir und ich fühle mich wahnsinnig gut dabei. Aufgeregt, nervös, aber gut. Sein Blick hält meinen gefangen und irgendwie kommt sein Gesicht immer dichter. Ich kann nicht einmal sagen, ob er sich mir nähert oder ob sogar ich magisch von seinem sinnlichen Mund angezogen werde.
Die erste Berührung unserer Lippen ist nur ein Hauch, kaum spürbar, so sanft wie eine Sommerbrise. Sofort zieht Leon sich ein Stück zurück, sieht mich fragend an, scheint etwas in meinem Gesicht zu suchen. Dann wird mir klar, dass er nur sichergehen will, dass mit mir alles in Ordnung ist und er mich mit seinem Annäherungsversuch nicht überfährt. Sofort packt mich wieder das schlechte

Gewissen. Ich hätte doch mit ihm reden sollen. Ich wollte doch nicht, dass er sich Vorwürfe macht.
Ich überbrücke entschlossen den Abstand zwischen uns, vergrabe meine Hände in seinen Haaren und küsse ihn mit all dem Verlangen, das in diesem Moment durch meinen Körper fährt. Meine Zunge drängt sich zwischen seine Lippen, erkundet neugierig Leons Mund und wie von selbst presst sich mein Becken gegen seinen Unterleib. Ich spüre die seidigen Haare unter meinen Fingern, seine Hitze, die meinen Körper zum Glühen bringt. Leons Hände machen mich wahnsinnig, und als sich eine seiner Fingerspitzen einen Weg zwischen mein Shirt und den Hosenbund bahnt und zaghaft meine nackte Haut streichelt, schaltet sich mein Verstand endgültig ab. Jegliches Zeitgefühl verlässt mich. Die Welt um uns herum scheint nicht mehr zu existieren. Leon ist alles, was ich wahrnehme. Ich atme seinen männlichen Duft ein, schmecke ihn und kann einfach nicht genug von ihm bekommen. Doch obwohl nicht einmal mehr ein Blatt Papier zwischen uns passt, reicht mir das nicht. Ich will ihm noch näher sein, ihn überall spüren. Leon scheint ähnlich zu empfinden und drückt seinen harten Körper fest an mich. Seine Erektion drängt gegen meine Hüfte und Leon ringt keuchend nach Atem, als er seine Stirn gegen meine lehnt.
»Komm, lass uns von hier verschwinden!« Wieder diese tiefe, erotische Stimme in meinem Ohr. Leon nimmt meine Hand und erst jetzt wird mir bewusst, wo wir sind und dass uns schon einige Leute ziemlich interessiert beobachten. Sie klatschen Beifall als Leon mich durch die laut grölende Menge Richtung Ausgang zieht.
Wie peinlich! Ich mache mit Sicherheit jeder Tomate Konkurrenz. Leon hat für unser Publikum nur ein müdes

Lächeln übrig und erkämpft uns einen Weg nach draußen.

»Alles Okay?«, erkundigt sich Leon, als uns die eiskalte Nachtluft um die Nase weht. Ich nicke und Leon lächelt mich warm an. Ich liebe sein Lächeln, ganz besonders wenn es ausschließlich mir gilt. Er hält immer noch meine Hand, lässt sie einfach nicht los. In diesem Moment ist mir egal, was die anderen sagen. Er mag mich, ganz sicher. Vielleicht nicht so, wie ich es mir wünsche, aber er ist auch kein rücksichtsloser Arsch, so wie ihn die anderen darstellen. Die Wahrheit liegt wohl irgendwo dazwischen.
Schweigend gehen wir durch die Nacht, aber es ist nicht unangenehm. So habe ich ein wenig Zeit, um wieder zu mir zu kommen und Leon noch einmal verstohlen von der Seite zu mustern. Aber das entgeht ihm natürlich nicht und er dreht sich gleich zu mir um und schenkt mir noch so ein umwerfendes Lächeln. Ich kann einfach nicht glauben, dass jemand wie er wirklich auf mich steht. Er hätte sich in diesem Club doch jeden x-beliebigen Typen aussuchen können und die hätten Gott weiß was mit sich anstellen lassen. Oder erwartet er das jetzt von mir?
Plötzlich wird mir klar, wo das hier hinführt und ich könnte mich schon wieder für meine eigene Doofheit ohrfeigen. Er will ganz sicher mit mir schlafen. Natürlich! Aber ich weiß nicht, ob ich das kann. Mein Herz galoppiert panisch in meiner Brust. Ich hab echt Schiss! Beim letzten Versuch war es so unangenehm, dass ich mir beim besten Willen nicht vorstellen kann, dass ich jemals Spaß daran haben werde. Dabei ist doch eigentlich gar nichts passiert.

Kapitel 7

Viel zu schnell stehen wir vor meiner Haustür, welche ich mit zitternden Händen öffne. Wir betreten mein Zimmer. Ich versuche ein wenig mehr Abstand zwischen uns zu bringen und gehe in die Küche, um ein Glas Wasser zu trinken. Leon wartet in meinem Zimmer auf mich und es kostet mich einige Mühe, zu ihm zurückzugehen. Meine Nervosität ist mir jetzt bestimmt deutlich anzusehen.
Leon sitzt auf meinem Bett und winkt mich zu sich.
»Komm her! Setz dich!«, fordert er mich mit einem Lächeln in der Stimme auf. Und ich tue, was er verlangt, weil ich irgendwie nicht anders kann. Sobald ich neben ihm sitze, rückt er ganz nah an mich heran, nimmt meine Hand in seine und spielt wieder mit meinen Fingern.
»Du willst nicht mit mir schlafen, richtig?« Ich presse fest meine Lippen aufeinander und starre angestrengt auf den Boden. Ich will nicht, dass er geht, aber ich hab auch Angst, mit ihm zu schlafen. Ich fühle mich so hilflos und dämlich. Ich weiß einfach nicht, was ich machen soll.

Seine Hand streichelt sanft über meine Wange, dreht ihm mein Gesicht zu und ich blicke in himmelblaue Augen. Keinerlei Enttäuschung oder Ablehnung ist darin zu erkennen.
»Valentin, wir werden garantiert nichts tun, was du nicht möchtest, okay? Das verspreche ich dir!« Er zieht mich zu sich und ich lege meinen Kopf auf seine Schulter.
»Das, was letztes Mal passiert ist, tut mir wahnsinnig leid. Ich bin davon ausgegangen, dass du ... naja, dass du das

häufiger tust. So wie du aussiehst, hätte ich nie erwartet, dass du dich bis jetzt vor der Männerwelt versteckt halten konntest. Du hast ja heute vielleicht einen kleinen Einblick bekommen, wie du auf andere wirkst. Du bist so unglaublich heiß, dass dich die meisten der Typen in dem Club heute gern mit nach Hause genommen hätten. Ich bin gar nicht auf die Idee gekommen, dass es dein erstes Mal sein könnte. Ich hätte besser auf dich achten müssen. Ich hätte dich ansehen müssen. Ich hätte ... es tut mir so wahnsinnig leid! Ich wollte dir nicht wehtun. Und wenn du es mir erlaubst, also nur, wenn du es wirklich willst, dann würde ich das gern wiedergutmachen. Ich kann dir zeigen, dass es wirklich schön sein kann. Irgendwann, wenn du so weit bist. Ganz langsam, in deinem Tempo. Du bestimmst, was passiert und ich werde mich nach dir richten. Ganz wie du willst. Falls du überhaupt noch willst.« Beim letzten Satz ist er ganz leise geworden, irgendwie traurig.

Ich weiß gar nicht so recht, was ich denken soll. Leon ist jetzt so einfühlsam und sieht mich hoffnungsvoll an. Ich muss ihm einfach zunicken und werde sofort mit einem wundervollen Lächeln belohnt. Sogar seine Augen strahlen mich an.

Ich will ihn nicht enttäuschen. Aber trotzdem hab ich Schiss. Was ist, wenn er nicht mit mir zufrieden ist? Wenn ihm irgendwann auffällt, dass ich zu kompliziert bin und er es doch mit einem anderen Typen viel einfacher haben könnte? So ist er es doch bisher gewohnt. Wieso ist er dann jetzt ausgerechnet bei mir und nicht mit einem heißen, erfahrenen Mann im Darkroom?

Der Tumult in meinem Inneren bleibt auch von Leon nicht unbemerkt.

»Ach, Val! Mach dir nicht so viele Gedanken! Du bekommst ja sonst Falten in deinem hübschen Gesicht. Man kann auch ohne Sex Spaß haben. Und dabei kann man eine Menge Erfahrungen sammeln!«, zwinkert Leon mir zu. Aber es fühlt sich trotzdem nicht so an, als würde er sich über mich lustig machen.

»Warst du schon einmal mit einem Mann zusammen?«, fragt Leon mich jetzt und lässt mir keine Zeit, schon wieder in Grübeleien zu versinken. Ich verneine.

»Mit einer Frau?«, auch das verneine ich grinsend.

»Hast du schon einmal einen Mann nackt gesehen? Nicht auf einem Foto oder in einem Porno sondern in Wirklichkeit?« Wieder muss ich verneinen. Nicht einmal Leon habe ich gesehen. Neulich ging alles so schnell und er war hinter mir, sodass ich wirklich keine Gelegenheit hatte, ihn mir anzusehen.

Ein herausforderndes Lächeln umspielt Leons Mundwinkel und er fragt mich:

»Möchtest du denn mal einen Mann nackt sehen?«

Sofort schießt mir Hitze ins Gesicht. Verdammt, mir war gar nicht klar, dass ich so verflucht schüchtern bin. Aber ich nehme meinen ganzen Mut zusammen und nicke. Ich will ihn sehen. Er sieht sicher umwerfend gut aus. Alles, was ich bisher erkennen kann, verschlägt mir ja schon den Atem.

Langsam steht Leon auf, entfernt sich zwei Schritte von mir und zieht Schuhe und Socken aus. Dann hebt er sein T-Shirt an und entblößt ganz langsam seine perfekt definierten Bauchmuskeln und die austrainierte Brust. Er streift das Shirt über seine breiten Schultern und zieht es über seinen Kopf. Seine großen Hände wandern seinen Oberkörper hinab zum Hosenbund. Mein Herzschlag beschleu-

nigt sich um einiges, als er die Knöpfe seiner Jeans, einen nach dem anderen, öffnet. Die Hose gleitet zu Boden. Jetzt bleibt mir erst recht die Luft weg. Nur noch in Unterhose steht dieser unglaublich schöne Mann vor mir. Genauso könnte er von einem metergroßen Werbeplakat herablächeln und die Menschen würden alles kaufen, was er ihnen anbietet. Aber Leon lächelt jetzt nur für mich und für niemanden sonst.
Seine Finger greifen in den Bund der Shorts und mir wird ganz schummerig, als er in Zeitlupentempo seine Männlichkeit entblößt. Wie kann ein Mensch nur so unglaublich perfekt sein? So schön, an wirklich jeder Stelle seines traumhaften Körpers? Und so, wie er mich jetzt anlächelt, ein wenig herausfordernd und stolz, weiß er ganz genau, wie wahnsinnig heiß er ist und was das mit mir anstellt.
Er kommt einen Schritt auf mich zu, beugt sich zu mir herunter, legt behutsam eine Hand an mein Kinn und flüstert:
»Atme, Valentin! Vergiss das Atmen nicht!« Sofort schnappe ich nach Luft. Ich habe gar nicht bemerkt, dass ich gebannt die Luft angehalten hatte. Leon lacht leise. Er sieht mich mit so einem Blick an, der mir irgendwie das Gefühl gibt, dass alles gut ist. Er findet das hier nicht albern und er macht sich nicht über meine Unerfahrenheit lustig. Ganz im Gegenteil. Leon nimmt mich ernst und er ist mindestens genauso erregt wie ich. Sein Penis ist steil aufgerichtet, wunderschön, mit einer dunkelroten Spitze. Der Schaft ist gerade und glatt. Fasziniert beobachte ich, wie sich seine Hoden bei jedem Schritt bewegen. Ich würde zu gern wissen, wie sich die zarte Haut an dieser Stelle anfühlt.

Leon legt sich neben mich auf das Bett, verschränkt die Hände hinter dem Kopf und gibt sich ganz entspannt, bis auf seine Körpermitte natürlich. Es macht ihm nichts aus, dass ich ihn anstarre. Es scheint ihn nicht im Geringsten zu stören hier nackt vor mir zu liegen, während ich noch vollkommen bekleidet bin. Ich beneide Leon wirklich um sein immenses Selbstbewusstsein.

»Willst du mich berühren?« Erschrocken blicke ich zu ihm, aber da ist kein Spott in seinen markanten Zügen, nur eine stumme Aufforderung.

Ich komme mir immer noch wie ein kleiner, dummer Junge vor. Aber die Möglichkeit, meine Finger über Leons straffe Haut gleiten zu lassen, ist einfach zu verlockend. Mit zitternden Händen streiche ich an seiner Seite entlang, doch er zuckt zurück und lacht.

»Das kitzelt!«, grinst er mich an. Dann legt sich seine Hand auf meine und führt sie mit sanftem Druck über seinen Körper.

»So mag ich es!«, flüstert Leon mir zu und zieht seine Hand gleich wieder zurück. Mit etwas mehr Druck setze ich die Erkundung dieses wunderschönen Körpers fort.

Die Haut unter meinen Fingerspitzen fühlt sich weich an, so zart wie ein Blütenblatt. Aber trotzdem ist sie ganz fest, spannt sich straff über harte Muskeln. Diese Kombination aus Weichheit und Härte ist unheimlich faszinierend und ich berühre jeden Zentimeter von Leons Oberkörper. Er lässt mir Zeit, mich an diese ungewohnte und wahnsinnig intensive Nähe zu ihm zu gewöhnen. Aber das schnelle Heben und Senken seines Brustkorbs verrät mir, dass meine Berührungen ihre Wirkung nicht verfehlen. Als ich seine Brustwarze erreiche, massiere ich sie sanft zwischen Daumen und Zeigefinger. Leon schließt kurz genüsslich die Augen und stöhnt ganz leise. Dieser Laut ist so unglaublich erregend. Mittlerweile bin ich so hart, dass es in der engen Jeans schon fast wehtut. Auch Leons Geduld ist am Ende. Er zieht mich über sich, sodass ich auf ihm liege und seinen beschleunigten Herzschlag durch den dünnen Stoff meines T-Shirts spüren kann. Mein ganzer Körper kribbelt. Ich habe noch nie so viel auf einmal gefühlt. Das überfordert mich schon wieder ein bisschen. Aber um nichts in der Welt möchte ich das hier beenden. Ich wünschte sogar, dass wir immer so weitermachen könnten, dass Leon mich immer so wie jetzt ansehen würde, so ehrlich, beeindruckt und fasziniert. Ich weiß natürlich nicht, was in ihm vor sich geht, aber dieser Blick drückt genau das aus, was ich auch für ihn empfinde. Und es fällt mir leicht, mich der Illusion hinzugeben, dass er ähnlich fühlt.

Während ich in Leons himmelblauen Augen versinke, vergraben sich seine Hände in meinen Haaren, ziehen meinen Kopf nach unten und er küsst mich. Fast schon gierig saugt er an meinen Lippen, fordernd, heiß. Das Kribbeln in meinem Körper verstärkt sich, konzentriert sich immer mehr in meiner Körpermitte. Seine Hände streicheln zärtlich meinen Hals hinab über meinen Rücken und dann schieben sie sich unter mein Shirt.

Plötzlich werde ich nervös. Verdammt! Seit wann bin ich denn so ein Schisser? Leon bemerkt meine Reaktion und seine Hände ziehen sich sofort zurück.

»Möchtest du nicht, dass ich dich ausziehe?« Er fragt das ohne jegliche Enttäuschung. Nicht mal einen negativen Unterton kann ich ausmachen. Er gibt sich so viel Mühe mit mir und das macht mir ein wenig Mut. Ehe ich es mir wieder anders überlegen kann, ziehe ich mir einfach selbst das Shirt über den Kopf.

Leons Blick wandert über meinen Körper und bleibt unweigerlich an der größten Narbe hängen, die meinen Brustkorb ziert. Mir wird ganz schlecht und ich fühle mich plötzlich unwohl unter seiner Musterung. Ansehen kann ich ihn jetzt nicht. Ich habe zu viel Angst, Ekel oder Abneigung in seinen Augen zu erkennen. Für mich sind die Narben nicht schlimm. Na gut, schön sind sie nicht, aber ich finde sie nicht abstoßend. Sie erinnern mich jeden Tag daran, dass ich wahnsinniges Glück gehabt habe. Ich hätte genauso gut tot sein können. Aber Leon weiß nichts davon. Er weiß nicht, was die Narben für mich bedeuten. Nach so langer Zeit sieht man ihnen auch nicht mehr unbedingt an, dass die Verletzungen lebensbedrohlich waren. Er sieht einfach nur einen Körper, der nicht vollkommen ist. Einen Körper, den unübersehbare Makel verunstalten. Und gerade neben dem perfekten Leon komme ich mir jetzt wirklich fehlerhaft vor. Ich schäme mich für etwas, von dem ich dachte, dass ich mich eigentlich schon damit abgefunden hatte. Instinktiv halte ich meine Hand vor die Narbe, um sie zu bedecken.
»Val?« Wieso zittert Leons Stimme? Hat er vielleicht Angst, mir zu sagen, dass er mich jetzt doch abstoßend findet? Dass er das hier schleunigst beenden will und jetzt geht? Scheiße! Was hab ich mir nur dabei gedacht? Erst renne ich total blauäugig in einen einschlägigen Schwulen-Club, schliddere haarscharf am Darkroom vorbei und jetzt liege ich halb nackt mit dem heißesten Typen, den ich je gesehen habe, im Bett. Wie konnte ich nur glauben, dass alles eine gute Idee ist?

»Val?«, holt Leon mich aus meinen Grübeleien.
»Sind die Narben der Grund, warum du dich neulich auf den Bauch gedreht hast?« Ohne ihn anzusehen, nicke ich und verschränke meine Arme vor der Brust.
»Val!« Ich schaffe es immer noch nicht, Leon in die Augen zu sehen. Ich habe ihn wirklich gern, doch wenn er mich jetzt zurückweist, würde mich das ziemlich hart treffen. Mitten ins Herz fürchte ich. Ich habe einfach Angst vor seiner Reaktion. Doch Leon überrascht mich, indem er meine Hand in seine zieht und unsere Finger miteinander verschränkt. Er drückt mich sanft nach hinten, sodass ich auf dem Rücken liege und er über mir ist. Er küsst mich! Es ist irgendwie ... ich weiß nicht ... intensiver, tiefer als vorhin. Ich kann es gar nicht beschreiben, aber dieser Kuss bedeutet einfach etwas, viel mehr als man mit Worten ausdrücken könnte. Zumindest bedeutet er mir etwas.
Immer wieder hält Leon inne, sieht in mein Gesicht. Er lächelt mich an, zufrieden, entspannt, nicht so gehetzt wie neulich. Er nimmt sich Zeit für mich, mein Tempo hat er gesagt. Ganz langsam ziehen seine Lippen eine Spur meinen Hals hinab, verweilen ein wenig länger bei meinem Schlüsselbein und seine Zunge malt kleine, feuchte Kreise auf meine Haut, die heiß prickeln und bei mir eine Gänsehaut verursachen. Immer tiefer wandern seine Lippen und bedecken meine Brust mit sanften Küssen. Ich ahne, was sein Ziel ist. Meine Bauchmuskeln spannen sich unweigerlich an und ein erneuter Anflug von Panik macht sich in meinem Magen breit.
Dann trifft der erste Kuss auf die große Narbe. Mein Herz stolpert gefährlich. Mit dem zweiten Kuss vertreibt Leon meine Angst, und als seine Lippen zum dritten Mal auf

meine verheilte Haut treffen, will ich, dass er nie wieder aufhört. Ich beobachte ihn, sehe genau, wie seine Lippen zärtlich über die leicht erhabene Struktur streifen. Es fühlt sich merkwürdig an. An einigen Stellen spüre ich fast nichts und an anderen ist es umso intensiver, als wäre die Haut dort noch viel empfindlicher. Als er wieder so eine sensible Stelle trifft, muss ich aufkeuchen und meine Härte zuckt in meiner Hose. Ich kann kaum glauben, wie erregend Leons Küsse sind. Ich hatte eher befürchtet, dass sie das Gegenteil bewirken, besonders bei ihm.
Aber er lächelt! Mit einem unwiderstehlichen Grübchen auf seiner Wange küsst er noch einmal meine empfindsame Haut, dann trifft sein Blick auf meinen und ich schnappe nach Luft.
Vollkommen ernst und überzeugend sagt er:
»Val! Du bist wirklich unglaublich schön!« Keine Ahnung, wieso, aber ich glaube ihm. Vielleicht liegt es am Klang seiner Stimme oder an der Art, wie er mich ansieht. Ich glaube, er findet mich wirklich schön! Das macht mich ganz verlegen, aber gleichzeitig könnte ich vor Stolz platzen, weil ich ihm gefalle.
Leon zieht mich zu sich, sodass ich halb auf ihm liege. Meinen Kopf lege ich auf seine Schulter und Leon hält mich im Arm. Unsere Körper berühren sich, warm, weich, Haut an Haut. Es fühlt sich so echt an, so lebendig. Ich spüre seinen Herzschlag auf meiner Brust, genauso wie er meinen. Scheinbar gedankenverloren spielt Leon mit meinen Fingern, verschränkt sie mit seinen, betrachtet sie, küsst sie, jeden einzeln. Seine andere Hand malt Kringel auf meinen Rücken. Er hat es nicht eilig und endlich kann ich mich entspannen, seine Nähe genießen. Er meint das

wirklich ernst. Und da ist noch so ein Gedanke, der sich so langsam in meinem Kopf einnistet.
Wäre es vielleicht sogar denkbar, dass Leon mich mag? Ich meine so richtig? Nicht nur wegen Mathe oder wegen Sex, sondern wegen mir?
Mir wird ganz schwindelig, wenn ich darüber nachdenke. Aber so abwegig ist das doch gar nicht. Schließlich ist er hier, trotz allem. Das gibt mir ein klein wenig Sicherheit. Genug, um auf Entdeckungsreise zu gehen.

Mutig richte ich mich ein wenig auf und Leon dreht sich ebenfalls auf die Seite. Wir sehen uns an. Diese blauen Augen sind so unfassbar tief. Ich hoffe wirklich, dass ich nicht allzu dämlich aussehe, wenn ich ihn so anschaue. Ich lege meinen Arm um ihn und streichle mit sanftem Druck über Leons Rücken, fahre die Konturen seiner Muskeln nach. Es ist ein wunderbares Gefühl, ihn berühren zu dürfen, seine Haut unter meinen Fingern zu spüren, seinen Herzschlag und seine schnelle Atmung mit den Händen zu fühlen.
Er beobachtet mich, lässt mich keine Sekunde aus den Augen. Er will ganz sicher sein, dass er es nicht wieder verpasst, falls etwas nicht stimmt. Ich lächle ihn an, um ihm zu zeigen, dass es mir wirklich gut geht. Obwohl das eine maßlose Untertreibung ist. Denn gerade jetzt kann ich mein Glück kaum fassen. So eine einmalige Gelegenheit werde ich ganz bestimmt nicht verstreichen lassen.
Leon lässt zu, dass ich ihn ganz auf den Rücken drehe. Langsam tasten sich meine Finger tiefer, streifen seine Leisten hinab bis zu seinen Knien und dann die Innenseite seiner Oberschenkel wieder hinauf. Zaghaft streichle ich über die weiche Haut seiner Hoden und Leons Bauchmus-

keln spannen sich an. Ihm scheint es zu gefallen, und obwohl es mir ein wenig unangenehm ist, dass er mich so genau beobachtet, ist meine Neugier noch stärker.
Mit meinen Fingern ziehe ich eine Spur seinen Schaft entlang, von der Wurzel bis zur Spitze. Ich streichle über die unglaublich zarte Haut, verreibe die leichte Feuchtigkeit, die sich dort gebildet hat. Aus dem Augenwinkel bekomme ich mit, wie Leon seine Hände in die Bettlaken krallt und seine Bauchmuskeln schwer arbeiten. Als ich meine Finger mit leichtem Druck um sein Glied schließe, stöhnt er auf und ich meine in diesem Laut meinen Namen erkannt zu haben. Meine Hand bewegt sich auf und ab, reibt über die glänzende Eichel. Es ist so überwältigend. Leons wunderschöner Körper, seine Reaktionen auf meine Berührungen, die Lust in seinem Blick und die Art wie er ab und an meinen Namen stöhnt.
In schneller werdendem Rhythmus massiere ich ihn, treibe ihn immer weiter dem Höhepunkt entgegen. Sein Atem ist abgehackt und es fällt ihm immer schwerer, ruhig liegen zu bleiben. Seine Stirn glänzt ein wenig feucht und das Spiel seiner Muskeln, die sich unkontrolliert anspannen ist so scharf. Ich selbst schnappe auch nach Luft. Ich bin zu sehr von Leon abgelenkt, um noch regelmäßig zu atmen.
Er kann sich nicht mehr zurückhalten und stößt keuchend in meine Faust. Leons Atem geht schnell. Ich kann seinen rasenden Puls unter der Haut spüren. Zu sehen, wie er in meine Hand kommt, wie er sich gehen lässt, das ist so erotisch. Er ist so unvorstellbar schön und dieser Blick, mit dem er mich jetzt ansieht, der vernebelt mir schon wieder meinen Verstand.
Notdürftig säubere ich Leon und meine Hände am Bettlaken und lege mich neben ihn. Meine Hand ruht auf seiner

Brust und ich spüre, wie schnell sein Herz dagegen hämmert. Mir ist schwindelig und mein Herzschlag geht ebenso schnell wie Leons. Ich fühle mich fast, als hätte ich selbst gerade einen Orgasmus erlebt, so intensiv habe ich das zusammen mit ihm gespürt.
Leon sieht mich einfach nur an. Er sagt gar nichts. Nur ein zufriedenes Lächeln umspielt seine Mundwinkel.

Keine Ahnung, wie lange wir so daliegen und uns einfach nur ansehen. Gedankenverloren greife ich nach Leons Hand, halte sie fest und streichle mit meinem Daumen über seinen Handrücken. Er grinst mich an. Scheiße! Mir wird bewusst, was ich da tue. Kuscheln danach gehört wohl nicht zu einem One-Night-Stand. Ich laufe mal wieder knallrot an und will schnell meine Hand wegziehen. Aber Leon hält sie fest. Er kommt näher, so nah, dass ich das Gewicht seines Körpers auf mir spüre und mein Herz schon wieder Purzelbäume schlägt.
»Val, du bist einfach unglaublich!«, flüstert er schwindelerregend nah an meinem Ohr.
Unglaublich? Was genau meint er denn bitte mit unglaublich? Unglaublich schön? Unglaublich heiß? Oder unglaublich dämlich? Ganz zärtlich knabbert Leon an meinem Ohrläppchen. Dämlich meint er vielleicht doch nicht.

Ich will auch gar nicht zu viel in das hier rein interpretieren. Und an das L-Wort will ich gar nicht erst denken, und er ganz sicher auch nicht. Aber dieser Blick! Wie soll ich denn da standhaft bleiben? Und dann erst diese Lippen, die meinen schon wieder so verdächtig nahekommen.
Ich dachte, Leon würde sich jetzt verabschieden. Das läuft doch heutzutage so, oder? Man geht zusammen ins Bett

und danach trennt man sich. Jeder wartet vor dem Telefon sehnsüchtig auf einen Anruf, aber keiner will den ersten Schritt machen. Oder nur einer wartet und der andere sucht sich schon den nächsten Kerl für eine schnelle Nummer. Ach was! Keine Ahnung. Ist mir gerade auch Schnuppe. Ich will Leon so lange wie irgend möglich bei mir haben. Viel selbstsicherer als ich mich fühle, legen sich meine Hände in seinen Nacken, ziehen ihn zu mir herunter und ich küsse ihn, sauge an seiner Unterlippe und dränge meine Zunge in seinen Mund. Er spielt mit mir, neckt meine Zunge und ich kann einfach nicht genug von seinem wunderbaren Geschmack bekommen, so typisch Leon. Keine Ahnung, ob das normal ist, aber er hat seinen ganz eigenen Duft und Geschmack. Einfach alles an ihm ist einzigartig, so ganz speziell Leon eben. Und ich will mehr von ihm. Ich könnte das ewig machen, ihn küssen und von ihm geküsst werden. Ich hätte nie für möglich gehalten, dass Küssen so toll ist, dass ein anderer Mann nur mit seinen Lippen so einen immensen Aufruhr in mir verursachen kann.

Hat er mich gerade gebissen? Ganz zart nur, aber das waren eindeutig seine Zähne. Wieso fühlt sich das so gut an?

Er tut es noch einmal, diesmal etwas fester und ein angenehmer Schauer durchfährt meinen Körper. Leons Finger wandern über meine Haut, begleitet von seinem leisen Lachen. Es scheint ihm wirklich Spaß zu machen, mich in den Wahnsinn zu treiben. Seine Lippen küssen sich meinen Hals hinab, und als er die empfindliche Haut in meiner Halsbeuge zwischen seine Zähne nimmt, ist es endgültig mit meinem Verstand vorbei. Geräuschvoll presse ich die Luft zwischen meinen Lippen hervor. Ich

fühle mich, als würde ich schweben, als würde ich hilflos durch leeren Raum trudeln. Wo soll das nur hinführen?
Leon beantwortet meine Frage, indem seine Lippen ihren Weg fortsetzen, immer tiefer. Seine Hände befreien mich von meiner Hose und der Unterhose. Überall auf meiner Haut spüre ich seine Finger. Wie stellt er das nur an? Er hat doch auch nur zwei Hände, wie jeder normale Mensch. Mal fliegen seine Fingerspitzen über meine Haut, kaum spürbar, nur ein leichtes Kitzeln, das mir eine Gänsehaut verursacht. Dann sind seine Berührungen wieder fester und seine Hände kneten fast schon grob meine Pobacken. Ich hätte mir nie träumen lassen, dass diese Kombination so aufregend ist. Nichts, was Leon tut, ist vorhersehbar. Immer, wenn ich denke, dass ich ihn verstehe, dass ich weiß, wie er handelt, dann überrascht er mich. Er ist einfach nicht fassbar für mich und ich hoffe wirklich, dass ich das nicht alles bloß träume.
Langsam aber sicher küsst und knabbert Leon sich über viele lange Umwege zu meiner Leistengegend vor. Bei dem Gedanken, was er vielleicht vorhaben könnte, zuckt mein Schwanz aufgeregt. Das entgeht ihm natürlich nicht. Wieder ein kleines Lachen. Ich bin Wachs in seinen Händen und er genießt dieses Gefühl offensichtlich.
Leons Mund haucht einen kleinen Kuss auf meine Spitze und jagt damit ein Beben durch meinen überreizten Körper. Doch ehe ich mich von den intensiven Empfindungen erholen kann, verschwindet mein Glied in seinem Mund. Hölle! Ist das gut!
Keine Ahnung, was genau er da macht, aber es fühlt sich großartig an. Er lässt mich ein Stück aus seinem Mund heraus gleiten und seine Zunge umkreist meine Spitze. Nur mit größter Mühe kann ich meinen Kopf oben halten,

um ihn anzusehen. Leon erwidert meinen Blick. Er sieht mir direkt in die Augen, als seine Zunge in die kleine Vertiefung meiner Eichel stößt. Ich keuche unkontrolliert auf und meine Bauchmuskeln zittern. Ich muss mich echt zusammenreißen, um nicht jetzt schon zu kommen.
Leon so zu sehen, das ist irgendwie verrucht. Das fühlt sich so unanständig an. Jetzt tritt auch noch so ein verschmitzter Ausdruck in seine Augen, als ob er wüsste, was ich denke. Sein Mund senkt sich immer weiter über meinen Schaft, nimmt immer mehr von mir in sich auf. Das ist doch nicht möglich! Der Anblick seiner Lippen, wie sie sich fest um meinen Schwanz schließen, treibt mich in den Wahnsinn. Als meine gesamte Länge in seinem Rachen verschwindet, fällt mein Kopf nach hinten. Leons Mundhöhle ist so heiß und feucht, wodurch seine Berührungen um ein Vielfaches intensiviert werden. Dann spüre ich, wie sich Leons Hand um meine Hoden schließt und sie sanft knetet. Jetzt kann ich es wirklich nicht mehr aufhalten. Ich will mich zurückziehen, ihn warnen, aber er lässt das nicht zu und ich komme heftig zuckend in seinem Mund.

Dieser Orgasmus hebt meine Welt aus den Angeln, so intensiv strömt er durch meinen Körper. Selbst in meinen Zehenspitzen kribbelt es. Für einen kurzen Moment ist meine Sicht vernebelt. Hektisch schnappe ich nach Luft und versuche mich zu orientieren.
Ich bin vollkommen am Ende.
Ehrlich! Ich kann nicht einmal meinen Arm heben. Geht einfach nicht.
Leon entlässt meinen Penis aus seinen göttlichen Lippen, leckt sich genüsslich darüber und lächelt mich breit an. Er hat doch nicht wirklich … oh mein Gott! Alles sauber!

Er zieht die Decke über mich, lächelt noch einmal zu mir herunter und steht dann auf. Sofort vermisse ich seine Nähe. Ich wünschte so sehr, dass er bleiben würde. Aber ich weiß auch, dass es so nicht funktioniert. Und schon gar nicht mit ihm, Mr. Perfect! Der bleibt nach einem One-Night-Stand garantiert nicht über Nacht. Leon verschwindet im Bad.
Was mache ich denn jetzt? Soll ich ihn bitten, heute Nacht hierzubleiben? Wenn wir sowieso nie wieder so eine berauschende Nacht miteinander verbringen werden, dann habe ich doch nichts zu verlieren, oder? Mehr als gehen kann er ja eh nicht. Und so habe ich vielleicht den Hauch einer Chance, wenigstens noch ein paar Stunden mit ihm verbringen zu dürfen.

Viel zu schnell kommt Leon aus dem Bad zurück, stellt sich, immer noch nackt und wunderschön, vor das Bett und rauft sich die Haare. Wahrscheinlich findet er seine Unterhose nicht. Mag vielleicht daran liegen, dass ich sie unter meinem Kopfkissen versteckt habe. Also, jetzt oder nie.
Mit zittrigen Fingern halte ich Leon mein Handydisplay vor die Nase: ›Bleibst du?‹ Mir ist beim besten Willen nichts anderes eingefallen, womit ich mich nicht sofort lächerlich gemacht hätte.
Leon starrt auf das Display. Er verzieht keine Miene. Wie lange kann er schon brauchen, um diese zwei Wörter zu lesen? Dann sieht er mich direkt an. Shit! Ich hoffe, ich seh nicht so erbärmlich aus, wie ich mich gerade fühle. Aber ich schaffe es irgendwie, seinem Blick standzuhalten. Kann ja nicht schaden, wenn er begreift, wie ernst mir das

ist. Oder doch! Ernst war doch genau das, was er nicht wollte! So ein Mist! Ich bin doch echt ein Volltrottel!

Nach einer Ewigkeit, die wir uns wortlos anstarren, kommt endlich Bewegung in Leon. Er dreht sich um und geht zur Tür. Er wird doch jetzt nicht nackt abhauen? Aber Leon betätigt bloß den Lichtschalter und das Zimmer wird nur noch vom gedämpften Licht einer Straßenlaterne durch das Fenster erhellt. Ich kann deutlich sehen, dass Leon wieder Richtung Bett geht und nicht zur Tür oder zum Haufen, den seine Klamotten auf dem Boden bilden. Er kommt zu mir ins Bett, kuschelt sich an mich, legt sogar locker einen Arm um meine Taille und murmelt leise:
»Gute Nacht, Val! Träum was Schönes!«
Er bleibt! Er bleibt wirklich hier! Bei mir! In meinem Bett! Sogar unter meiner Decke! Ich spüre seinen kräftigen Herzschlag in meinem Rücken, die Wärme seiner Haut, das sanfte Kitzeln seines Atems in meinem Nacken. Alles ist perfekt. Er ist perfekt.

Scheiße!
Er wird mir irgendwann das Herz brechen. Vielleicht sogar schon morgen. Aber jetzt ist er noch hier und ich weigere mich, darüber nachzudenken. Einfach nur genießen. Ich nehme seine Hand und verschränke unsere Finger miteinander. Nur um ganz sicherzugehen, dass das auch wirklich real ist und er sich nicht doch noch heimlich verdrückt.

Kapitel 8

Am nächsten Morgen wache ich allein auf. Doch bevor sich die Enttäuschung in mir einnisten kann, atme ich tief durch und versuche, meine Gedanken zu ordnen. Nicht gleich durchdrehen! Was hab ich den bitte erwartet? Das kommt ja nicht überraschend. Es ist ja auch schon mittags. Ich habe viel zu lange geschlafen. Kein Wunder also, dass Leon sich schon aus dem Staub gemacht hat. Positiv denken! Ich will den Höhenflug von letzter Nacht noch ein wenig genießen.

Die Erinnerungen an Leon, seine Küsse und seine sanften Berührungen, streifen durch meinen Kopf. Die Art, wie er besitzergreifend seinen Arm um mich gelegt hatte, zaubert ein breites Grinsen in mein Gesicht. Wow! Ist das wirklich passiert? Sein Duft hängt noch in meinem Kopfkissen, ganz real. Aber das ist gar nicht mein Kopfkissen! Stattdessen liege ich auf Leons sorgsam zu einem Rechteck gefaltetem Hemd. Ich muss schlucken, bin ich mir doch absolut sicher, dass es keines von Leons Kleidungsstücken gestern Nacht bis ins Bett geschafft hat. Außer der Unterhose, die ich vor ihm versteckt hatte. Die ist jetzt natürlich weg! Wie peinlich! Dann hat er meinen Plan durchschaut. Aber wieso hat er mir sein Hemd dagelassen? Vielleicht fand er das witzig, weil ich sein Hemd das letzte Mal doch auch mit ins Bett genommen habe.

Oh Mann! Ich dreh noch durch. Ich hasse es, wenn ich etwas nicht kontrollieren kann. Und Leon lässt mich ganz schön im Dunkeln tappen. Er hat mir doch vorher gesagt, dass er keine Beziehung will. Und er hat mir genug

Gelegenheiten gegeben, ihn zurückzuweisen, wenn ich damit ein Problem gehabt hätte. Aber ich wollte nicht aufhören. Ich wollte ihn. Und jetzt bleibt mir nichts anderes übrig, als zu grübeln und darauf zu hoffen, dass er sich meldet.
Wenn es doch bloß simpler Sex gewesen wäre, rein, raus und fertig. Aber Leon war so liebevoll und das hat sich verflucht echt angefühlt. Ich könnte schwören, dass es für ihn auch mehr war als nur ein One-Night-Stand. Oder ist das nur mein eigenes Wunschdenken? Interpretiere ich da zu viel hinein? Oh Mann! Ich bin so was von rettungslos verknallt in ihn! Ich hätte nie für möglich gehalten, dass mir so etwas passiert! Und dann ausgerechnet so ein absolut heißer Typ wie Leon? Ich kann es immer noch nicht glauben.
Im Moment ist es mir auch egal, wie man unseren Beziehungsstatus definieren kann, oder ob es da überhaupt etwas zu definieren gibt. Ich schwebe auf Wolke Sieben und will mir dieses Gefühl nicht durch irgendwelche Grübeleien kaputtmachen.

Tatsächlich schaffe ich es, mich das ganze restliche Wochenende so gut zu beschäftigen, dass ich nicht genug Zeit zum Nachdenken habe. Die Tatsache, dass Leon sich so gar nicht bei mir meldet, ignoriere ich vehement. Ich hab viel mit Daniel gechattet. Er hatte ein richtig schlechtes Gewissen, weil er mich nicht vor den aggressiv flirtenden Typen im Club gewarnt hat. Damals war er mit ›dem süßesten Typen mit den blauesten Augen und dem knackigsten Hintern überhaupt‹ da und hat nicht ganz so viel von seinem Umfeld mitbekommen. Nur mit einiger Mühe konnte ich ihn davon überzeugen, dass er sich wirklich

keine Gedanken um mich machen muss. Ist ja auch nicht seine Schuld, dass ich nicht wirklich nachgedacht habe.
Hätte ich nur mal ein paar Sekunden durchgeatmet und meine nervige Unsicherheit herunter geschluckt, dann wäre ich auch allein mit dem schmierigen Ken fertig geworden. Auch wenn ich nicht so ein Muskelpaket wie Leon bin, kann ich eigentlich ganz gut auf mich selbst aufpassen. Ich bin ja auch kein Hänfling. Leider vergesse ich das aber viel zu oft und verfalle dank mangelhaftem Selbstbewusstsein automatisch in die Opferrolle. Daniels Worte! Und er hat wie immer recht.
Aber von einem strahlenden Ritter wie Leon gerettet zu werden, ist ja auch nicht zu verachten. Sobald ich nur an ihn denke, habe ich Schmetterlinge im Bauch. Ich weiß, das ist total kindisch, aber dieses Kribbeln fühlt sich einfach großartig an.

Am Montagmorgen sieht das allerdings schon wieder ganz anders aus.
Leon hat sich nicht mehr bei mir gemeldet. Aber das ist wohl auch normal. Oder? Keine Ahnung, wie so was läuft. Etwas mulmig ist mir aber schon, als ich zur nachmittäglichen BWL-Vorlesung gehe. Zu den anderen Lehrveranstaltungen kommt er normalerweise nicht, aber die am Nachmittag, die scheinen eher seinem Biorhythmus zu entsprechen.
Er ist hier. Was mache ich denn jetzt? Am besten gar nichts. Alles wie immer! Also gehe ich einfach an ihm und seinen Kumpels vorbei und will mich auf meinen angestammten Platz in der letzten Reihe setzen.
»Hey Val! Setzt dich doch zu mir!«, ruft mir die erotischste Stimme nach, die ich je gehört habe. Okay, also was jetzt?

Ich drehe mich zu ihm und da ist wieder dieses unglaubliche Lächeln, das meine Knie in Butter verwandelt. Bis zu meinem Platz würde ich es damit sowieso nicht schaffen, also setze ich mich direkt neben Leon und lächele ihn vorsichtig an. Ein warmes Zahnpastawerbungslächeln ist mein Lohn und dazu zwinkert Leon mir zu.
»Hey Leon, was willst du denn von dem? Der ist doch so `n Hirni! Willst du den etwa flachlegen oder was soll das werden?«, kommt es von hinten. Einer der Typen, mit denen Leon sonst abhängt, beugt sich fies grinsend zu uns.
»Halt die Klappe, Paul! Vielleicht solltest du dein Gehirn ab und zu auch mal benutzen, bevor du das Maul aufreißt!«
Wow! Leon klingt richtig sauer. Ich bilde mir ein, dass Paul sogar kurz zusammengezuckt ist. Der hebt sogleich beschwichtigend die Hände.
»Jetzt beruhige dich mal! Er versteht doch eh nicht, was ich sage.« Mir erhobener Augenbraue sehe ich Paul an. Der scheint wirklich nicht besonders clever zu sein. Sonst hätte ich es wohl nicht gehört, als Leon mich eben zu sich gerufen hat. Vielleicht ist das der Grund, warum er schon älter ist als alle anderen Studenten. Vielleicht arbeitet sein Gehirn langsamer. Na egal, ich kann ihn nicht leiden!
Leon rollt genervt mit den Augen.
»Du bist echt so ein Idiot! Valentin versteht jeden Mist, den du von dir gibst und ich antworte mal in seinem Namen mit den Worten: ›Halt einfach die Klappe und kümmere dich um deinen eigenen Scheiß!‹«
An mich gewandt fragt er:
»War das in etwa richtig?« Ich grinse Leon an und nicke.
»Echt jetzt? Er kann hören?«, fragt Paul überrascht.
»Frag ihn doch selbst!«, gibt Leon patzig zurück.

Paul dreht sich sichtlich irritiert zu mir und fragt ganz langsam und deutlich:
»KANNST DU MICH HÖREN?« Ich bin nicht besonders erfolgreich dabei, das aufkommende Lachen zu unterdrücken, schaffe es aber, ihm zu zunicken. Und um auch ganz sicherzugehen, dass er mich versteht, zeige ich noch mit dem Daumen nach oben. Paul lächelt mich an.
»Coole Sache, Mann! Also sorry für eben.« Ich nicke ihm so freundlich, wie es mir gerade möglich ist, zu.

Zum Glück beginnt jetzt die Vorlesung und ich kann mich nach vorn drehen. Leon wirft mir noch einen entschuldigenden Blick zu und lächelt dieses wundervolle Leon-Lächeln. Ich habe keine Ahnung, was das jetzt bedeuten soll. Ich wünschte, ich wüsste, was in ihm vor sich geht. Das ist doch verrückt! Ich sitze in der Ecke, in der die ganzen coolen Leute sind, weil einer von denen so etwas wie mein Freund ist. Keine Ahnung, ob er das genauso sieht, und ich werde ihn auch ganz sicher nicht danach fragen, aber es fühlt sich schon ein wenig so an, als ob er mich wirklich mag.

In den nächsten Tagen bekomme ich Leon kaum zu Gesicht. Keine Ahnung, was der so treibt, wenn er nicht in der Uni ist. Leon lässt die meisten Lehrveranstaltungen ausfallen, aber wenn er zu einer Vorlesung kommt, dann sitzen wir nebeneinander. Er redet ganz normal mit mir. Er scheint sich sogar zu freuen, wenn wir uns sehen. Aber er spricht unsere gemeinsame Nacht nicht mehr an. Und was mich am meisten wurmt, ist die Tatsache, dass er nicht versucht, sich mit mir zu verabreden. Er ignoriert mich nicht, macht aber auch keine Anstalten, mir näherzukommen. Und ich habe überhaupt keine Ahnung, was ich davon halten soll. Wir treffen uns eigentlich nie allein und so kommen wir auch nicht in die Verlegenheit über irgendwelche schwierigen Themen zu reden. Ich weiß nicht, ob das seine Absicht ist oder ob das eben immer so läuft.

Als ich Daniel von dieser verfahrenen Situation erzähle, kriegt der sich kaum wieder ein. Er nennt mich einen Idioten und sagt, dass ich doch der dämlichste Volltrottel auf Erden bin. Nachdem er sich ein wenig beruhigt hat und merkt, dass ich wirklich keinen Schimmer habe, was er meint, lässt er sich dazu herab, es mir zu erklären. Er fragt, wie ich denn auf die beschissene Idee komme, dass Leon sich melden oder etwas sagen müsse. Dabei habe ich Daniels bildhafte Ausdrucksweise schon deutlich abgemildert. Wenn ich etwas von Leon will, dann soll ich ihn gefälligst selbst fragen und nicht nur rumjammern und ihn die ganze Arbeit machen lassen. Wäre ja auch denkbar, dass Leon ständig sein Handy anstarrt und auf eine Nachricht von mir wartet. Ja klar! Und als ich das Hemd erwähne, geht Daniel gleich noch einmal an die Decke. Er meint, das war doch quasi eine direkte Aufforderung, ihn anzurufen oder gleich bei ihm aufzutauchen, um es ihm wiederzubringen. Das halte ich dann doch für etwas weit hergeholt!

Aber wenn ich ein wenig darüber nachdenke, klingt das gar nicht so abwegig. Wieso gehe ich eigentlich davon aus, dass Leon einen Schritt auf mich zu machen muss? Ich könnte ihn ja auch einfach fragen, woran ich bei ihm bin. Aber wie soll ich das anstellen? Ich kann ihm ja schlecht so einen dummen Ankreuzzettel mit der Frage

›Willst du mit mir gehen?‹ schreiben und nur ›ja‹ als Antwortmöglichkeit anbieten.
Aber ich könnte wirklich versuchen, mit ihm ein Gespräch zu führen. Denn ehrlich gesagt, hat Daniel recht. Ich überlasse wirklich Leon die ganze Arbeit. Er hat mit seiner Fragerei schon viel über mich herausgefunden und ich weiß eigentlich gar nichts über ihn.

Solange Leon mich mit diesem Wahnsinnslächeln anstrahlt, sobald er mich entdeckt, ist es doch eigentlich egal, was genau das für uns bedeutet. So habe ich immerhin Hoffnung. Wenn er mir klipp und klar sagen würde, dass da nie was zwischen uns laufen wird, dann glaube ich nicht, dass wir uns noch ganz normal unterhalten könnten. Also lege ich mir ein paar Fragen zurecht, die ich Leon in den viel zu seltenen Treffen stellen kann.
Er antwortet gern und es scheint ihm zu gefallen, dass ich mich für ihn interessiere. So erfahre ich eine ganze Menge über ihn. Leon erzählt mir, dass er in der neuen Filiale der Firma seines Vaters arbeitet. Sie haben sie erst kürzlich eröffnet und er kümmert sich darum, dass alles in geregelten Bahnen läuft. Deshalb hat er auch so wenig Zeit, sich um sein Studium zu kümmern. Aber er will seinen Vater nicht hängen lassen, deshalb schwänzt er die Vorlesungen und versucht später alles nachzuholen. Der muss echt ein Schweinegeld haben. Leon wohnt in seiner riesigen Wohnung nämlich doch ganz allein und sein Vater fliegt ständig durch die Gegend, um sich um die Geschäfte zu kümmern. Leon soll die Firma wohl irgendwann einmal übernehmen und ist da jetzt schon recht viel eingespannt. Er hat richtig Stress.

Ich bin echt beeindruckt. Das hätte ich nicht vermutet. Und wenn ich ehrlich bin, habe ich ihm das nicht zugetraut. Ich dachte wirklich, er würde schwänzen, weil er einfach keinen Bock hat. Aber Leon scheint in Sachen Wirtschaft und Verhandlungen echt was drauf zu haben, wenn sein Vater ihm schon so viel Verantwortung aufbürdet. Das Doofe ist nur, dass zu dem ganzen verdammten Perfektionismus, der Leon ausmacht, jetzt auch noch beruflicher Erfolg und ein Haufen Kohle kommen. Ich fühle mich neben ihm jetzt irgendwie noch ein bisschen kleiner und unbedeutender als vorher. Er wird bald seine eigene Firma haben! Krass!

Mein Nebenjob verblasst da natürlich. Ich programmiere ab und zu für eine kleine Softwarefirma. Das geht gut von zu Hause aus und sämtliche Kommunikation läuft per Mail. Der Job ist genau das Richtige für mich und ich habe auch schon die Zusage, nach meinem Studium dort einen richtigen Arbeitsvertrag zu bekommen. Damit werde ich bestimmt nicht reich, aber die zahlen ganz gut und es wird für ein angenehmes Leben reichen.

Leon scheinen die Arbeit in der Firma und sein Studium, abgesehen vom Zeitmangel, auch keine großen Schwierigkeiten zu bereiten. Nur der Stoff der Mathevorlesung stellt ein Problem für ihn dar. Er meint, er kapiert einfach nicht, was da in den Büchern steht und deshalb kann er das nicht, wie alles andere auch, autodidaktisch lernen. Es ist nicht mehr lange hin, bis er seine Prüfung wiederholen muss. Und obwohl er so viele Termine und eigentlich gar keine Zeit hat, kann ich ihn ab und zu dazu überreden, dass wir uns zusammen in ein Café setzen und gemeinsam lernen. Nicht ganz ohne Hintergedanken muss ich zugeben. Ich nutze die Gelegenheit gern, ein wenig Zeit mit ihm zu verbringen und ihn einfach nur anzusehen. Ich kann den ganzen Mathekram schon auswendig und Leon wird auch immer besser. Aber er hat noch Einiges zu tun. Ihm fehlt nur die Zeit, denn sein Vater verlangt viel Einsatz von ihm.

Immer öfter taucht er vollkommen übermüdet in der Uni auf. Einmal ist er sogar in der Vorlesung eingeschlafen und ich habe ihn geweckt, bevor der Prof das gemerkt hat. Er hat so gar keine Freizeit. Er schafft es auch nicht, sich mit seinen Freunden zu verabreden und erst recht nicht mit mir. Aber mir gefällt der Gedanke, dass das vielleicht der einzige Grund ist, warum Leon sich nicht mit mir treffen kann.

Also versuche ich mich irgendwie abzulenken und helfe Jana und Matthias beim Streichen des Kinderzimmers. Wobei das nicht bloß streichen ist, es wird gestrichelt und getupft, gewischt und gepunktet, alles in verschiedenen Grüntönen, bis ein wahres Kunstwerk entstanden ist. Ich bin sehr froh, dass sie das Zimmer geschlechtsneutral einrichten. Wenn das hier alles in Pink und Lila leuchten würde, am besten noch mit Glitzerstaub, Feen und Babykätzchen, dann hätte ich mich doch geweigert. Es soll nämlich ein Mädchen werden. Jana und Matthias sind so süß zusammen, dass ihre gute Laune auch auf mich abfärbt. Natürlich turteln die beiden auch ordentlich herum, aber es ist nicht so, dass ich mich überflüssig fühle. Es macht einfach Spaß, Zeit mit ihnen zu verbringen und die

beiden freuen sich über meine Hilfe und laden mich auch gleich noch auf eine Pizza und ein paar Bierchen ein.
Jana nutzt die Gelegenheit natürlich gleich, um mich über Leon auszufragen.
»Läuft das was zwischen dir und diesem Großkotz? Ihr hängt in letzter Zeit oft zusammen rum. Zumindest, wenn sich der werte Herr mal in der Uni blicken lässt. Aber wenn Papa mit dem Direx persönlich sonntags golfen geht, dann muss man sich wohl morgens nicht aus dem Bett quälen, um sich mit dem Fußvolk im stickigen Hörsaal einzufinden.« Jana kann Leon wirklich nicht leiden. Sogar Matthias ist plötzlich ganz still geworden. Er sieht es nicht so gern, wenn Jana sich aufregt. Ich kann das ja auch irgendwo verstehen, dann Jana hat bis vor Kurzem auch noch jeden Tag neben dem Studium gejobbt und Matthias arbeitet nachts in einer Sicherheitsfirma. Sie ackern wirklich viel, um sich und ihrem Kind ein schönes Leben zu ermöglichen, bis sie ihr Studium beendet haben. Aber trotzdem tun sie Leon Unrecht. Ich schreibe Jana, dass er sehr wohl früh aufsteht und viel für seinen Vater arbeiten muss. Das besänftigt sie ein wenig. Als ich dann noch erzähle, dass Leon und ich uns manchmal zum Lernen treffen, ist sie sogar soweit abgelenkt, dass sie vergisst, mich weiter über unser Verhältnis auszufragen. Stattdessen interessiert sie sich sehr dafür, wie genau die Nachhilfe mit mir abläuft. Und als ich ihr die Sache mit dem Piksen aufschreibe, kriegt sie sich kaum wieder ein vor Lachen. Diese weiblichen Stimmungsschwankungen sind faszinierend. Wir verbringen einen wirklich schönen Abend zusammen. So wie ganz normale Freunde.

Ist schon komisch. Früher hatte ich doch auch niemanden, mit dem ich meine Zeit verbracht habe. Aber eigentlich weiß ich gar nicht mehr warum. Und ich weiß auch nicht so genau, was jetzt anders ist. Ich glaube fast, dass es an mir liegt. Ich habe mich irgendwie verändert. Meine kleine, triste Welt ist viel größer und bunter geworden. Und es gefällt mir.

Auch mit Daniel chatte ich jetzt noch öfter und länger als früher. Seine letzte Prüfung liegt hinter ihm und er hat sein Abi in der Tasche. Jetzt ist er überglücklich. Er erzählt mir von jeder einzelnen Aufgabe und davon, wie er sie gelöst hat. Er hat so viel gelernt und alles aufgeholt, was er in der Schule versäumt hatte. Nachdem seine Mutter gestorben war, ist er in ein tiefes Loch gefallen. Er hat mit niemandem geredet, nur mit mir. Aber selbst ich bin mir nicht sicher, ob er mir wirklich immer alles erzählt hat. Manchmal wirkte sein Lächeln so aufgesetzt und er hat aus jeder meiner Fragen einen Witz gemacht.

Sein Vater hat sich nach dem Tod seiner Frau in die Arbeit gestürzt und war kaum noch zu Hause. Damals hatte Daniel einfach keine Motivation mehr, irgendetwas zu tun und seine Noten sanken rapide ab. Zwei Jahre musste er wiederholen, und das ging auch nur, weil er ärztliche Atteste vorweisen konnte. Sogar das hat ihn einiges an Überwindung gekostet, bis er sich dann doch in professionelle Behandlung begeben hat. Daniel ist dann auch bei seinem Vater ausgezogen und hat sich allein durchgeschlagen.

Wenn man ihn so sieht, traut man ihm das gar nicht zu. Er ist nicht besonders groß oder breit, er hat auch nicht das Zeug zum Unterwäschemodel oder für eine Hollywood-

karriere. Aber er hat irgendetwas an sich, das ihn unheimlich sympathisch macht. Ich weiß nicht, woran es genau liegt, aber man möchte einfach mit ihm befreundet sein und ihn um sich haben.
Er hat einen wahnsinnig starken Charakter. Dafür bewundere ich ihn wirklich. Nach außen hin ist er immer laut und selbstbewusst, und nur ich weiß, dass er auch manchmal schwache Momente hat. Solche Momente teilen wir immer miteinander und chatten nächtelang.

Und jetzt hat er sein Abitur geschafft. Ich bin mächtig stolz auf ihn und würde ihn so gern in den Arm nehmen und knuddeln. Er hat doch sonst niemanden, der ihm wirklich nahesteht. Und kaum jemand kann begreifen, wie wichtig dieses Zeugnis für ihn ist. Da helfen auch die Millionen Freunde nicht, die Daniel um sich schart und von denen doch keiner weiß, was er durchgemacht hat.
Aber vielleicht kann ich ihn wirklich bald in die Arme schließen, denn mit seinem Abi bewirbt er sich hier an meiner Uni um einen Studienplatz. Wenn alles klappt, dann zieht er in ein paar Monaten her. Das wäre toll. Obwohl ich mir gar nicht so sicher bin, wie es mit uns funktioniert, wenn wir nicht chatten, sondern uns direkt gegenübersitzen. Beim Chatten merkt ja niemand, dass ich nicht sprechen kann. Aber ich freue mich trotzdem. Dann hätte ich hier einen richtigen Freund, mit dem ich auch mal etwas unternehmen kann. Leon hat ja kaum Zeit für mich und ich weiß nicht einmal, ob er überhaupt Interesse daran hat, sich mit mir zu treffen.

Kapitel 9

Am Freitag nach der Vorlesung sitze ich neben Leon inmitten seiner Freunde und höre mir an, wie sie über ihre Abendgestaltung diskutieren. Es gibt am Samstag wohl zwei große Partys und man ist geteilter Meinung. Nach einiger Diskussion entscheiden sie sich für eine Feier im Haus eines Freundes. Falls das nichts ist, können sie ja doch noch woanders hin. Leon lehnt ab mit der fadenscheinigen Begründung, dass er noch so viel zu tun hätte, Sport machen und für die Klausur lernen und so was. Paul ist damit nicht zufrieden.

»Mensch Leon! Laber keinen Scheiß! Was ist verdammt noch mal los mit dir? Seit Wochen bist du immer so beschäftigt! Wenn du keinen Bock hast, was mit uns zu machen und lieber mit deinen Schwuchtelfreunden abhängst, dann sag es einfach!«, fährt Paul ihn an. Er wirkt richtig gekränkt. Er scheint Leon ganz gern zu haben und vermisst seinen Freund. Ich kapier nur nicht, wieso Leon nicht erzählt, dass er so viel arbeiten muss und froh ist, wenn er mal ein paar Stunden extra Schlaf bekommt. Und dann noch dieser vorsichtige Blick von ihm, der mich kurz streift.

Plötzlich wird mir klar, dass Leon noch nie in Gegenwart von anderen über seine Probleme geredet hat. Er spielt alles herunter und wechselt schnell das Thema. Mir hat er ja auch erst auf konkrete Nachfragen mehr von sich erzählt. Aber ich dachte, seine Freunde wüssten von seinem stressigen Job in der Firma seines Vaters.

Leon grübelt ein wenig und lenkt dann ein.
»Sorry Paul. Du hast ja recht. Ich komm mit. Ein bisschen Ablenkung kann ja nicht schaden.« Dabei wirkt er resigniert und kraftlos, doch das scheint Paul zu entgehen. Mir aber nicht. Na gut, dann verbringt Leon eben seinen einzigen freien Abend seit Wochen auf einer Party mit seinen hohlköpfigen Freunden, anstatt mit mir. Immerhin kein Schwulen-Club. Aber bei einem Typen wie Leon macht das vermutlich keinen großen Unterschied. Der findet auch so jemanden für ein Schäferstündchen. Das stört mich gar nicht! Nicht ein bisschen! Arghhh!
Dann wendet Leon sich mir zu und fragt:
»Und was ist mit dir? Hast du Lust?« Was? Ich? Ich sehe ihn irritiert an und muss dabei ziemlich dämlich aussehen, denn Leon grinst amüsiert.
»Na, ob du Samstagabend mitkommst? Ich kann dich abholen, wenn du magst.« Er will mich mitnehmen? Auf eine richtige Party?
Paul kriegt gerade einen Lachkrampf und prustet:
»Leon! Ich raff das nicht! Du stehst echt auf den Kerl?«
»Wieso? Bist du etwa eifersüchtig, mein Süßer?«, antwortet Leon, wobei er das letzte Wort mit einer gehörigen Portion Sarkasmus betont. Paul lacht noch lauter.
»Ach ne, er ist ja ganz hübsch, aber Möpse sind mir dann doch lieber. Ist ja nur merkwürdig. So kenn ich dich gar nicht. Sonst nutzt du doch jede Gelegenheit, um einen Typen zum Ficken aufzureißen. Aber wenn du mit dem da als dein Date aufkreuzt, dann wird das wohl nichts mit ner schnellen Nummer für zwischendurch!«, gibt Paul breit grinsend zu bedenken. Ist Leon gerade rot geworden?
»Paul, du Idiot! Halt doch einfach mal deine Fresse!«, pflaumt Leon ihn an. Dann sieht er angestrengt auf die

Tischplatte und ich bin mir ganz sicher, dass seine Wangen gerötet sind.
»Oh, seit wann bist du denn so ein Sensibelchen? Hast du gerade deine Tage? Also, was ist nun? Kommt ihr beiden Prinzessinnen auch?«, stichelt Paul. Leon schaut zu mir auf und sieht mich fragend an. Bittet er mich gerade wirklich um ein Date? Paul hat das doch so genannt. Ich nicke, so als ob alles ganz normal ist. Aber in mir tobt es. Habe ich morgen wirklich ein Date mit Leon? Und was genau bedeutet das? Kann ich mir darauf etwas einbilden?

Offensichtlich freut Leon sich über meine Zustimmung und schenkt mir wieder so ein umwerfendes Lächeln. Aus dem Augenwinkel sehe ich, wie Paul entnervt den Kopf schüttelt und die Augen verdreht.
»Das ist super! Dann bleiben mehr Bräute für mich übrig, wenn sie euch Schönlinge nicht mehr als Beute in Betracht ziehen. Wir treffen uns da, falls ihr noch so lange die Finger voneinander lassen könnt.«
Dann schaut Leon auf die Uhr und zuckt zusammen.
»Mist! Ich muss los! Bis morgen, Val! Ich hol dich um neun ab, okay?« Und schon stürmt er durch die Tür und wirft mir nur noch ein kurzes Lächeln über die Schulter zu.
Er holt mich ab! Zu einem Date! Man hat doch kein Date mit einem One-Night-Stand! Das weiß sogar ich.

Samstag Nachmittag bekomme ich eine SMS. Leon sagt ab! Also nicht so richtig. Er schreibt mir, dass er es nicht schafft, mich abzuholen und wir uns dort treffen. Die Adresse schickt er mir auch gleich mit. Vielleicht sollte ich ganz absagen und ihm irgendwas von Husten und Halsschmerzen vorlügen. Aber ich wollte mich doch nicht mehr

verkriechen. Selbst wenn er nicht auftaucht, heißt das doch nicht, dass ich mich nicht amüsieren kann. Oder doch?
Daniel redet mir auch noch ins Gewissen. So bleibt mir doch gar nichts anderes übrig, als da allein hinzugehen. Es ist ja nur eine Party von Freunden. Zwar nicht meine, aber wer kümmert sich schon um solche Details. Und einen Darkroom wird es da bestimmt auch nicht geben. Ich muss ja auch nur die Zeit überbrücken, bis Leon auftaucht. Das werde ich schon hinbekommen!

Nachdem ich mich mindestens zehnmal umgezogen habe, beschließe ich, dass ich jetzt einfach losgehe. Ich bin doch kein Kind mehr! Ich werde es jawohl schaffen, an einem Samstagabend auf eine Party zu gehen! Also setze ich ein strahlendes Lächeln auf, summe in Gedanken meinen Lieblingssong und gehe los.

Auf der Party ist es ziemlich voll und ich kann Leon nirgends finden. Also quetsche ich mich weiter durch die Menschenmassen und suche nach bekannten Gesichtern. Dann entdecke ich Paul und ertappe mich dabei, wie ich mich freue, ihn zu sehen. Ausgerechnet ihn! Aber wenigstens kenne ich ihn. Als er mich entdeckt, stürzt er schon leicht schwankend auf mich zu. Na großartig!
»Hey! Ähm, Val, richtig?« Ich nicke und winke zur Begrüßung. Der Typ ist mir irgendwie suspekt.
»Leon ist noch nicht hier, aber wir sitzen da hinten! Komm, ich stell dir die anderen vor!« So betrunken ist er zum Glück doch noch nicht, nur etwas angeheitert. Okay, da muss ich jetzt wohl allein durch. Ich folge Paul durch die tanzenden Menschen zu einer Gruppe von gut aussehen-

den Typen und Mädels. Einige von denen habe ich schon in der Uni gesehen. Sogar Lisa ist hier. Aber von den Freunden, die mir Leon in dem Schwulen-Club vorgestellt hat, ist niemand dabei.

»Leute, das ist Val. Er ist Leons Date. Er kann nicht sprechen! Und Leon ist ziemlich empfindlich, was ihn angeht, also seid nett zu dem Kleinen!«, stellt Paul mich laut grölend vor. Kann es eigentlich noch peinlicher werden? Alle starren mich an und meine Hoffnung, dass niemand Pauls Geschwafel durch die lärmende Musik verstanden hat, zerschlägt sich sofort. Paul dreht sich um und stolpert auf die Tanzfläche, um sich an eine vollbusige Blondine ranzumachen.

Einfach abhauen kann ich jetzt auch nicht, also winke ich freundlich lächelnd in die Runde und setze mich auf einen freien Platz. Ich hoffe, Leon taucht bald auf. Aber von ihm ist weit und breit nichts zu sehen. Dafür setzt sich Lisa dümmlich grinsend zu mir in den Sessel. Wohlgemerkt ein Sessel, der für eine Person bestimmt ist.

»Hallo Valentin! Das ist ein so schöner Name! Es ist ja schon fast eine Sünde, dich Val zu nennen. Ich kann gar nicht verstehen, wieso Leon nicht kommt. Man kann ja gar nicht mit ansehen, wie er dich hier so alleine sitzen lässt!«, säuselt sie viel zu dicht an meinem Ohr.

»Sonst kümmert er sich doch auch immer um das Wohlbefinden seiner Liebhaber. Er gibt immer fleißig Getränke aus. Er kann es sich ja auch leisten und mit etwas Alkohol intus kommt Leon wohl schneller ans Ziel und landet mit seinem ›Opfer‹ im Bett. Jeden Abend ein anderer bemitleidenswerter Kerl, der auf seine sympathische Art hereinfällt. Es ist so traurig, das mit anzusehen. Es tut mir richtig weh. Aber jetzt haben wir zwei ja die Gelegenheit, uns mal zu

unterhalten.« Aus ihrem Mund klingt das wie eine Drohung und ich fürchte, es war auch genauso gemeint. Wieso verzieht sich die dumme Kuh nicht einfach? Jetzt rutscht sie sogar noch näher an mich heran, legt ihre dürren Finger auf meinen Oberschenkel und streichelt betont abwesend darüber.
»Ich hätte nicht gedacht, dass du dich für so eine schnelle Nummer hergibst. Valentin, das hat jemand wie du doch gar nicht nötig! Leon wird sich garantiert nicht mehr für dich interessieren, wenn er bekommen hat, was er will. Mag sein, dass er dich als eine Art Herausforderung ansieht, aber kommt er erst einmal zum Schuss, dann langweilt er sich und du bist für ihn uninteressant. Genau das hat er mir auch angetan!« Jetzt sieht sie mich mit geröteten Augen erwartungsvoll an. Soll ich ihr den Mist glauben? Vorsichtshalber zeige ich keine Reaktion. Vielleicht denkt Lisa ja doch irgendwann, dass ich sie nicht verstehe und verzieht sich.
»Nichtmal angerufen hat er mich! Das ist doch eine Unverschämtheit! Und heute tut er so, als wäre alles meine Schuld! Also Valentin, ich will dir ja auch gar nicht den Spaß verderben, aber wenn du dein Herz verschenken willst, dann tu dir selbst einen Gefallen und such dir jemand anderen. Er ist das ganz sicher nicht wert!«
Bilde ich mir das nur ein, oder presst sie gerade ihre riesigen Möpse gegen meinen Arm? Und dann mache ich den Fehler und schaue zu ihr. Ihr tiefes Dekolleté springt mich geradezu an! Das ist mir mehr als unangenehm und nun bin ich mir ganz sicher, dass ich Frauen absolut nichts abgewinnen kann. Lisa klimpert jetzt auch noch so komisch mit den Augen. Sie flirtet ganz offensichtlich mit mir. Was denkt sich diese Tussi denn bitte? Oder ist das so

ne Art Hobby von ihr, sich auf Schwule zu stürzen und sie zu bekehren? Boah! Wie ätzend! Das ist mir gerade alles zu viel und Leon ist auch nicht in Sichtweite.
Entschlossen stehe ich auf, worauf Lisa überrascht schnaufend zur Seite fällt. Dann gehe ich auf schnellstem Wege zur Tür und mache mich auf den Heimweg.
Was für ein Abend!

Und wenn sie recht hat? Wenn Leon mich als eine Art Herausforderung sieht und sich, sobald er die stumme Jungfrau geknackt hat, von mir abwendet? Aber das, was Lisa da von sich gegeben hat, kann ich auch nicht glauben. Er hat bestimmt nicht mit ihr geschlafen. Das hätte sie wohl gern, so wie sie ihn immer anschmachtet. Keine Ahnung, was ich denken soll. Und dass Leon mich versetzt hat, bei unserem ersten Date, macht die Sache nicht besser.

Zu Hause liege ich noch lange wach und grübele über Lisas Worte. Leon meldet sich nicht. Vielleicht hat er irgendeinen anderen Typen getroffen und vögelt ihn jetzt in einer dunklen Gasse.
Ach Scheiße!
Ich will mir so was doch gar nicht vorstellen. Und irgendwie passt das auch nicht zu dem Mann, den ich kennengelernt habe. Aber die Anderen, die, die ihn schon länger kennen, die scheinen ihn ganz anders zu sehen. Und wer hat jetzt recht?

Kapitel 10

Auch am nächsten Morgen höre ich nichts von Leon. Nichtmal ne SMS als Entschuldigung, dass er nicht aufgetaucht ist. Keine Ahnung, was das soll. Aber so langsam nistet sich der Gedanke in meinem Hirn ein, dass Lisa vielleicht mit ihren Behauptungen übertrieben hat, aber doch ein wenig Wahrheit darin stecken könnte. Er könnte sich doch wenigstens bei mir melden!
Ach verdammt! Ich sollte mir diesen Typen wirklich aus dem Kopf schlagen! So jemand wie er wird sich sowieso nie in mich verlieben. Und mit weniger wäre ich nicht zufrieden.

Die nächsten Tage meldet sich Leon auch nicht bei mir. So ein Arsch! Mal ehrlich! Erst versetzt er mich und dann entschuldigt er sich nicht einmal. Das muss ich mir doch nicht gefallen lassen, oder? Daniel hat das ganz ähnlich gesehen, als ich ihm von unserem Nicht-Date erzählt habe. Es hat fast schon ein bisschen Spaß gemacht, mit ihm zusammen über den arroganten Leon herzuziehen. Und natürlich über die kaum erträgliche Begegnung mit Lisa. Da haben Daniel und ich uns so richtig schön reingesteigert. Ist gerade irgendwie einfacher, sauer auf Leon zu sein und ihm die Schuld zu geben, als mir einzugestehen, dass es an mir liegt. Leon findet mich nicht attraktiv genug, um über mein Handicap hinwegsehen zu können. Ich würde ihm nie wirklich etwas bedeuten. Nicht so wie er mir. Wahrscheinlich hat er mich einfach vergessen und denkt noch nicht einmal darüber nach. Er ist doch ein rücksichtsloser, unsensibler, eingebildeter Mistkerl! Und da Daniel ausnahmsweise mal meiner Meinung ist, ziehen wir gemeinsam über ihn her. Und ich ignoriere den faden Beigeschmack, den unsere Beleidigungen bei mir verursachen.

Ich wünschte echt, Roman wäre noch da. Der würde das ganz anders sehen. Er hätte mich jetzt sicher zur Sau gemacht, aber so richtig! Ganz bestimmt hätte er gesagt, dass ich den Kopf nicht in den Sand stecken soll. Er würde mir raten, dass ich Leon schreiben soll und nicht untätig mein Telefon anstarren und darauf warten, dass entweder Leon oder die Zeit entscheidet, wie es weiter geht. Es liegt doch in meiner Hand! Roman war eben ein Macher. Ich bin da eher der passive Typ und lasse alles auf mich zukommen. Aber vielleicht hat Roman sogar recht und es wäre gar nicht so verkehrt, mich mal bei Leon zu melden?
Aber nicht heute.
Heute wäre Romans Geburtstag. Ich will eigentlich gar nicht daran denken. Es macht mich so traurig. Aber nicht an ihn zu denken, kommt mir auch falsch vor. Jemand wie er sollte nicht vergessen werden. Schon gar nicht von mir. Obwohl er schon lange nicht mehr da ist, hat er mir oft geholfen. Wenn ich nicht mehr weiter weiß, dann frage ich mich immer: Was hätte Roman jetzt getan? Klingt albern, ich weiß, aber es hilft mir tatsächlich.
Roman hätte ganz sicher die Initiative ergriffen und sich nicht in einer Ecke verkrochen, so wie ich. Er würde nie ein Telefon anstarren und hoffen, dass es klingelt. Er wäre derjenige, der anrufen würde. Er wäre der, auf dessen Anruf man hoffen würde. Wäre ich doch nur ein klein wenig mehr nach ihm gekommen.

Wie es wohl wäre, wenn Roman noch leben würde? Ich habe sehr lange gebraucht, um zu akzeptieren, dass es nicht meine Schuld war. Aber trotzdem kann ich die Tatsache nicht ignorieren, dass jetzt alles anders sein könnte, wenn er nicht meinetwegen ins Auto gestiegen wäre. Wo wären wir heute, wenn Roman sich nicht diese ominöse Geburtstagsüberraschung für mich ausgedacht hätte?
Heute wäre er 34 Jahre alt geworden. Richtig erwachsen. Vielleicht hätte er jetzt auch schon eine eigene Familie? Mit hinreißenden Kindern und einer liebevollen Ehefrau? Dann wäre ich Onkel. Onkel Valentin! Vielleicht hätte Roman dann aber auch überhaupt keine Zeit mehr für seinen kleinen Bruder? Sofort beiße ich mir auf die Zunge, so als könne ich den Gedanken zurücknehmen. Ich bin schlecht gelaunt und das sollte ich nun wirklich nicht an ihm auslassen. Roman würde mich nie im Stich lassen. Und wenn er könnte, hätte er mich sicher schon längst zur Vernunft gebracht. Er hat mir gesagt, dass ich immer zu ihm kommen kann, ganz egal, ob mir nun ein Junge oder ein Mädchen das Herz bricht. Und Leon bricht mir gerade das Herz. Ganz langsam, aber es hat schon ein paar Risse bekommen.
Wahrscheinlich würde ich dann heute zu Roman gehen. Wir würden Schokoladenkuchen essen und später bei einem Bier einen Horrorfilm gucken. Und er würde mir klarmachen, dass alles gar nicht so schlimm ist. Das hat er immer gemacht. Mit ihm zusammen war einfach alles leichter. Fast ein bisschen wie mit Leon, zumindest solange er auch wirklich bei mir ist. Ist er nicht da, so wie jetzt, ist alles ungleich komplizierter.

Ich vermisse Roman. Es macht keinen Unterschied, dass es schon so lange her ist. Er fehlt mir immer noch jeden verdammten Tag. Schnell blinzele ich die aufsteigenden Tränen weg und hoffe, dass sie niemand bemerkt hat. Die Vorlesung ist gleich vorbei, aber da Leon seit Tagen in meinem Kopf herumspukt, habe ich nicht viel mitbekommen.
Er ist natürlich nicht hier. Bin mal gespannt, wie er es schaffen will, den ganzen Stoff wieder aufzuholen. Ich werde ihm ganz sicher nicht dabei helfen. Passend zu meiner schlechten Laune fängt es natürlich auch noch an, in Strömen zu gießen! Und ich muss noch dringend in die Bibliothek. Mist! Mit dem Rad werde ich zwar nass, aber ich brauche es morgen früh zu Hause, weil ich vor der Uni noch in die Schwimmhalle will.

Nein! Verdammter Mist! Das ist doch jetzt nicht wahr, oder? Irgend so ein Arsch hat mir das Vorderrad ausgebaut! Wütend trete ich gegen den Fahrradständer. Aua! Verdammt! Tut das weh! Jetzt also doch zum Bus. Der ist natürlich gerade weg. Tropfend und frierend warte ich auf den Nächsten. Das bessert meine Laune nicht gerade. Und als sich dann auch noch ein Raucher zu mir in das kleine Wartehäuschen stellt und mich zuqualmt, bin ich schon so genervt, dass ich mich lieber in den Regen stelle, als diese Stinkerei zu ertragen. Ist aber eigentlich auch egal, ich bin eh schon klatschnass.

Mit nur zehn lächerlichen Minuten Verspätung kommt dann auch endlich der Bus.
»Wohin?«, kommt es kurz und unfreundlich vom Busfahrer. Mann! Scheiße! Mein Buszettel ist vom Regen

durchgeweicht und man kann ihn nicht mehr lesen. Ausgerechnet heute. Ich lege dem Fahrer das abgezählte Geld für einen Fahrschein zur Bibliothek hin und deute ihm an, dass ich nicht sprechen kann. Aber der Busfahrer stellt sich heute stur.

»Also entweder du sagst mir jetzt, wo du hin willst, oder du kannst gleich zu Fuß gehen. Du hältst doch nur den ganzen Verkehr auf«, ranzt der mich an und deutet auf die Schlange, die sich hinter mir bildet.

Was für ein beschissener Tag!

Es gibt doch eh nur einen Tarif, auf dem diese Linie noch hält. Ist doch scheißegal, welche Haltestelle es genau ist. Kostet doch alles dasselbe. Und eigentlich ist die Tüte mit Büchern doch schon ein ganz guter Hinweis darauf, wo ich aussteigen will. Aber der Busfahrer macht keine Anstalten, mir einen Fahrschein auszudrucken.

Das macht mich gerade echt wütend! Was für ein Arsch! Ich lasse das abgezählte Geld bei ihm liegen und gehe einfach nach hinten durch. Die empörten Rufe des Fahrers ignoriere ich. Für so was hab ich jetzt echt keinen Nerv.

In der Bibliothek an der Theke für die Rücknahme ist eine lange Schlange, und als ich endlich an der Reihe bin, fragt mich die Frau dahinter, ob ich abgeben oder verlängern will.

Shit! Immer diese ›Oder‹-Fragen! Ich schiebe die Bücher dichter zu ihr, in der Hoffnung, dass sie die Geste richtig interpretiert. Klappt natürlich nicht. Die stellt sich doof und pflaumt mich an:

»Was denn nun? Zurückgeben oder Verlängern?«, dabei rollt sie schon genervt mit den Augen. Ich hole mein Handy

hervor und will die Antwort eintippen, da fährt mich die Bibliothekarin an:
»Handys sind hier nicht erlaubt, junger Mann!« Das darf doch alles nicht wahr sein! Sie sieht mich nicht einmal an. So kann ich nicht gestikulieren, dass ich nicht sprechen kann. Also muss ich es doch aufschreiben. Den Zettel mit den Signaturen der Bücher, die ich ausleihen will, habe ich in der Hand, aber ein Stift fehlt mir. Ich weiß mir nicht anders zu helfen und greife zu einem der vielen Kugelschreiber auf dem Schreibtisch der Bibliothekarin, was sich als großer Fehler herausstellt.
»So eine Unverschämtheit! Erst den Mund nicht aufkriegen und jetzt auch noch meinen Stift klauen wollen! Diese Jugend heutzutage! Keine Mannnieren mehr!« Und das alles in einer ohrenbetäubenden Lautstärke durch die stille Bibliothek. Mann, da hat heute wohl noch jemand einen Scheißtag!
Ich drehe mich einfach um, lasse die Bücher auf ihrem Tisch liegen und gehe. Den Stift hab ich natürlich nicht angerührt. Ist auch egal. Wenn die alte Schachtel mich nicht leiden kann, werde ich das gewiss überleben.
Zum Glück haben die zum Ausleihen jetzt hier so tolle Automaten, die elektronisch die Bücher einscannen. So muss ich wenigstens nicht noch einmal an die Theke.

Normalerweise hab ich doch auch keine Probleme, so ganz alltägliche Dinge zu tun, aber manchmal ist es einfach zum Verrücktwerden. Wieso denn ausgerechnet heute? Oder liegt es an mir und ich ziehe heute das Pech magisch an? Na, dann bin ich mal gespannt, was noch so alles auf mich zukommt. Am besten schließe ich mich gleich zu Hause ein, verkrieche mich unter der Bettdecke und setze keinen Fuß mehr vor die Tür. Aber erst mal muss ich bis nach Hause kommen.

Mies gelaunt trotte ich durch den Regen und höre dem schmatzenden Geräusch zu, das meine tropfnassen Stoffschuhe bei jedem Schritt von sich geben. Das Rad kann ich auch bei besserem Wetter holen. Morgen früh hilft es mir ohne Vorderrad eh nicht weiter.
Ein Geräusch neben mir lässt mich aufschrecken. Viel zu schnell fährt ein Auto an mir vorbei, natürlich durch eine tiefe, schmodderige Pfütze! Ich war so in Gedanken, dass ich es erst viel zu spät bemerkt habe und nicht mehr ausweichen kann. Jetzt bin ich nicht nur nass, sondern auch noch von oben bis unten mit schlammigen Tropfen verziert. Was würde ich jetzt dafür geben, dem Fahrer irgendein Schimpfwort hinterher brüllen zu können. Vielleicht würde das meinen Frust abbauen.
Mal ehrlich, kann so ein Tag noch beschissener werden? Eigentlich ist es fast schon wieder komisch und ich bin sicher, wenn ich das Daniel erzähle, lacht der sich über mich kaputt. Aber gerade jetzt könnte ich einfach nur kotzen!

Immerhin lässt der Regen langsam nach, aber es ist arschkalt und der Weg nach Hause ist noch weit. Gleich komme ich an diesem kleinen Café in der Nähe der Uni vorbei. Da will ich mich nur kurz auf dem Klo etwas sauber machen und vielleicht haben die da sogar so einen Händetrockenpuster, mit dem ich meine Haare etwas föhnen kann.
Haben die natürlich nicht. Aber ich nehme mir noch einen heißen Kaffee mit, an dem ich mich ein wenig wärmen kann. Zum Glück gibt es hier an der Theke eine Karte. Da

kann ich einfach draufzeigen, um zu bestellen. Natürlich werde ich von dem hübschen Mädel an der Kasse gleich auf Englisch angesprochen. Macht die Sache auch nicht leichter. Bloß weil ich nicht rede, denkt sie, ich verstehe ihre Sprache nicht. Als wenn irgendein Tourist bei dem Scheißwetter hier vorbeikommt, um gemütlich ein Heißgetränk zu bestellen! Aber immerhin bekomme ich meinen Becher duftenden Kaffee und meine Laune bessert sich sofort.

Allerdings hätte ich mich nicht ganz so schwungvoll umdrehen sollen, denn so stoße ich mit einer vollbusigen Blondine zusammen, die gleich ohrenbetäubend laut schreit, weil sich Eistee in ihr Dekolleté ergießt. Und auf mein Shirt, aber das war eh nicht mehr zu retten. Mann! Soll die doch froh sein, dass sie nur Eistee und keinen heißen Kaffee hatte!

Das passt doch perfekt! Eigentlich ist es schon zum Lachen. So viel Pech an einem einzigen Tag und dann noch das entgeisterte Gesicht der tropfenden Blondine! Ich muss mich echt zusammenreißen, um nicht loszuprusten.

Ich bekomme gerade noch mit, dass ich von empörten, blauen Kulleraugen angestarrt werde, da drängt sich so ein Schranktyp zwischen uns und baut sich vor mir auf. Sieht echt fies aus.

»Sag mal hast du sie noch alle? Erst rempelst du meine Freundin an und dann grinst du noch so dämlich, anstatt dich zu entschuldigen?« Scheiße! Der Kerl ist riesig, groß und breit, eher so ein Typ Leon. Was mach ich denn jetzt? Ich zucke nervös mit den Schultern, aber das treibt den Typen erst recht auf die Palme. Shit! Jetzt geht das Kraftpaket auf mich los und hält mich fest. Dabei brüllt er mir direkt ins Gesicht, dass ich mich sofort bei seiner Tussi entschuldigen soll. Was denkt sich der Gorilla eigentlich? Wütend stoße ich ihn von mir, bin ja auch keine halbe Portion, obwohl, verglichen mit dem Muskelprotz vor mir, vielleicht schon. Meine Verteidigungsaktion macht ihn erst so richtig aggressiv und er dreht mich herum und fixiert meine Arme auf dem Rücken. Großartig! Grob fordert Rambo erneut, dass ich mich entschuldige, da er mir sonst die Fresse polieren würde. Wie charmant! Mit den Armen auf dem Rücken kann ich sowieso nichts machen und glotze nur blöd seine nasse Herzensdame an, die gerade mächtig stolz auf ihren Gorilla ist.

Plötzlich ertönt hinter uns ein gelassenes Lachen. Die Stimme kommt mir vage bekannt vor.
»Thies, du bist so ein Idiot! Und du bist gerade so richtig am Arsch!«, freut sich die Stimme.
»Wie kommst du denn darauf?«, fragt Thies verwirrt zurück. Das frag ich mich allerdings auch.
»Du legst dich echt mit den falschen Typen an, schon wieder!«, der Kerl scheint sich mächtig zu amüsieren und Thies` Griff wird ein wenig lockerer.
»Laber keine Scheiße! Der Kleine kann doch nicht meiner Freundin den Becher über die Klamotten schütten und sich dann noch darüber kaputtlachen! Der kriegt den Mund nicht auf, um sich wenigstens zu entschuldigen! Also halt dich da raus, Paul!« Paul! Ja klar! Einer von Leons liebenswerten Freunden. Thies gehört wohl auch zu denen, aber gesehen hab ich ihn noch nie. Kann man denn in dieser verdammten Stadt nicht einmal jemanden treffen, der nicht irgendwie mit Leon in Verbindung steht? Und ausgerechnet Paul arbeitet in einem kleinen Café. Das ist doch gar

nicht sein Stil. Der würde doch eher in eine Pommesbude passen.
»Na dann kannst du ja Leon erklären, warum du seinen Freund, und mit Freund meine ich in seinem Fall Stecher, einfach angreifst. Ich habe ihn gerade angerufen. Er ist bestimmt gleich hier und die Show will ich mir auf keinen Fall entgehen lassen. Oh! Und ehe du was sagt, er ist stumm. Er kann sich nicht verbal entschuldigen und das macht dich gerade zum Oberidioten!«, lacht sich Paul kringelig.
»Scheiße!«, stößt Thies überrascht aus und lässt mich sofort los.
»Du bist Leons stummer Freund?«, fragt er mich entgeistert, so als hätte sogar er schon von mir gehört. Ich reibe mir über die schmerzenden Arme, versuche seine Fingerabdrücke loszuwerden und nicke in seine Richtung.
»Scheiße Mann, wieso das denn? Warum hast du das nicht gleich gesagt?«, fragt Thies und starrt mich ungläubig an. Nicht sehr clever der Typ. Ob Leon diese Blitzbirnen alle im Fitnessstudio trifft?
»Oh, sorry! Hey! Ist doch gar nichts passiert! Nicht wahr? Paul! Los, mach schon! Kuchen, den besten, den ihr habt und Kaffee, für mich und meinen stummen Freund hier!« Dabei legt er mir kumpelhaft einen Arm um die Schulter und schiebt mich zu einem freien Tisch. Mann! Der Rambo scheint einen riesen Respekt vor Leon zu haben. Allein die Erwähnung seines Namens verwandelt ihn ja schon in ein treues Schoßhündchen.

Kurz darauf stellt Paul uns Schokoladentorte und Kaffee vor die Nase.

Zu Romans Geburtstag gab es auch immer Schokotorte. Das war sein Lieblingskuchen und Mama hat ihn jedes Jahr gebacken. Dieser hier kommt nicht an Mamas ran, aber er ist auch richtig gut. Roman hätte diese Köstlichkeit bestimmt gemocht. Trotzdem fällt es mir schwer, einen Bissen nach dem anderen zu kauen und zu schlucken. Mir ist gerade einfach nur noch zum Heulen zumute. Aber Thies will wohl Schadensbegrenzung betreiben und versucht sich an einem Gespräch. Seine Freundin spielt das Spiel mit und sie palabern sinnlos herum. Ich wünschte wirklich, ich könnte mich jetzt einfach in Luft auflösen und würde unter meiner Bettdecke wieder auftauchen. Stattdessen sitze ich hier an Romans Geburtstag mit Schokokuchen und Kaffee, kämpfe gegen bescheuerte Tränen und muss die Gesellschaft von den Freunden des Typen ertragen, der mich an unserem ersten Date versetzt hat. Was für eine Scheiße!

Dann kommt Paul auch noch zu uns und setzt sich an den Tisch mir gegenüber. Er hat zwei Teller mit Kuchen dabei, einen für sich und den anderen stellt er auf den freien Platz neben mich und zwinkert mir zu. Der ist wohl für Leon. Paul scheint wirklich zu glauben, dass er und ich zusammen sind und ich frage mich ernsthaft, wieso Leon das ihm gegenüber nicht schon längst richtiggestellt hat.
Noch bevor ich meine Flucht planen kann, ist es schon zu spät. Leon betritt gerade das Café und kommt sofort zu uns. Er begrüßt alle mit einem knappen Nicken. Dann kommt er zu mir und umarmt mich.
»Geht es dir gut?«, flüstert er so leise, dass nur ich ihn verstehen kann. Wieso interessiert ihn das plötzlich? Ich sehe ihn nur irritiert an und bleibe eine Antwort schuldig. Leon

setzt sich auf den Platz neben mich und rückt mit seinem Stuhl ganz dicht zu mir. Ich will gar nicht, dass mir das gefällt, aber trotzdem werde ich etwas entspannter. Schon komisch, irgendwie ist alles andere gar nicht mehr so schlimm, einfach bloß, weil Leon hier ist. Dabei bin ich doch eigentlich ziemlich sauer auf ihn. Das darf ich jetzt bloß nicht vergessen.

Thies fängt sofort an, wie ein Wasserfall zu reden. Er entschuldigt sich tausendmal bei Leon. Was für ein Arsch! Als wenn er Leon persönlich angegriffen hätte und nicht mich. Aber jetzt wird mir auch klar, warum Thies so viel Schiss vor Leon hat. Er arbeitet in der Firma von Leons Vater. Wahrscheinlich hat er Angst um seinen Job. Den Sohn des Firmenchefs zu verärgern, hat bestimmt keinen guten Einfluss auf das Arbeitsklima. Dann erzählt Thies` blondierte Freundin auch noch ganz beiläufig, dass sie sich ebenfalls bei Leons Vater um eine Stelle als Sekretärin beworben hat. Dabei setzt sie ein übertriebenes Lächeln auf. Die beiden passen wirklich gut zusammen.

Leon scheint das allerdings nicht zu interessieren und er antwortet nur belanglosen Quatsch. Seine ganze Aufmerksamkeit konzentriert sich auf mich. Er mustert mich ständig so merkwürdig von der Seite und mir wird bewusst, was für ein Bild ich abgeben muss. Die Klamotten sind noch nass, die Haare mit Schlamm verkrustet und klebriger Eistee verziert den Rest meiner Garderobe. Das ist so peinlich.
Leon sieht natürlich wie aus dem Ei gepellt aus, perfekt wie immer. Obwohl, wenn ich ihn genau ansehe, kann ich ein paar dunkle Schatten unter seinen Augen erkennen. Sieht so aus, als würde er nicht viel Schlaf bekommen.

Das aufkommende Mitleid wird allerdings schnell von der Enttäuschung über sein Verhalten mir gegenüber verdrängt. Der Typ hat mich schließlich ohne eine Erklärung sitzen lassen. Da kann er von mir aus auch noch ein wenig zappeln. Wenn er dabei nur nicht so verflucht gut aussehen würde. Da können nicht mal dicke Augenringe was dran ändern.

Er hört gar nicht auf, mich anzustarren. Ich ignoriere ihn trotzig. Er redet ja noch nicht einmal mit mir! Und ich brauche seine Hilfe nicht. Er hätte nicht extra wegen mir herkommen müssen. Er sollte lieber für seine Prüfung lernen, für seinen Vater arbeiten oder mit irgendwelchen geilen Typen heißen Sex im Darkroom haben! Er sollte doch was Besseres zu tun haben, als hier mit mir zu sitzen und Schokokuchen zu futtern! Leon hört sich das Gelaber der Anderen an. Ich achte nicht darauf, was sie sagen. Aber Leons Blick, der macht mich ganz wahnsinnig. Keine Ahnung, was das soll.

Na gut, so ganz stimmt das nicht. Seine hochgezogene Augenbraue und sein fragender Gesichtsausdruck sind ein deutlicher Hinweis und ich ahne, dass er wohl immer noch wissen will, ob mit mir alles in Ordnung ist. Macht er sich wirklich solche Sorgen um mich?

Mann! Ich bin so ein Depp! Das ist doch genau das, was mich an anderen so aufregt. Eigentlich wissen sie, was ich will, doch sie wollen es noch einmal hören. Aber Leon war da anders. Er rät, was ich will und liegt meist goldrichtig. Und jetzt ziehe ich hier so eine divenhafte Show ab. Dabei will er doch nur wissen, ob alles mit mir okay ist. Wer weiß, was Paul ihm am Telefon erzählt hat. Ich sollte Leon wohl sogar noch dankbar sein, dass er mich hier nicht vor allen

Leuten danach fragt, so als wäre ich ein kleines Kind, um das er sich kümmern muss. Verdammt! Wieso muss dieser Kerl jetzt plötzlich wieder so perfekt sein? Und dann noch diese himmelblauen Augen!

Leon bemerkt meinen aufmerksamen Blick und lächelt mich an, unsicher, irgendwie zurückhaltend und entschuldigend. Er wirkt gar nicht mehr so selbstbewusst, sondern fast schon ängstlich. Plötzlich ist mir egal, warum er sich nicht gemeldet hat. Es ist egal, dass seine Freunde Vollpfosten sind. Er ist hier und er ist ganz bestimmt nur meinetwegen hergekommen. Und es ist ja auch nicht Leons Schuld, dass ich heute so einen denkwürdig beschissenen Tag habe.
Also nicke ich ihm unauffällig zu und schaffe es sogar noch, einen Mundwinkel zu einem angedeuteten Lächeln nach oben zu ziehen. Ich kann richtig sehen, wie die Anspannung aus Leons Körper weicht und er erleichtert aufatmet. Hat er sich wirklich solche Sorgen um mich gemacht? Er rückt sogar noch ein Stückchen dichter zu mir und schenkt mir ein atemberaubendes Lächeln, was auch gleich ansteckend auf mich wirkt. Ich kann gar nichts dagegen tun, dass sich meine Mundwinkel ebenfalls nach oben ziehen. Man könnte meinen, wir hätten uns stundenlang unterhalten und alle Differenzen ausgeräumt, ganz ohne Worte, eben auf Leon-Art.
Ich bin so ein Idiot!
Leon ist wundervoll und ich habe ihn so auflaufen lassen. Ich sollte wirklich besser darauf achten, wie ich mit anderen Menschen umgehe, anstatt mich ständig darüber zu beschweren, wie ignorant andere mir gegenüber sind. Ich hätte mich bei ihm melden sollen. Ich hätte ihn fragen

müssen, warum er mich versetzt hat. Ich hätte selbst irgendetwas tun müssen! Wovor hatte ich nur solche Angst?
Leons Hand auf meiner! Er greift unter dem Tisch nach meiner Hand und verschränkt unsere Finger miteinander, hier im Café, vor seinen Freunden! Na gut, unter dem Tisch, aber das ist doch nur Haarspalterei. Sanft streichelt sein Daumen über meinen Handrücken und Leon beteiligt sich an dem Gespräch der Anderen.

Es geht um seine Prüfung und er erzählt, dass ich ihm beim Lernen helfe. Dann lächelt er mich schon wieder an und drückt meine Hand, irgendwie stolz. Keine Ahnung, aber mir bleibt fast die Luft weg. Und dann finde ich endlich einen Weg aus meinem Tief. Ich lehne mich leicht gegen Leons Schulter und genieße es einfach, dass er für mich da ist. Mit einem fröhlichen Zwinkern versuche ich ihm zu zeigen, dass ich froh bin, ihn jetzt bei mir zu haben. Sein Blick senkt sich, ein Hauch Rot überzieht seine Wangen und ein fast schon schüchternes Lächeln umspielt seine Mundwinkel.
Er wirkt richtig verlegen und ich könnte ihn gerade einfach nur knuddeln, kann mich aber gerade noch zurückhalten. Hier vor allen Leuten wäre das mit Sicherheit nicht angebracht.
Es ist dann eigentlich doch noch ganz nett mit seinen Freunden. Wir unterhalten uns und auf seine unnachahmliche Art schafft Leon es, mich ganz zwanglos in das Gespräch mit einzubinden.

Wir sitzen hier, Händchen haltend inmitten von Leons Freunden, die sich doch erstaunliche Mühe geben, mich nicht auszuschließen. Wir trinken Kaffee und ich verdrücke gerade die letzten Krümel von einem köstlichen Schokokuchen an Romans Geburtstag. Und entgegen aller Erwartungen, fühle ich mich gut dabei.

Kapitel 11

Etwas später bringt Leon mich in seinem Wagen nach Hause. Er redet immer noch nicht mit mir. Ein paar Straßen weiter findet er einen Parkplatz und steigt dann einfach mit mir aus. Er ist so still und nachdenklich. Ohne ein Wort zu sagen, begleitet er mich zur Haustür und ich sehe ihn fragend und ein wenig herausfordernd an. Vielleicht bringt ihn das ja zum Reden. Ja gut, vielleicht bin ich doch noch ein klitzekleines bisschen sauer, weil er mich versetzt hat und es immer noch nicht fertigbringt, mir das zu erklären. Obwohl wir doch jetzt allein sind. Etwas nervös kratzt Leon sich am Kopf.

»Darf ich kurz mit reinkommen? Ich würd gern noch mit dir reden.« Er ist total verlegen! Das macht mich jetzt auch ganz nervös, aber ich will unbedingt hören, was er zu sagen hat. Ich nicke, schließe auf und wir gehen nach oben.

Sobald die Tür hinter uns ins Schloss fällt, sackt Leon förmlich in sich zusammen. Die ganze Anspannung weicht aus seinem Körper. Er sieht ziemlich fertig aus und mich überkommt plötzlich ein wahnsinnig schlechtes Gewissen. Irgendetwas stimmt doch nicht mit ihm. Er hatte sicher seine Gründe, mich zu versetzen und ich habe ihn nicht einmal gefragt, ob mit ihm alles in Ordnung ist. Es hätte ja sonst was passiert sein können. Wieso habe ich denn nicht eine Sekunde daran gedacht? Ich hab natürlich nur rumgejammert und mich in Selbstmitleid gebadet, so wie immer. Dabei ist es ganz offensichtlich, dass es Leon nicht gut geht, so wie er jetzt bedröppelt von einem Fuß auf den

anderen tritt und es nicht einmal mehr schafft, mich anzusehen.
Keine Ahnung, was ich jetzt machen soll. Wenn er nicht redet, fühle ich mich noch hilfloser als sonst. Das Einzige, was mir einfällt, ist zu ihm zu gehen und ihn in den Arm zu nehmen. Es scheint das Richtige zu sein, denn ich spüre, wie Leon sich schwer gegen mich lehnt, sein Gesicht an meiner Schulter vergräbt und sich seine Arme um meinen Körper schließen. Er hält sich bei mir fest. Es dauert einen Moment, bis Leon sich ein wenig beruhigt, während meine Hände sanft über seinen Rücken streichen. Eine ganze Weile stehen wir einfach nur so da. Leons Wärme hüllt mich ein und sein Duft breitet sich angenehm um mich herum aus.
Irgendwann atmet Leon tief durch und löst unsere Umarmung, um mich anzusehen.
»Ist alles Okay mit dir? Thies hat dir doch nichts getan, oder?« Huch! Was ist denn mit ihm los? Es fühlt sich komisch an, so unklare Fragen von ihm gestellt zu bekommen. Ich weiß nicht, wie ich antworten soll. Aber als Leon meine Verwirrung bemerkt, setzt er erneut an:
»Sorry! Alles Okay mit dir?« Jetzt nicke ich ihm zu. »Hat Thies dir irgendwas getan?« Darauf schüttele ich den Kopf und Leon atmet erleichtert auf.
»Er ist eigentlich ein ganz netter Kerl, nur wenn seine Freundin dabei ist, dann übertreibt er manchmal. Er hat sie ziemlich gern und lässt dann oft den Proll raushängen. Aber er hätte dir ganz bestimmt nichts getan. Er wollte dir nur Angst machen, um sie zu beeindrucken. Ist wirklich alles Okay mit dir?«
Leon macht sich Sorgen um mich und um ihn zu beruhigen, nicke ich ihm überzeugend zu. Aber ich will jetzt doch

ganz gern wissen, warum er mich versetzt hat. Also gehe ich Richtung Schreibtisch, um Papier und Stift zu holen, doch Leon hält mich am Arm fest.
»Warte Val!« Er atmet wieder tief durch und spricht dann leise weiter.
»Val, es tut mir echt leid. Wegen Samstag. Ich wollte wirklich noch zu der Party kommen, aber ich hab es nicht mehr geschafft.« Nicht mehr geschafft? Was hatte er denn Samstagnacht noch so Wichtiges zu tun? Wieder taucht das Bild von Leon mit einem hübschen Kerl im Darkroom in meinem Kopf auf.
Nervös rennt Leon durch den Raum, hin und her. Dabei streicht er sich immer wieder hektisch durch die Haare.
»Ich wollte mich ja auch melden, aber ich wusste nicht, was ich sagen sollte. Ich hab keine Entschuldigung und erst recht keine gute Erklärung für den ganzen Bockmist, den ich momentan verzapfe. Es tut mir wirklich leid, dass ausgerechnet du das ausbaden musst. Ich kann verstehen, dass du sauer auf mich bist. Ich an deiner Stelle würde kein einziges Wort mehr mit mir reden ...« Erschrocken über seine eigene Wortwahl, ruckt Leons Kopf zu mir.
»Scheiße! Tut mir leid, Val!«, flüstert er atemlos. Leon ist total durch den Wind. Er wirkt richtig verzweifelt, als er weiter redet.
»Ich hab keine Zeit zum Denken! So viel zu tun. Verdammt! Ich dreh noch durch! Ich versumpfe gerade gewaltig im Chaos und krieg nichts mehr auf die Reihe. Mein Vater hat mich so mit Arbeit zugeschüttet, dass ich Samstag am Schreibtisch eingeschlafen bin. Das ist mir so peinlich. Ich bin an Ort und Stelle auf dem unbequemen Stuhl eingepennt und wurde erst am frühen Morgen vom Reinigungspersonal aufgeweckt! Wusste gar nicht, dass

die wirklich jeden Tag in der Firma aufkreuzten. Dann hab ich auch noch die falschen Entwürfe an Stefan, unseren Werbegrafiker, geschickt und jetzt haben wir kistenweise Broschüren mit veralteten Kontaktdaten. Vater hat sich so aufgeregt und mir gedroht, dass ich die entstandenen Unkosten aus eigener Tasche zahlen muss. Ich hab den ganzen Sonntag damit verbracht, Stefan zu überreden, dass er uns die korrigierten Exemplare zu einem günstigeren Preis anbietet. Wieso kapiert mein Vater denn nicht, dass ich auch noch ein Studium machen muss und vielleicht sogar ein Privatleben habe? Ich hatte noch nicht einmal Zeit, um für diese beschissene Klausur zu lernen! Ich weiß echt nicht mehr, wo mir der Kopf steht!« Leon schnauft resigniert und starrt auf den Fußboden. Und so wie er jetzt vor mir steht, sieht er richtig mitleiderregend aus. Ich lege ihm meine Hand auf die Schulter und er sieht mich überrascht an, so als würde ihm erst jetzt auffallen, dass ich auch noch hier bin.

Wieso weiß denn niemand davon? Vorhin in Café klang es doch noch so, als würde für ihn alles super laufen. Leon scheint mit keinem seiner Freunde darüber zu reden, was in ihm vor sich geht. Niemand scheint ihn wirklich zu kennen. Es verwirrt mich allerdings sehr, dass er sich ausgerechnet mir anvertraut. Vielleicht denkt er sich auch nur, dass ich es ja sowieso niemandem weiter erzählen kann.

»Tut mir leid, Val, das ist ja nicht dein Problem. Ich wollte mich nur bei dir entschuldigen. Ich sollte jetzt gehen. Du bist sicher müde und willst duschen.« Dabei zeigt sich ein zaghaftes Lächeln auf seinem Gesicht und Leon mustert mich von oben bis unten. Richtig, ich seh ja immer noch aus, als wäre ich direkt aus Woodstock entlaufen. Aber ich will nicht, dass Leon jetzt geht. Und ich vermute, dass er auch nicht wirklich gehen will. Und da ich nicht immer nur warten kann, bis andere mir die Entscheidungen abnehmen, raffe ich all meinen Mut zusammen, ziehe Leon wieder an mich und küsse ihn mit pochendem Herzen.

Im ersten Moment ist er ziemlich überrascht, doch dann erwidert Leon meinen Kuss. Endlich! Seine Lippen auf meinen. Wie sehr habe ich mich die letzten Tage danach gesehnt. Leon scheint ähnlich zu empfinden, denn er zieht mich noch näher an sich und sein Mund presst sich verzweifelt, fast schon ausgehungert auf meinen und raubt mir den Atem. Seine Hände wandern unter mein verdrecktes Shirt, streichen fest über meine nackte Haut. Seine starken Arme halten mich dicht an seinen Körper gepresst und seine Erregung drückt sich hart und unmissverständlich gegen meinen Bauch.

Er ist so richtig scharf auf mich. Auf mich! Die Gewissheit, dass ich es bin, den er so sehr begehrt, breitet sich wie ein Feuer in meinem Körper aus, macht mich ein wenig nervös und mein Herz schlägt noch schneller in meiner Brust. Dann zuckt er erschrocken zusammen:

»Val, tut mir Leid, ich wollte dich nicht bedräng...« Mit einem forschen Kuss unterbreche ich ihn. Ich will nicht mehr reden, ich will ihn! Und er will mich! Diese Erkenntnis fegt meine Unsicherheit beiseite und lässt mich mutig werden. Entschlossen knöpfe ich Leons Hemd auf, streife es ihm über die Schultern und lasse ihm keine Gelegenheit, auch nur ein einziges Wort des Widerspruchs zu sagen. Und das leise, tiefe Stöhnen, das seinen Mund verlässt, zeigt mir, dass er auch gar nicht widersprechen will.

Ein wenig von meinem eigenen Enthusiasmus überrascht, ziehe ich Leon mit ins Badezimmer. Ohne unsere Lippen voneinander zu lösen, befreien wir uns gegenseitig von der lästigen Kleidung. Seine Haut auf meiner, warm, weich und doch fest und straff, so wunderschön. Es ist mir immer noch unbegreiflich, dass Leon ausgerechnet auf mich steht. Aber er kann kaum die Finger von mir lassen. Sanft wandern sie über meinen Rücken, während Leon tief durchatmet und unser Tempo ein wenig drosselt. Er hat ja recht. Wir sollten uns etwas mehr Zeit lassen und das hier genießen.

»Du bist ganz klebrig. Und du schmeckst nach Pfirsich-Eistee«, sagt er mit belegter Stimme und schiebt mich schmunzelnd in die Dusche. Leon dreht das Wasser auf und lächelt mich an, das typische Leon-Lächeln, nur für mich. Für diesen Moment scheint er all seine Sorgen vergessen zu können, wegen mir. Mir wird ganz flattrig. Dieses Gefühl ist unbeschreiblich. Leon fühlt sich wohl mit mir. Trotz allem, was ihn gerade belastet.

Heißer Dampf hüllt uns ein. Wassertropfen rinnen Leons Hals hinab, sein Schlüsselbein entlang und dann über seine definierten Brustmuskeln. Bei dem Anblick fängt alles in mir an, zu kribbeln. Er schnappt sich das Duschgel, verteilt es auf meiner Haut und zieht dann sanfte Kreise über meinen Rücken. Schlüpfrig gleiten seine Finger über meinen Po und wie zufällig streift einer meinen Anus. Diese kurze Berührung verursacht bei mir eine angenehme Gänsehaut und mein Schwanz wird so hart, dass er wippend um Leons Aufmerksamkeit bettelt. Dann endlich dreht Leon mich um, schließt mich von hinten in seine Arme und mit kräftigen Händen widmet er sich meiner

Vorderseite. Mein Kopf lehnt an seiner Schulter und seine geschickten Finger seifen meine Brust ein, fahren zärtlich die Konturen meiner Narben nach und arbeiten sich viel zu langsam in tiefere Regionen vor. Leons Selbstbeherrschung ist beeindruckend. Obwohl ich seine pochende Erregung ganz deutlich an meinem Po spüren kann und sein viel zu schnell schlagendes Herz in meinem Rücken pulsiert, lässt er sich Zeit. Zu viel Zeit. Ungeduldig dränge ich mich an ihn, und als ich seine Hände tiefer schiebe, vibriert ein leises Lachen in seiner Brust.

»Val! Bist du schon so scharf, dass du es nicht noch ein kleines bisschen aushalten kannst?«, fragt Leon mit einem deutlich hörbaren Schmunzeln in der Stimme. Das kann er doch nicht ernst meinen! Es ist doch nun wirklich nicht zu übersehen, wie dringend ich von ihm berührt werden will. Mit gequältem Gesichtsausdruck seufze ich tonlos auf und Leon amüsiert sich köstlich über meine Ungeduld.

»Du bist so wahnsinnig heiß! Deine helle Haut ist so weich. Sieh mal, wie deutlich sich die Farbe von meiner unterscheidet!« Er hält unsere Arme nebeneinander. Seiner tief sonnengebräunt, mit ausgeprägten Muskeln und sichtbaren Adern und daneben meiner, deutlich heller und schmaler, mit sehnigen Muskeln. So unterschiedlich, aber trotzdem sehen sie einfach schön nebeneinander aus.

Mit seinen Fingerspitzen wandert Leon jetzt ganz langsam von meiner Schulter über meinen Ellenbogen, den gesamten Arm hinunter bis zu meiner Hand. Dort schlingen sich seine Finger zwischen meine und er führt unsere beiden Hände weiter über meinen Körper.

»Und deine schlanken Muskeln, nicht zu viel und nicht zu wenig, einfach perfekt«, flüstert Leon knabbernd an meinem Hals und lässt mich verwundert über meine Schul-

ter zu ihm aufsehen, während er mit unseren Fingern die Formen meiner Brustmuskulatur nachmalt.
»Und dein hübsches Gesicht! Val! Hast du auch nur die leiseste Ahnung, was ein einziger Blick von dir mit mir anstellt?« Mit offenem Mund schnappe ich nach Luft. Ich ... was ... wow! Leons Grinsen wird immer breiter, aber trotzdem klingt er ernst, als er sagt:
»Du weißt wirklich nicht, wie unheimlich schön du bist, oder?« Vollkommen verblüfft starre ich ihn an.
Wieso sagt er so was? Er muss mir doch nichts vormachen, damit ich mit ihm ins Bett gehe. Das kann er auch ohne Schmeicheleien haben. Und ich bin mir sicher, dass er das mittlerweile auch gemerkt hat. Heißt das, er meint das wirklich ernst? Er ...
Den letzten klaren Gedanken fegt Leons leidenschaftlicher Kuss weg. Als sich dann auch noch seine Hand kraftvoll um meinen Schaft schließt, ist es mit Denken endgültig vorbei. Dafür fühle ich umso mehr.

»Einfach alles an dir ist absolut perfekt, Val!«, haucht Leon in unseren Kuss und massiert dabei meinen Schwanz und meine Hoden. Mir wird schwindelig, von ihm, seiner Nähe, seinen unglaublichen Worten und diesen erregenden Berührungen. Mit festem Griff gleitet er meine Länge auf und ab und ich kann gar nichts anderes tun, als mich an Leons Arme zu klammern und meinen Kopf auf seiner Schulter abzulegen. Er hält mich fest umschlungen. Es dauert nicht lange und ich spüre ein Ziehen in meinem Unterleib. Viel zu schnell und es kostet mich einige Mühe, mich aus seinem anregenden Griff zu befreien. Denn eigentlich hatte ich mir doch etwas anderes vorgestellt.

Ich drehe mich zu Leon und küsse ihn. Dabei reibe ich mein Becken gegen seines und massiere seinen Penis. Ein leises Aufkeuchen von Leon ermutigt mich etwas. Ich sauge an seine Unterlippe, knabbere ganz leicht daran. Er schmeckt so gut und ich frage mich, ob er an jeder Stelle seines Körpers diesen typischen Leon Geschmack hat. Und ich bin entschlossen, das jetzt herauszufinden.
Es ist ein unglaublich tolles Gefühl, Leon zu schmecken. Jeder kleine Biss lässt ihn erregt aufstöhnen und sein Penis ist steil aufgerichtet und reckt sich mir entgegen, prall und hart. Oh Mann! Das hier kann einfach nicht wirklich passieren! Aber wenn ich träume, dann kann ich ja auch einfach …
Genüsslich leckt meine Zunge über seine Eichel.
»Val!«, ein hilfloses Flehen. Leon sackt an die Wand, versucht sich krampfhaft an den Fliesen festzuhalten und sieht mich an. Seine Augen dunkel vor Verlangen, beobachtet er fasziniert, wie seine Erregung in meine Mundhöhle eintaucht. Das ist so erregend, dass meine Härte ebenfalls nach Aufmerksamkeit verlangt und meine Hand sich eng darum schließt, während Leon tiefer in meinen Mund eindringt.
Meine Zunge spielt mit ihm, mal langsam und zärtlich und dann schließen sich meine Lippen fest um seinen Schaft, gleiten auf und ab, während ich die kleine Vertiefung seiner Spitze erkunde. Leon keucht auf, die ausgeprägten Muskeln zucken, sein ganzer Körper steht unter Hochspannung. Dieser Anblick ist so sinnlich und meine Hand schließt sich fester um meinen Schwanz, reibt ihn, auf und ab, im selben Rhythmus, wie meine Lippen Leons Glied massieren und er in meine Mundhöhle eintaucht. Ich kann

ihn nicht annähernd so tief aufnehmen, wie Leon das draufhat, aber es scheint ihm trotzdem zu gefallen.
Leons Hände ballen sich zu Fäusten, und er keucht meinen Namen, als er sich in meinem Mund entlädt, salzig, ein wenig scharf, ganz und gar Leon.
Zitternd presst er sich gegen die Wand, unfähig, sich ohne Hilfe aufrecht zu halten. Das gibt mir den Rest und ich komme in meine Hand. Ich dachte, es wäre mir unangenehm, wenn ich dabei beobachtet werde. Doch dieser Blick, der mich aus Leons himmelblauen Augen trifft, der ist einfach so überwältigend tief, dass ich kurz das Gefühl habe, als könne er mich wirklich sehen, mit allem, was mich ausmacht. Ich fühle mich nackt und ertappt, aber es ist nicht unangenehm. Ich habe mich noch nie einem anderen Menschen so nah gefühlt. Und ich weiß einfach, dass es ihm ähnlich geht, auch wenn er selbst das nicht wahrhaben will. Gerade jetzt in diesem Moment ist die Vorstellung, dass Leon sich doch in mich verlieben könnte, gar nicht so abwegig. Und ich will dieses Gefühl einfach nur genießen.

Als Leon wieder zu Atem kommt, lächelt er mich an und reicht mir seine Hand, um mir aufzuhelfen. Wir seifen uns noch einmal gründlich ein und steigen dann aus der Dusche. Es ist schon spät und ich fürchte, Leon wird sich gleich verabschieden.
Aber, nackt, wie er ist, verkriecht er sich einfach in meinem Bett, grinst mich breit an und teilt mir mit:
»Hey, ich schlaf heute Nacht hier!«
Ich muss wohl etwas verwirrt aussehen, denn deutlich verunsicherter fragt er nach:

»Ist dir das Recht?« Wie kann er nur so ein Macho und gleichzeitig so süß sein?
Gespielt genervt rolle ich mit den Augen und schubse ihn ein Stück weiter auf die andere Seite, um mich neben ihn ins Bett zu kuscheln. Leon zieht mich an sich, legt einen Arm um mich und drückt mich ganz fest.
»Danke Val! Dank dir ist dieser absolut beschissene Tag sogar zu einem richtigen Highlight geworden.« Er sagt das mit so viel Ernsthaftigkeit in der Stimme, dass ein Prickeln über meine Haut fährt. Ich würde ihm das Kompliment gern zurückgeben, aber um nichts in der Welt will ich mich aus dieser Position lösen.
»Schlaf gut!« Zur Antwort drücke ich seine Hand und kuschele mich noch tiefer in seine Umarmung. Leon küsst noch einmal zärtlich meine Halsbeuge und dann schlafen wir ein.

Kapitel 12

Am nächsten Morgen weckt mich Leons Stimme. Er telefoniert. Dabei ist es noch stockdunkel draußen. Er wirkt ziemlich aufgebracht.
»Ja, Vater! Ich habe alles mit Stefan geklärt.«
»Stefan Lehmann, unser Grafiker!«, erklärt Leon und unterdrückt ein Gähnen.
»Ich soll was? Aber er hat doch keine Schuld. Ich hab dir doch gesagt, dass es mein Fehler war! Ich kann ihn doch nicht einfach feuern! Er ist mein Freund!«, verteidigt sich Leon empört. Aber dann brüllt eine laute Stimme aus dem Handy und mit jeder Sekunde sackt Leon mehr in sich zusammen, bis er schließlich kleinlaut nachgibt.
»Ja, wenn du das so siehst.« Aber sein Vater scheint immer noch nicht zufrieden und diskutiert weiter.
»Nein, das habe ich nicht mehr geschafft. Ich musste gestern dringend weg«, entschuldigt er sich. Ich fürchte, dass ich Schuld an dem Ärger bin, den Leon gerade einsteckt.
»Es war doch nur ein Abend! Ein einziger Abend in den letzten Wochen, den ich nicht im Büro verbracht habe!«, schnauft Leon wütend in das Handy, aus dem sogar ich jetzt deutlich eine männliche Stimme hören kann, die ungehalten flucht.
»Jetzt beruhige dich doch! Ich bin doch schon unterwegs. Gib mir eine Stunde!«, versucht Leon seinen Vater zu besänftigen.
»Weil ich nicht bei mir zu Hause bin!« Aus dem Handy brüllt es und Leon hält es ein Stück von sich weg.

Ich kann nicht glauben, dass das wirklich sein Vater sein soll. Er scheint eher mit einem tyrannischen Kontrollfreak zu sprechen und nicht mit einem Familienmitglied.
»Es geht dich verdammt noch mal nichts an, wo und mit wem ich die Nacht verbracht habe!«, faucht Leon.
»Irgendein Mädchen? Wie kommst du auf Mädchen?«, fragt Leon sichtlich überrascht in den Hörer. Der brüllt wieder etwas zurück und beendet das Telefonat, ohne Leons Antwort abzuwarten.

Leon wirft sein Handy genervt auf die Bettdecke. Er stützt die Arme auf seinen Knien ab, vergräbt sein Gesicht in den Händen und atmet ganz tief und gleichmäßig, um sich zu sammeln. Ich habe ja nur die Hälfte mitbekommen, aber es ist offensichtlich, dass Leon nicht glücklich mit dem Ausgang des Gesprächs ist. Ich lege ihm meine Hand auf den Rücken und streiche sanft darüber. Für einen winzigen Moment lehnt Leon sich gegen meine Berührung und seufzt leicht. Dann geht ein Ruck durch seinen Körper, er steht auf und fragt, ohne mich anzusehen:
»Kann ich kurz duschen? Ich muss irgendwie wach werden.« Dann verschwindet er gähnend im Bad. Verdammt! Es ist fünf Uhr morgens! Kein Wunder, dass Leon so müde ist. Gestern wurde es ja dann doch noch ziemlich spät. Er muss ja völlig fertig sein. Sein Vater überfordert ihn wirklich. Oder ist der gerade in einer anderen Zeitzone und wusste nicht, wie spät es hier ist? Leon hatte doch mal erzählt, dass er so viel unterwegs ist.
Ich wünschte, ich könnte ihm irgendwie helfen. Zumal der Streit von eben wohl auf meine Kappe geht. Leon wäre gestern sicher nicht von der Arbeit abgehauen, wenn Paul ihn nicht meinetwegen angerufen hätte.

Er muss gleich los. Also springe ich schnell auf und gehe in die Küche. Gerade als ich fertig bin, kommt Leon durch die Tür.
»Hör mal Val! Ich muss wirklich los. Das liegt auch ganz sicher nicht an dir, aber …«
Ich drücke ihm einen festen Kuss auf seinen hübschen Mund und reiche ihm eine Lunchtüte mit einem dick belegten Sandwich und einen frisch befüllten Coffee-to-go-Becher.
Leon starrt verwirrt auf die Dinge in seinen Händen. Doch dann breitet sich ein unfassbar schönes Lächeln in seinem Gesicht aus und er legt seine Arme um mich und drückt mich fest an sich.
»Danke Val! Ehrlich! Genau das, was ich jetzt brauche. Das ist toll! Du bist toll! Danke!« Er freut sich wirklich und zieht mich noch einmal fest in seine Arme. Noch ein Kuss und ein Blick, der so ein Kribbeln ganz tief in mir drin auslöst. Und dann verschwindet er durch meine Tür.

Ich glaube, das ist das erste Mal, dass ich etwas für jemand anderen getan. Etwas, das jemand anderem und nicht nur mir gut tut. Das ist ganz schön erschreckend und ich komme jetzt echt ins Grübeln. Es war doch nur ein kleines Frühstück. Aber Leon hat sich so sehr darüber gefreut.

Ich habe mich die meiste Zeit meines Lebens irgendwie benachteiligt gefühlt, so als müsse jeder Rücksicht auf mich nehmen. Das war für mich so eine Art Freifahrtschein, niemanden zu mögen, mich zu verkriechen und immer allen anderen die Schuld für meine eigenen Probleme zu geben. Mir war das bisher gar nicht bewusst, aber es lässt sich nicht leugnen. Daniel war der Einzige, der mir ab und zu Kontra geboten hat. Sonst sind immer alle unablässig bemüht, mir jeden Wunsch von den Augen abzulesen oder mir komplett aus dem Weg zu gehen. Nur Wenige behandeln mich wie einen normalen Menschen. Aber so langsam wird mir klar, dass das vielleicht alles meine Schuld ist.

So wie gestern. Ich war sauer auf die Bibliothekarin, dabei war ich doch derjenige, der seinen Stift vergessen hat. Ich hätte auch schon zu Hause einen Zettel schreiben können, in dem ich ihr kurz erkläre, dass ich nicht sprechen kann. Woher sollte sie das denn wissen? Man sieht es mir ja wirklich in keinster Weise an, dass etwas nicht stimmt.

Mal ehrlich, wenn da irgend so ein Idiot maulfaul rum steht, nicht sagt, was er eigentlich will und dann einfach nach ihren Sachen greift, ist es doch gar nicht so ungewöhnlich, das nicht gut zu finden.

Und dass ich auch gleich dachte, dass Leon ein Arsch ist, weil er mich versetzt und sich nicht gemeldet hat, das zeigt doch nur, dass ich da kein bisschen anders bin, als alle anderen Menschen. Viele, so wie Leon auch, haben doch selbst Probleme, die ich mir nicht einmal ansatzweise vorstellen kann. Ich denke genauso wenig darüber nach, was andere wohl für Gründe für ihr Verhalten haben. Ich gehe immer davon aus, dass sie einfach … ach keine Ahnung! Alle anderen sind schuld und ich selbstverständlich nicht. Ich muss echt mal an meiner Einstellung arbeiten und ich sollte nicht immer nur an mich denken.

Und ich muss meinen Eltern schreiben. Ich hab ihnen noch nie gesagt, wie dankbar ich ihnen für alles bin. Es war für mich immer selbstverständlich, dass Mama und Papa jederzeit zur Stelle sind, wenn ich etwas brauche. Oh

Mann! Ich bin mit Abstand der egoistischste Mensch, den ich kenne!

Leon scheint ja nicht so ein gutes Verhältnis zu seinem Vater zu haben. So wie der ihn eben angeschnauzt hat, würde mein Vater niemals mit jemandem reden, erst recht nicht mit seinem eigenen Sohn. Das war schon ziemlich krass und ich mach mir so langsam richtige Sorgen um Leon. Wenn er weiter so überlastet ist, dann wird sich das bestimmt bald rächen. Aber sein Vater wird das hoffentlich noch auf die Reihe bekommen, zumindest wenn die Sache mit der neuen Zweigstelle durch ist. Der ist jetzt deswegen wahrscheinlich so extrem angespannt und lässt das an Leon aus.

So viele Dinge schwirren gerade in meinem Kopf herum, dass ich jetzt sowieso nicht mehr schlafen kann. Also mache ich mich für die Uni fertig. Frisch geduscht stehe ich vor dem Schrank und suche ein paar Sachen zusammen. Als ich mich im großen Spiegel sehe, erinnere ich mich an Leons Komplimente von gestern Abend. Was hat er noch mal gesagt?
Ich sei schön? Alles an mir ist perfekt?
Auch wenn ich ein wenig abgelenkt war, sind mir seine Worte nicht entgangen. Sie haben sich regelrecht in mein Hirn eingebrannt. Er nannte mich perfekt, so wie ich ihn schon oft betitelt habe. Aber ich wäre nicht im Traum darauf gekommen, dass Leon mich so sieht. Okay, ich seh wirklich nicht schlecht aus, aber so richtig schön bin ich doch auch nicht, oder? Wenn die Narben unter meiner Kleidung verborgen sind, ist es okay. Ich bin zufrieden. Aber spiele ich in derselben Liga wie Leon? Es fällt mir

schwer, das zu glauben. Dennoch steht Leon auf mich. Das war gestern doch recht offensichtlich. Ich habe mir nie wirklich Gedanken um mein Aussehen gemacht.
Eigentlich ist es ja auch nicht nur Leon, der mir Komplimente macht. Gut, solche Komplimente habe ich vorher noch nie bekommen, aber ich wurde schon oft angesprochen, hauptsächlich von hübschen Mädchen. Aber dass ich nicht sprechen kann, ist eben immer ein Hindernis. Und das wird sich auch nicht ändern. Es wird immer schwieriger sein, mit mir zusammen zu sein, als mit ganz normalen Menschen.
Und Leon hat doch so schon genug Probleme. Da muss er sich nicht auch noch jemanden wie mich ans Bein binden. Aber, wenn ich ehrlich bin, dann scheint es ihm keine Mühe zu machen. Ganz im Gegenteil. Er gibt mir das Gefühl, wichtig für ihn zu sein. Er vertraut sich mir an, so wie niemand anderem. Und auch wenn es nur ganz kurz war, hat er sich bei mir angelehnt. Ich bin mir ziemlich sicher, dass er sich das bei keinem seiner flüchtigen Bekanntschaften gestattet. Es scheint ihm sehr wichtig zu sein, was andere von ihm denken. Er hält ja sogar vor seinen Freunden das Bild eines starken, selbstbewussten und erfolgreichen Mannes, der immer gut gelaunt ist, aufrecht. Auch wenn es ihm momentan gar nicht so gut geht. Nur bei mir lässt er diese Maske fallen. Er gibt mir das Gefühl, gebraucht zu werden. Das ist vollkommen neu für mich. Und obwohl es sich toll anfühlt, verunsichert es mich auch. Ich weiß nicht, ob ich mit jemandem wie Leon mithalten kann. Er zieht mich nicht aus Mitleid mit, wie alle anderen, die sich mal für mich interessieren. Leon behandelt mich so, als wären wir auf einer Augenhöhe. Eigentlich ist das toll, aber so habe ich auch das Gefühl, seine Erwar-

tungen enttäuschen zu können. Ich fühle mich nicht mit ihm auf Augenhöhe. Neben Leon komme ich mir eher winzig klein und unbedeutend vor, auch wenn er das vermutlich anders sieht. Aber vielleicht täusche ich mich da auch.

Die nächsten Tage ist Leon nämlich wieder so gut wie unerreichbar. Er kommt nicht mehr zu den Vorlesungen und lässt sich auch sonst nirgends blicken. Aber ich weiß jetzt, dass es nicht an mir liegt und zerbreche mir deshalb nicht mehr den Kopf. Ab und zu schicke ich ihm eine Nachricht, auf die er sogar antwortet. Kurz angebunden, er schreibt nur, dass er keine Zeit hat und dass es ihm leidtut. Aber er antwortet. Das ist doch schon mal was! Für Paul hat Leon sogar noch weniger Zeit. Der kam schon zu mir und hat sich nach ihm erkundigt. Bei mir! Aber ich konnte ihm ja auch nur aufschreiben, dass Leon viel zu tun hat. Hoffentlich kommt er wenigstens dazu, für seine Klausur zu lernen. Keine Ahnung, wann der Termin ist, aber so viel Zeit hat er bestimmt nicht mehr. Hoffentlich packt er das alles irgendwie. Ich mache mir wirklich Sorgen um Leon. Aber vermutlich würde sein Vater ihn auch ohne Abschluss einstellen. So wie er Leon jetzt schon einspannt, scheint er ja viel von seinen Fähigkeiten zu halten. Aber nach den vielen Jahren des Studiums wäre es doch auch schade, wenn Leon so kurz vor dem Abschluss einfach abbrechen müsste. Ob ich ihm vielleicht noch mal Nachhilfe anbieten sollte? Oder wäre das zu aufdringlich?

Diese kurzen, aber heftigen Begegnungen mit Leon und dann die lange Abstinenz setzen mir ganz schön zu. Ich versuche, mich derweil mit Lernen und Zocken abzu-

lenken. Zum Glück hat Daniel gerade auch viel Zeit und wir können online Halo spielen. Er ist echt nicht schlecht, aber gegen mich hat er keine Chance. Zufrieden stürze ich mich mit meinem Lichtschwert auf ihn und höre seinen Flüchen über die Kopfhörer zu. Das ist eigentlich das Beste daran. Daniel vergisst immer sehr schnell, dass er die Dinger aufhat und dann lässt er sich so schön mitreißen und brüllt hemmungslos ins Mikro.
Er hat mir vorhin erzählt, dass er wirklich bald herzieht und an meiner Uni mit seinem Studium beginnt. Ich hab mich so gefreut! Daniel hat mich schon als Umzugshelfer eingeplant. Er hat auch gleich gefragt, ob Leon und seine wahnsinnig heißen, durchtrainierten Freunde nicht auch mithelfen können. Dann würde er noch ein paar extra schwere Möbel besorgen. Der Witzbold! Aber bei der Wohnungssuche kann ich ihm bestimmt helfen. Ich werd mal die Zettel am schwarzen Brett durchgucken, vielleicht ist da ja was dabei. Wir haben schon ein bisschen herumgesponnen, was wir alles machen wollen, wenn er hier ist. Auf jeden Fall zusammen in den Club zum Tanzen und Daniel will unbedingt shoppen. Er hat ein paar Underground-Designerläden ausfindig gemacht, deren Namen ich noch nie gehört habe. Ist mir ganz egal, ich freu mich auf alles, was wir zusammen unternehmen können.

Seit ich weiß, dass Leon mich nicht absichtlich meidet, bin ich auch viel entspannter und kann solche Momente richtig genießen. Ich grübele nicht mehr so viel, auch wenn ich ja eigentlich immer noch nicht weiß, woran ich bei ihm bin. Aber Leon hat gerade so viel um die Ohren, dass ich ihn ganz sicher nicht mit so was nerven will. Es ist okay. Ich hoffe, dass wir uns öfter treffen, wenn Leon mit seiner Prüfung durch ist und diese blöde Sache mit der Zweigstelle endlich geregelt ist.

Am Abend würgt mich Daniel ganz plötzlich ab, weil er noch ein Date hat. Mir kommt es so vor, als ob er sich fast jede Nacht mit irgendeinem Kerl trifft. Aber es scheint ihm nie ernst mit jemandem zu sein. Dafür hat er immer aufregende Geschichten von seinen Verabredungen zu erzählen. Bin mal gespannt, was er morgen berichtet. Aber für den Rest des Abends bin ich auf mich allein gestellt.
Ich schreibe noch eine Nachricht an Jana und Matthias. Die beiden haben von ihren Eltern einen Urlaub geschenkt bekommen. Nichts Besonderes, nur eine Woche am Strand von Spanien. Aber für die beiden ist es das erste Mal, dass sie allein irgendwohin fliegen. Mit dem Nachwuchs werden sie auch nicht so schnell wieder Gelegenheit dazu haben, Zeit zu zweit zu verbringen. Ich habe schon ein paar schöne Bilder vom spanischen Sonnenuntergang bekommen und nun schreibe ich kurz den neuesten Klatsch und Tratsch aus der Uni. Man munkelt, dass Lisa sich wohl mit Matze treffen will. Keine Ahnung, wer das ist, aber wir haben alle schon mal vorsorglich Mitleid mit ihm. Ich wünsche ihnen noch ein paar schöne Tage und fasse mir dann ein Herz und schreibe Leon eine SMS. Ich biete noch mal meine Hilfe an. Beim Lernen oder wahlweise würde ich ihm auch noch mal Frühstück machen. Und ehe ich mir das wieder anders überlegen kann, drücke ich auf Senden.
War das zu viel? Er antwortet nicht. Vielleicht hat er die Nachricht auch noch gar nicht gelesen. Wer weiß, was er gerade alles zu tun hat. Also gehe ich früh ins Bett, bevor

ich doch nur wieder anfange, zu grübeln. Und ein bisschen extra Schönheitsschlaf kann ja auch nicht schaden.

Mitten in der Nacht klingelt mein Handy und reißt mich aus dem Schlaf. Es ist Leon, also gehe ich ohne nachzudenken ran. Ich benutze mein Handy sonst nie zum Telefonieren, kann ich ja auch gar nicht. Keine Ahnung, wieso er anruft und nicht einfach eine Nachricht schreibt.
»Val?« Ich nicke überflüssigerweise. Bin noch ein wenig verschlafen.
»Hey! Ich hab dich geweckt. Tut mir leid.« Er macht eine Pause, atmet hörbar durch und spricht hektisch weiter.
»Morgen ist die Prüfung und ich bin so hammernervös, dass ich nicht schlafen kann. Ich hab's niemandem erzählt. Auf Pauls dämliche Kommentare kann ich da echt verzichten. Ich dachte nur, ... keine Ahnung ... Ich wollte es dir sagen. Und als ich deine Nachricht gelesen habe, da dachte ich, dass du vielleicht ... also, dass ich heute Nacht ... Oh Mann! Ich bin völlig durch den Wind. Ich hätte nicht anrufen sollen. Tut mir leid, dass ich dich geweckt habe.« Und dann legt er auf.
Was war das denn? Es klang so, als ob er irgendwo draußen ist, windig und ein bisschen Verkehrslärm. Wo treibt er sich denn mitten in der Nacht rum?
Er wird doch nicht ... Neugierig gehe ich zum Fenster und kann es kaum glauben, als ich ihn tatsächlich unten auf der Straße entdecke. Er sitzt auf einem Hydranten, nicht weit von meiner Haustür entfernt und rauft sich die Haare. Ich werd einfach nicht schlau aus ihm. Aber es ist jetzt auch egal, was er sich denkt. Schnell schreibe ich ihm eine SMS und fordere ihn auf, nach oben zu kommen. Er sieht auf sein Handy und sofort guckt er erschrocken zu meinem

Fenster hoch. Ich winke ihm zu und Leon lächelt mich schief an.

Kurz darauf steht er so unheimlich verlegen in meiner Tür, dass ich gar nicht anders kann, als ihn in meine Arme zu schließen. Wenn ich doch nur wüsste, was in ihm vor sich geht! Eigentlich weiß ich so gut wie nichts über Leon, sehr viel weniger als er über mich weiß. Dabei habe ich ihm noch nicht einmal was erzählen können. Leon ist immer so verschlossen. Wenn ihn was beschäftigt, scheint er das alles allein ausfechten zu wollen. Ich habe gerade mal ein winziges bisschen an seiner Oberfläche gekratzt. Aber jetzt, wo es ihm zu viel wird, kommt er zu mir. Ausgerechnet zu mir! Und ich kann nichts für ihn tun. Er sieht wirklich total fertig aus, so als hätte er nächtelang kein Auge zu bekommen. Und er ist so still, sagt gar nichts und sieht nur auf den Boden. Offensichtlich ist es ihm sehr unangenehm, dass ich ihn so erwischt habe. Ich nehme Leon seine Jacke ab und ziehe ihn mit mir zum Bett. Auch der Rest seiner Klamotten, bis auf die Unterwäsche fällt zu Boden und wir kuscheln uns unter die Bettdecke. Leon atmet erleichtert ein und aus, so als wäre er endlich da, wo er hin wollte. Er entspannt sich ein wenig.

Vielleicht muss ich ja auch gar nichts tun, damit es ihm besser geht. Es scheint so, als wäre es genug, wenn ich einfach nur da bin. Er liegt auf dem Rücken und ich streichle über seine Wange und sehe ihn fragend an. Vielleicht will er ja über irgendetwas reden?

»Val, ich ... ich werd das morgen nicht schaffen!«, sagt er mehr an die Zimmerdecke gewandt als an mich. Sofort schüttele ich heftig den Kopf. Leon lacht resigniert auf.

»Jaja, ich werd's schon packen. Kein Problem für den großen Superleon. Der schafft doch immer alles, was er sich vorgenommen hat«, äfft er irgendjemanden mit tiefer Stimme nach. Dann sieht er mich direkt an.

»Aber diesmal ist es anders. Ich hatte kaum Zeit zum Lernen. Das, was wir zusammen gemacht haben, war wirklich alles. Zu mehr hat die Zeit nicht gereicht. Ich bin kein bisschen besser als beim letzten Versuch. Die Chancen stehen verdammt schlecht, dass ich das hinbekomme. Aber ich kann den Termin nicht sausen lassen, das wäre dann automatisch nicht bestanden.« Wieder streicht Leon sich fahrig durch die Haare und schnauft wütend.

»Scheiße! Ich bin so richtig am Arsch! Und absolut niemand kapiert das. Mein Vater sagt, dass ich das schon schaffe. Ich soll mir keine Sorgen machen. Wie bescheuert ist das denn? Der hat so überhaupt keinen Schimmer, wie mein Leben aussieht. Für den zählt nur die Firma. Und dabei begreift er nicht einmal, wie wichtig gerade dafür mein Abschluss ist. Und bloß weil ich in allen anderen Klausuren nur gute Noten hatte, kapiert er einfach nicht, dass das hier was Anderes ist. Eigentlich kapiert er überhaupt nichts. Arghhh! Das macht mich so wütend. Und noch viel mehr ärger ich mich über mich selbst. Wieso verdammt noch mal, hab ich ihm nicht einfach gesagt, dass ich lernen muss und ihn mit der ganzen neuen Zweigstelle sitzen lassen?«

Ich habe keine Ahnung, was ich machen soll. Wenn es stimmt, was er sagt, also dass er wirklich nicht lernen konnte, dann sind seine Zweifel durchaus berechtigt. Aber jetzt ist es zu spät, um irgendetwas daran zu ändern. Schon in ein paar Stunden muss er die Klausur schreiben.

»Ach verdammt! Ich weiß auch nicht, wieso ich meinen ganzen Mist ausgerechnet bei dir ablade. Scheiße! Was mach ich hier eigentlich? Ich sollte gehen. Da platze ich mitten in der Nacht einfach so bei dir rein und heul dir die Ohren voll! Du musst mich ja für total bekloppt halten!«
Leon will aufstehen und ich kann ihn gerade noch am Arm festhalten. Sanft aber bestimmt ziehe ich ihn zurück ins Bett. Ich mache das Licht aus, decke uns beide zu und lege meinen Arm um Leon. Es dauert ein bisschen, aber dann entspannt er sich und seine Atemzüge werden ruhiger. Er seufzt leise und kuschelt sich dichter an mich. Leon nimmt meine Hand und verschränkt unsere Finger miteinander.
Ich weiß nicht, was das zu bedeuten hat. Ist er hier, weil er mich mag, weil das zwischen uns vielleicht doch etwas Ernstes ist? Oder hat er sich einfach nur einsam gefühlt und ich war der Erstbeste, der ihm eingefallen ist? Der Einzige, der sich ganz sicher nicht beschweren würde, wenn Leon mitten in der Nacht auftaucht? Vielleicht braucht er gerade einfach nur einen Freund? Sind wir überhaupt Freunde? Oder sind wir vielleicht sogar ein Paar? Wieso ist das alles so kompliziert?

Oh Mann! Ich denke schon wieder nur an mich und meine eigene Unsicherheit. Und Leon? Allein, dass er hergekommen ist, war bestimmt nicht leicht für ihn. Erst hat er sich nicht hochgetraut und nun wollte er ja schon wieder abhauen. Natürlich ist es ihm unangenehm, dass ich ihn so erlebe. Der Leon, der jetzt hier in meinen Armen liegt, das ist ein ganz anderer Mensch als der, den seine Freunde kennen. Ich glaube, niemand von denen weiß, wie es ihm wirklich geht. Er scheint mit niemandem so richtig zu reden. Außer mit mir. Das ist doch verrückt. Ausgerechnet ich! Ich kann ihm doch nicht mal helfen. Ich kann ihm ja nicht einmal sagen, dass alles gut wird. Würde er mir eh nicht glauben. Und ich mir selbst auch nicht. Ich dachte immer, dass meine Probleme so groß sind, dass niemals jemand nachempfinden kann, was in mir vor sich geht. Das mag vielleicht auch stimmen, also, dass niemand weiß, wie es in mir aussieht. Aber ich kann mir vage vorstellen, was Leon gerade durchmacht. Und dabei bin ich mir sicher, dass ich höchstens ansatzweise in seine Welt schauen durfte. Und ehrlich gesagt, fühle ich mich so richtig beschissen. Ich habe Angst vor morgen und das, obwohl es nicht meine Prüfung ist. Wie schrecklich muss Leon sich dann erst fühlen?

Kapitel 13

Am nächsten Morgen wache ich vor Leon auf. Er hat sich noch ein paar Minuten Schlaf verdient, also schleiche ich auf Zehenspitzen in die Küche. Frühstück wird er wohl nicht runterbekommen und Kaffee ist ebenfalls nicht so gut für einen nervösen Magen. Ich bin auch viel zu aufgeregt, um etwas zu essen. Also mache ich uns einen heißen Tee und ein paar Sandwiches, falls wir nach der Prüfung doch Appetit haben.

Kurz darauf taucht Leon hinter mir auf. Seine Nervosität ist ihm deutlich anzusehen.

»Guten Morgen Val!«, begrüßt er mich mit dünner Stimme.

Ich antworte mit einem möglichst mitfühlenden Lächeln und reiche ihm eine Tasse, an der er misstrauisch schnuppert.

»Kamillentee?« Ich nicke. Und da ist es wieder, nur für einen kurzen Moment, aber das war ganz eindeutig das wundervolle Leon-Lächeln, das da über sein Gesicht gehuscht ist.

»Danke Val! Für einfach alles!«, flüstert Leon ernsthaft und sieht dabei angestrengt in seine Teetasse, bevor er einen großen Schluck davon trinkt.

Später fahren wir zusammen zur Uni. Leon redet nicht mehr. Er ist total in sich gekehrt. Als er an die Tür des Profs klopft, zittert sogar seine Hand. Das passt überhaupt nicht in das Bild, das ich von Leon habe. Seine perfekte Fassade bröckelt gewaltig und zum ersten Mal habe ich das Gefühl, den echten Leon vor mir zu sehen. Er gibt sich jetzt keine Mühe, den coolen Macho raushängen zu lassen. Und es scheint ihm auch nicht so viel auszumachen, dass ich das mitbekomme. Dann trifft mich sein Hilfe suchender Blick, kurz bevor er im Zimmer des Profs verschwindet. Ich kann es gar nicht beschreiben, aber dieser Blick macht mich erst so richtig nervös. Dass Leon sich jetzt so quälen muss, das schlägt mir ganz schön auf den Magen. Aber im Moment kann ich daran kaum etwas ändern und fühle mich so machtlos.

Ich setze mich auf den Boden und warte vor dem Raum, in dem er schreibt. Tausend Fragen wirbeln durch meinen Kopf. Es passiert einfach so viel, das ich nicht erwartet habe. Was läuft da zwischen mir und Leon? Und läuft bei ihm vielleicht noch was anderes? Mit jemand anderem? Aber dafür dürfte er ja überhaupt keine Zeit haben. Ich verstehe nicht, wieso Leon ausgerechnet zu mir kommt, wenn es ihm nicht gut geht. Er hat mir doch gesagt, dass er keine feste Beziehung will. Aber das, was wir hier veranstalten, ist viel zu viel für eine normale Freundschaft. Irgendwann werde ich wohl doch mit ihm darüber reden müssen. Aber im Moment hat er ganz andere Sorgen und ich bekomme noch eine Gnadenfrist.

Und was soll ich machen, wenn er die Klausur nicht schafft? Darf ich ihn dann hier vor allen Leuten in den Arm nehmen? Will er mich dann überhaupt sehen? Und was wird mit seinem Studium?

Wie ist überhaupt das Verhältnis zu seinem Vater? Sie scheinen sich nicht gut zu verstehen, wenn Leon sich nicht einmal traut, ihm ganz klar zu sagen, dass er keine Zeit für die neue Zweigstelle hat, weil er lernen muss. Sein Vater sollte doch bemerken, wenn es seinem Sohn nicht gut geht. Er sollte sich doch um ihn kümmern! Okay, Leon ist schon erwachsen, aber mein Vater würde Himmel und Hölle in Bewegung setzen, um mir in so einer Situation beizustehen. Ich müsste ihn nicht einmal um Hilfe bitten. Er würde von sich aus auf mich zukommen. Da bin ich ganz sicher.

Die Tür geht auf und Leon kommt heraus. Sein zerknirschtes Gesicht spricht Bände. Er lässt sich neben mich auf den Boden sinken und lehnt sich ebenfalls mit dem Rücken an die Wand. Er sieht mich nicht an, starrt nur geradeaus.
»Der Prof kontrolliert die Klausur sofort. Er sagt Bescheid, wenn er durch ist«, erklärt er mir. Dann lässt Leon resigniert seinen Kopf nach hinten gegen die Wand fallen. Leise fügt er noch hinzu:
»Ich glaub nicht, dass es gereicht hat.«

Ich würde gern irgendwas tun, aber ich traue mich nicht, seine Hand zu nehmen. Wenn er das hier in der Öffentlichkeit nicht will, dann wäre jetzt wohl ein denkbar ungünstiger Zeitpunkt, das zu diskutieren. Eine Weile sitzen wir einfach nur nebeneinander, starren beide Löcher in die Luft und Leon knetet nervös seine Hände. Irgendwie sitzt er plötzlich dichter neben mir und ich spüre seine Schulter an meiner.
»Danke, dass du hier bist«, kaum hörbar, nur für meine Ohren bestimmt und sein schwerer Körper, der sich an mich lehnt.
Dann öffnet sich die Tür und Leon wird hereingebeten. Kurz setzt mein Herz aus. So kenn ich mich gar nicht. Sonst machen mir Klausuren nicht viel aus. Aber hier geht es ja auch nicht um mich. Ich bin nervös, so richtig. Eigent-

lich ist das noch untertrieben. Ich hab eine Scheißangst! Dabei ist es doch nur eine Prüfung. Aber für Leon ist sie so wichtig und irgendwie impliziert das, dass sie für mich auch unheimlich wichtig ist. Und jetzt ist er da drin, mit dem Prof und ich kann vor Nervosität kaum atmen.

Die Tür geht auf und Leon stürmt an mir vorbei nach draußen.
Nein! Das darf nicht wahr sein! Er hat es nicht geschafft! Das war offensichtlich. Ich laufe ihm hinterher und hole ihn erst an seinem Auto wieder ein. Er ist schon eingestiegen, macht aber keine Anstalten loszufahren. Sollte ich ihn jetzt vielleicht lieber allein lassen? Falls doch, kann er mich ja auch einfach wegschicken, also setzte ich mich neben ihn auf den Beifahrersitz.
Leon schlägt wütend auf das Lenkrad ein.
»Verfickte Scheiße! Das ist mein Leben! Schon bevor ich geboren wurde, war klar, wie meine Zukunft aussieht. Fuck! Es gab nie einen Plan B. Ich habe keine Ahnung, wie es jetzt weitergehen soll!«, flucht Leon in einer Mischung aus Wut und Verzweiflung. Er ist so aufgebracht, fährt sich immer wieder nervös durch die Haare.
»Was mach ich denn jetzt?« Er scheint mich kaum zu bemerken.
»Ich muss mit meinem Vater reden.« Bilde ich mir das nur ein oder hat Leon wirklich Schiss vor seinem Erzeuger?
»Verdammt! Ich muss sofort nach Hause fahren und ihm persönlich davon erzählen. Der wird mich umbringen! So eine Scheiße! Wie soll ich ihm das nur beibringen?« Leon scheint tatsächlich Angst vor seinem Vater zu haben! Jetzt mach ich mir wirklich Sorgen. In dem Zustand sollte er

doch nicht auch noch Auto fahren. Ich weiß mir nicht anders zu helfen und schreibe ihm schnell einen Zettel: ›Sag mir, wenn ich irgendetwas tun kann! Und bitte versprich mir, dass du vorsichtig fährst!‹ Leon kann ja nicht wissen, wie wichtig mir gerade dieser Punkt ist, aber ich hoffe, dass er das trotzdem im Hinterkopf behält. Zusammen mit dem Lunchpaket und einer kleinen Flasche Wasser gebe ich ihm den Zettel.

Als er mir die Sachen abnimmt, berühren sich unsere Hände und Leon lächelt mir kurz dankbar zu. Er liest, atmet tief durch und scheint sich ein klein wenig zu beruhigen.
»Danke Val! Ich pass schon auf mich auf. Mach dir keine Sorgen!«, sagt er mit erstaunlich sanfter Stimme zu mir. Dann zieht Leon mich zu sich in seine Arme und drückt mich fest an sich.
»Ich hab nur ein paar Dinge zu klären. Ich muss das irgendwie auf die Reihe kriegen, auch wenn ich gerade so überhaupt keinen Plan hab, wie.« Dann küsst er mich, kurz, aber trotzdem intensiv.
»Ich melde mich bei dir, sobald ich was Neues weiß, okay?« Ich nicke ihm zu, aber das sieht er nicht mehr, weil er meinen Zettel an das Armaturenbrett pinnt, so, dass er ihn immer sehen kann. Das beruhigt mich ein wenig und auch Leon scheint wieder etwas entspannter zu sein. Ob das wirklich mein Verdienst ist? Ich umarme ihn noch einmal zum Abschied, steige dann aus dem Wagen und Leon fährt los.

Ich hab ein ungutes Gefühl. Es passiert einfach zu viel. Leon hat gerade sein Studium in den Sand gesetzt und er hat nicht mal ein paar Minuten Zeit zum Durchatmen. Jetzt muss er sich auch noch seinem tyrannischen Vater stellen. Er kommt ja gar nicht mehr zur Ruhe. Ich hoffe, dass seine Familie sich gut um ihn kümmert. Auch wenn die Begegnung mit seinem Vater schwierig wird, ist seine Mutter ja auch noch da. Und eine kleine Schwester hat Leon auch. Vielleicht können die ihn aufmuntern. Bei seiner Familie ist Leon jetzt wohl am besten aufgehoben. Ich kann ihm ja sowieso nicht helfen. Sein Vater wird das schon irgendwie hinbekommen. Wenn er so eine erfolgreiche Firma hat, kann er Leon doch auch ohne Abschluss einstellen. Die Zweigstellensache hat Leon doch auch fast allein gemanagt. Damit hat er seinem Vater doch schon bewiesen, dass er was draufhat. Und auch wenn sie sich nicht so gut verstehen, sind sie doch immer noch eine Familie. Es wird bestimmt alles gut, und wenn Leon wieder zurück ist, dann sieht die Welt schon viel besser aus.

Nur meine Welt ist gerade nicht so rosig. Ich muss die ganze Zeit an Leon denken. Ich würde gern wissen, wie es ihm jetzt geht, aber ich will ihn auch nicht nerven. Wahrscheinlich sitzt er bei seinen Eltern in der Küche und lässt sich verwöhnen. Seine Mutter backt bestimmt einen Kuchen oder Kekse. Oder sie kocht sein Lieblingsessen. Jedenfalls würde meine Mutter das machen. Bei uns war das schon immer so. Wenn Papa zum Beispiel einen schwierigen Fall hatte oder als Roman von seiner Freundin sitzen gelassen wurde, dann kamen wir alle in der Küche zusammen, haben gemeinsam gekocht und gebacken und dabei ganz viel gelacht und Blödsinn gemacht. Mama hat es zum Glück auch immer irgendwie geschafft, dass das

Essen genießbar war und wir es nicht beim Rumalbern ruinieren konnten.
Sie hat am Wochenende Geburtstag und ich werde sie besuchen. Ich freu mich schon riesig, denn es ist wirklich viel zu lange her, dass ich bei meinen Eltern war. Und jetzt gondele ich durch die Stadt und suche ein Geschenk für Mama. Sie steht total auf diese Plüschtiere, die mit dem Knopf im Ohr. Als sie noch ganz klein war, hat ihre Großtante ihr so einen Teddy geschenkt. Und seitdem ist sie total vernarrt in die plüschigen Bären. Also muss ich mich jetzt in ein Spezialgeschäft begeben. Die Adresse habe ich im Internet gefunden. Es ist ein kleiner Laden, von oben bis unten vollgestopft mit Plüschtieren. Einige werden sogar in Glasvitrinen präsentiert und ich will gar nicht wissen, wie teuer die sind. Viele von denen sind wertvolle Sammlerstücke. Und genau so ein edles Exemplar will ich meiner Mutter schenken. Sie würde sich nie so etwas Teures und Sinnloses kaufen. Die wenigen Bären, die sie hat, hat sie alle geschenkt bekommen. Und sie liebt sie wirklich abgöttisch.
Hinter der Theke steht eine ältere Dame, die mich auch gleich anspricht:
»Na, junger Mann? Kann ich Ihnen vielleicht weiterhelfen?«
Also gut, diesmal will ich es echt nicht vermasseln. Ich bin vorbereitet. Aber erst mal winke ich der Dame freundlich zu und reiche ihr meinen Zettel. Sie fummelt an ihrer Brille und sieht mich verwirrt an. Dann ruft sie nach hinten:
»Herbert? Kommst du mal!« Und zu mir sagt sie entschuldigend: »Seine Augen sind besser als meine.«

Und dann kommt Herbert, ein älterer Herr, der mich auch gleich freundlich begrüßt. Seine Frau zeigt ihm meinen Zettel und Herbert liest laut vor.
›Guten Tag! Meine Name ist Valentin. Ich kann nicht sprechen, aber ich höre sehr gut. Ich möchte meiner Mutter zum Geburtstag einen Teddybären schenken. Aber ich kenne mich nicht so gut aus. Können sie mir vielleicht ein paar Exemplare zeigen? Vielen Dank für ihre Hilfe.‹

Ich bin ganz schön aufgeregt. Das ist das erste Mal, dass ich mir wirklich Mühe gebe und ich ganz allein etwas in die Hand nehme, ohne Ausreden und ohne die Möglichkeit, mich hinter irgendwas zu verstecken. Ich habe einen großen Block und Stifte dabei. Mein Handy mit dem kleinen Display würde zur Not auch noch zum Tippen reichen. Dieses Mal will ich es richtig machen.

Die beiden älteren Herrschaften sehen mich irritiert an und die Dame bemerkt entgeistert:
»Das ist ja schrecklich, Herbert! Er ist doch so jung! Und er kann nicht sprechen! Was machen wir denn jetzt bloß?«
Ohje, das läuft ja nicht so besonders gut. Aber Herbert eilt zu meiner Rettung.
»Gerda! Er hat doch geschrieben, dass er dich hören kann!« Und dann wendet er sich direkt an mich:
»Verzeihen Sie! Sie meint es nicht böse. Kommen Sie, junger Mann, ähm Valentin! Ich zeige Ihnen unsere neuesten Schätze. Die sind gerade ganz frisch eingetroffen. Bei denen laufen sie nicht Gefahr, dass ihre Frau Mutter so einen schon hat. Und zu all den anderen Bären können wir Ihnen natürlich auch etwas sagen. Kommen Sie mit! Hier drüben haben wir es den Teddys im Regal gemütlich

gemacht. Immer mindestens zwei zusammen, damit sie nicht so einsam sind«, lacht er mir freundlich über seine Schulter zu und geht voran.

Ganz ehrlich, ich könnte Herbert gerade knutschen! Er führt mich zu einem Regal und erklärt mir ganz genau, welcher Bär wann eingetroffen ist. Gerda mischt sich auch mit ein und erläutert die Besonderheiten jedes einzelnen Exemplars. Die beiden sind wirklich goldig. Sie haben Spaß und lachen viel. Die haben sich gesucht und gefunden und dann noch dieses Geschäft. Man merkt richtig, wie gern sie ihre plüschigen Freunde haben. Es würde mich kein bisschen wundern, wenn Gerda ein Tränchen verdrückt, wenn ich mit Rocky oder Jona den Laden verlasse. Oder sollte ich doch lieber Viktoria nehmen? Nachdem ich nun ausführlich die Lebensgeschichte eines jeden Bären erzählt bekommen habe, entscheide ich mich für ein Exemplar in Altrosé. Die Bärin heißt Lizzy und sieht irgendwie zuckrig aus. Ich glaube, sie ist die Richtige für Mama. Gerda und Herbert begleiten mich sogar noch zur Tür und winken mir nach, als ich den kleinen Laden verlasse. Die sind wirklich süß.

Ich bin richtig erleichtert und auch ein bisschen stolz auf mich. Es funktioniert. Wenn ich mich mehr anstrenge, dann kann ich auch solche Dinge hinbekommen. Das ist beruhigend zu wissen und gleichzeitig auch blöd, weil ich früher immer viel zu schnell aufgegeben habe.
In der Schule war das sicher auch anders. Da war ich noch zu jung und hatte selbst nicht die Geduld, mich auf andere einzulassen. Aber jetzt, seit ich Leon kenne, habe ich das Gefühl, irgendwie normal zu sein. Ich fühle mich nicht

mehr wie ein Außenseiter, sondern einfach wie jemand, der sich ein bisschen mehr anstrengen muss als andere.

Kapitel 14

Seit gestern habe ich nichts von Leon gehört. Wie es wohl läuft? Vielleicht ist sein Vater auch sauer? Von meinem neu gewonnenen Selbstvertrauen beflügelt, schreibe ich Leon eine Nachricht und frage ganz allgemein, wie es ihm geht. Aber eine Antwort bleibt er mir den Rest des Tages schuldig.
Jetzt ist es Abend und so langsam mach ich mir doch wieder Sorgen um ihn. Was ist denn, wenn sein Vater immer so schräg drauf ist? Ich habe doch keine Ahnung, wie Leons Familienleben so aussieht. Vielleicht ist seine Familie gar nicht so toll wie meine? Vielleicht macht Leons Vater ihm sogar noch Vorwürfe? Oh Mist! Hoffentlich brüllt er ihn nicht wieder an, so wie neulich am Telefon. Ich muss einfach wissen, wie es Leon geht. Kurzerhand greife ich zum Telefon und rufe ihn an. Schon nach einem Klingeln drückt er mich weg! So ein Mist! Ich bin ihm wohl doch zu aufdringlich. Dann muss ich eben warten, bis er sich bei mir meldet. Da es aber schon so spät ist, werde ich mich wohl bis morgen gedulden müssen, auch wenn es mir schwerfällt.

Mitten in der Nacht reißt mich ein Klingeln aus dem Schlaf. Die Haustür? Es ist drei Uhr morgens! Wer kann denn das sein? Mit einem mulmigen Gefühl öffne ich und ein vollkommen aufgelöster Leon steht vor mir. Er ist total am Ende. Seine Augen gerötet, die Haare zerzaust. Er versucht krampfhaft, meinem Blick auszuweichen.

»Ich ... Val ... », stammelt er nervös. Sprechen scheint momentan nicht drin zu sein. Ich glaube fast, dass er mit den Tränen kämpft. Verdammt! Was ist denn bloß passiert?
Ich ziehe Leon in meine Wohnung, aber er folgt mir nur sehr zögerlich. Seine Augen sind fest auf den Boden gerichtet. Natürlich fühlt er sich wieder unwohl, weil ich ihn in einem schwachen Moment erlebe. Aber trotzdem ist er zu mir gekommen. Ich würde ihn so gern fragen, was los ist. Aber falls Leon es mir erzählen will, dann wird er es von sich aus tun, wenn er so weit ist. Er war bestimmt die ganze Nacht unterwegs. Er sieht ziemlich müde und erschöpft aus. Die Jacke nehme ich ihm ab und dann schiebe ich ihn Richtung Bett. Er sollte sich erst mal ausruhen. Morgen sieht die Welt schon wieder ganz anders aus. Das sagt man doch so.
Aber Leon rührt sich nicht. Es wirkt so, als wolle er gleich wieder abhauen. Angestrengt ringt er um Fassung, weicht weiterhin meinem Blick aus und seine Lippen sind fest zusammengepresst. Es macht mir irgendwie Angst, ihn so zu sehen. Mein perfekter Leon ist bei Weitem nicht so perfekt, wie mein erster Eindruck mir vorgegaukelt hat.
Ganz sanft lege ich ihm meine Hand in den Rücken. Ich weiß einfach nicht, was ich sonst machen soll.
»Val, ich ...« Weiter kommt er nicht. Leon verbirgt sein Gesicht in den Händen und lässt sich schwer auf die Bettkante fallen. Ich gebe ihm ein bisschen Zeit, um sich zu sammeln, krabbele hinter ihm unter die Decke und warte ab. Er versucht, sich zu beruhigen. Trotzdem kann ich ganz deutlich das Zittern in jedem einzelnen Atemzug hören. Leon kämpft wirklich mit den Tränen. Irgendetwas Schlimmes muss passiert sein und ich mach mir richtige

Sorgen um ihn. Er wirkt so hilflos und verletzbar. Das passt doch gar nicht zu ihm und seinem sonst so überdimensionierten Selbstbewusstsein.
Für mich ist es nicht länger zu ertragen, ihn so zu sehen und ich schließe vorsichtig meine Arme von hinten um ihn, ziehe ihn zu mir unter die Decke und halte ihn einfach nur fest. Ganz langsam wird Leon ruhiger und er lehnt sich mit dem Rücken gegen meine Brust. Ist noch gar nicht lange her, da haben wir hier genauso gelegen.
Dann beginnt Leon, ganz leise zu erzählen:
»Erst lief es echt gut. Mein Vater hat die vermasselte Prüfung einfach so akzeptiert und sofort Pläne mit seinem Anwalt gemacht, um mir doch noch irgendwie zum Abschluss zu verhelfen. Aber als wir am Abend alle zusammen beim Essen saßen, habe ich von dir erzählt. Du weißt schon, von der Nachhilfe und dass das sogar ohne Sprechen funktioniert. Dabei bin ich wohl ein winziges bisschen ins Schwärmen geraten. Ich habe mir nichts weiter dabei gedacht. Melli und ich haben doch nur rumgealbert. Um sie eifersüchtig zu machen, hab ich erwähnt, wie hübsch du bist. Ich konnte doch nicht ahnen, dass so etwas passiert!« Leon wirkt richtig verzweifelt und ich ziehe ihn noch dichter an mich und streichle über seinen Bauch.
Ich weiß gar nicht, was ich denken soll. Er hat seiner Familie von mir erzählt? Von mir? Und das hat dann zur Katastrophe geführt? Ist es etwa meine Schuld, dass Leon so fertig ist?
»Mein Vater ist total ausgerastet. Die Prüfung hat ihn einen Scheißdreck interessiert, aber dass ich einen Mann mag, hat ihn komplett aus der Fassung gebracht. Verdammt!« Leon macht schon wieder eine Pause, atmet zitternd ein

und versucht sich zu beruhigen. Aber da ist noch mehr und er redet weiter:
»Als ich 15 war, habe ich ihm gesagt, dass ich schwul bin. Ich war so schrecklich aufgeregt und dieser Arsch hat mich gar nicht ernst genommen! Er hat mich in ein Internat verfrachtet und ist dann davon ausgegangen, dass die mir den Mist schon wieder ausgetrieben hätten. Ich hätte da doch Fußball gespielt wie ein ganz normaler Junge!« Leon lacht trocken auf.
»Ist das zu fassen? Er dachte, die hätten mich geheilt! Ihm ist nicht aufgefallen, dass sein eigener Sohn schwul ist! Ich dachte wirklich, er wüsste das. Hab doch nie ein Geheimnis daraus gemacht. Er hat überhaupt keine Ahnung, wie mein Leben oder das meiner Schwester Melli aussieht. Sonst hätte er vielleicht schon früher geschnallt, dass ich dabei bin, mein Studium in den Sand zu setzen. Ich hab ihm doch alles erzählt! Aber er hat das offensichtlich gar nicht wahrgenommen. Dieser ignorante Bastard!«
Leon ist richtig wütend und spricht immer schneller.
»Er hat mein Konto gesperrt und mir den Schlüssel zu meiner Wohnung abgenommen. Ich kann es immer noch nicht glauben! Und meine Mutter saß die ganze Zeit daneben und hat kein Wort gesagt! Sie hat einfach so mit angesehen, wie Vater mich fertigmacht!« Hektisch löst Leon sich aus meiner Umarmung, setzt sich auf und reibt sich in einer hilflosen Geste über die Augen.
»Ich sitze echt auf der Straße! Eigentlich ist es ja auch sein Appartement. Ich durfte nur kostenfrei darin wohnen. Aber jetzt komm ich nicht mehr rein. Hätte ich doch bloß irgendwo so einen beschissenen Ersatzschlüssel deponiert! Dann könnte ich wenigstens meine Klamotten holen. Jetzt kann ich mir nicht mal was Neues kaufen, so ganz

ohne Kohle. Das Konto hatte damals Vater für mich eröffnet, als ich mein erstes richtiges Taschengeld bekommen habe. Er hat eine Vollmacht und ich Idiot bin nie auf die Idee gekommen, dass er das mal gegen mich ausnutzen würde. Ich habe nur noch das Auto, die Sachen, die ich in der Reisetasche hatte und knapp 5 Euro im Portemonnaie!« Leons Stimme bricht weg und es dauert eine Weile, bis er weiter sprechen kann.
»Val … ich wusste nicht, wo ich sonst hin sollte. Ich weiß überhaupt nichts mehr! So eine Scheiße! Jetzt sitz ich schon wieder in deinem Bett und heule dir die Ohren voll. Du musst mich doch mittlerweile für einen richtigen Jammerlappen halten. Es war keine gute Idee, ausgerechnet zu dir zu kommen. Ich will das hier nicht auch noch vermasseln. Und ich weiß doch nicht einmal, ob wir überhaupt … also … ich meine … ich sollte dich echt nicht so nerven!« Leon macht Anstalten, wieder aufzustehen. Er will doch jetzt nicht wirklich wieder gehen? Wo soll er denn hin? Schnell halte ich ihn fest und ziehe ihn wieder zu mir.
»Val, ich denke … ich sollte doch wirklich nicht …«, kurz wehrt Leon sich, aber dann weicht die Anspannung aus seinem Körper und er lässt sich gegen mich sinken. Wie kann ich ihm nur begreiflich machen, dass es okay ist? Es ist in Ordnung für mich, wenn er sich bei mir ausheult.
»Was soll ich denn bloß machen, wenn er sich nicht wieder einkriegt?«, fragt Leon ängstlich in den Raum.
»Ich habe nichts mehr! Keinen Abschluss, keinen Job, kein Geld, keine Bleibe und keine Familie, die ich um Hilfe bitten kann. Ich habe keine Ahnung, was ich jetzt machen soll.« Ich spüre das Zittern seines Körpers an meiner Haut. Leon ist total am Ende. Ich würde ihm so gerne helfen, aber ich weiß beim besten Willen nicht, wie ich das anstel-

len soll. Leons Vater verhält sich doch unmenschlich! Wie stellt er sich das denn vor? Die Tragweite dieser dämlichen Erziehungsmaßnahmen wird mir erst jetzt so richtig bewusst. Leon hat recht! Er sitzt wirklich auf der Straße und könnte sich nicht einmal was zu essen kaufen. Wie kann ein Vater seinem eigenen Sohn nur so etwas antun? Und das bloß, weil er schwul ist? Und wieso hat seine Mutter nicht eingegriffen? Die können ihm doch nicht einfach so alles wegnehmen! Ich kann es gar nicht so recht fassen! Aber im Moment kann ich nichts weiter tun, als Leon einfach nur festzuhalten und beruhigend über seinen Rücken zu streicheln. Er lässt sich von mir trösten und kuschelt sich dicht an mich.

Es fühlt sich merkwürdig an, der Stärkere zu sein. Leon braucht mich jetzt. Mich! Ich hätte mir niemals vorstellen können, dass ich mal für jemand anderen da sein würde. Ich wusste nicht, dass ich das überhaupt kann. Aber irgendetwas scheine ich richtig zu machen, sonst wäre Leon nicht ausgerechnet zu mir gekommen. Ich würde ihm doch so gern helfen. Ich wünsche mir einfach, dass es ihm schnell wieder besser geht.
Weil ich ihn liebe. Oh Shit! Ich liebe diesen Mann wirklich! Ich bin nicht bloß verknallt oder so teenagermäßig verliebt, das würde alles nicht mal annähernd beschreiben, wie viel Leon mir bedeutet. Seit ich Leon kenne, hat sich alles für mich verändert. Ich habe mich verändert. Ganz andere Dinge sind jetzt wichtig für mich. Meine früheren Probleme, die mein ganzes Leben bestimmt haben, treten in den Hintergrund. Ich habe seit dem Unfall und Romans Tod doch nie so etwas Schreckliches durchmachen müssen, wie Leon jetzt. Und dann auch noch ganz allein und ohne

Familienrückhalt. Ich kann einfach nicht glauben, dass Leons Vater für den ganzen Mist verantwortlich ist! Damit darf er auf keinen Fall durchkommen!

Nach kurzer Zeit sinkt Leon vor Erschöpfung in einen unruhigen Schlaf. Aber mein Kopf arbeitet weiter auf Hochtouren. Auch wenn ich ihm nicht helfen kann, so weiß ich vielleicht jemanden, der dazu in der Lage ist. Und darum werde ich mich sofort kümmern.
Leise stehe ich auf, um Leon nicht zu wecken. Ich setze mich an den Rechner und tippe eine lange Mail an meinen Vater. Er ist Anwalt und kennt sich ganz gut im Familienrecht aus. Er kann bestimmt einige Fragen beantworten und Leon seine Möglichkeiten aufzeigen. Ich bin mir ziemlich sicher, dass sein Vater ihm nicht sein Geld wegnehmen darf. Er müsste doch zumindest so lange Unterhalt zahlen, bis Leon seine Ausbildung abgeschlossen hat. Das hat er ja dank der vielen Arbeit, mit der sein Vater ihn zugeschüttet hat, nicht hinbekommen.
Ich schreibe alles für meinen Vater auf. Die Sache mit der Prüfung und die wenigen Informationen, die ich über Leon und seine Familie habe. Und natürlich alles, was er mir eben erzählt hat. Ich hoffe, Leon ist nicht sauer deswegen, aber ich bin mir sicher, dass mein Vater ihm helfen kann. Kurz bevor ich die Mail verschicke, fällt mir zum Glück noch ein, dass heute ja Mamas Geburtstag ist und ich gratuliere ihr noch. Dann klicke ich auf Senden und tippe für Papa eine SMS, in der ich erkläre, wie dringend die Angelegenheit ist.
Fünf Minuten später habe ich eine Antwort. Auf Papa ist eben immer Verlass.

›Guten Morgen Valentin! Ich kümmere mich sofort darum. Der Rechner fährt schon hoch und Mama macht mir Kaffee. Schön, dass du einen so guten Freund gefunden hast und ihm nun helfen willst. Ich melde mich, sobald ich die Mail von dir gelesen habe. Hab dich lieb! Papa‹

Nein! Verflucht!
Da fällt mir siedend heiß ein, dass ich mich mit der Mail ja quasi vor meinen Eltern geoutet habe. Ich habe mit ihnen noch nie darüber geredet, dass ich schwul bin. Und ich hätte auch nie gedacht, dass das irgendwann Thema sein könnte und ich mal einen Freund habe. Jetzt packt mich das schlechte Gewissen. Ich habe einfach nicht daran gedacht! Aber da ich in der Mail geschildert habe, warum Leons Vater ausgerastet ist, brauchen sie ja bloß eins und eins zusammenzählen. Ich bin so ein Idiot! Sie hätten es wirklich verdient, dass ich ihnen das mit etwas mehr Einfühlungsvermögen mitteile. Aber jetzt kann ich das leider nicht mehr ändern.
Wenig später ploppt das Mailsymbol auf und ich habe Papas Antwort im Posteingang.

›Guten Morgen Valentin!

Mama bedankt sich für deine lieben Geburtstagswünsche. Aber das könnt ihr heute beim Essen noch ausführlich zelebrieren.
Ich musste deine Mail mehrfach lesen und ich kann immer noch nicht glauben, was du geschildert hast. Leons Vater kann doch so nicht mit seinem Sohn umgehen. Mama ist sogar in Tränen ausgebrochen. Natürlich helfen wir Leon,

wo wir nur können. Ich habe auch schon ein wenig recherchiert.

Ich denke, es ist für Leon vielleicht doch noch möglich, sein Studium abzuschließen. Meist gibt es die Option, einmal im Studium eine mündliche Prüfung zusätzlich zu machen. Das hängt von der Uni und deren Prüfungsordnungen in den Fakultäten ab. Bis heute Nachmittag kann ich dazu Genaueres sagen.
Wegen Leons Wohnung können wir wohl nicht so viel machen. Es sei denn, er hat bei seinem Vater einen Mietvertrag unterschrieben. Sonst haben wir da wenig in der Hand. Aber da brauche ich noch genauere Informationen von Leon.

Der Vater hat wirklich das Konto gesperrt? Wenn er nur die Karte als gestohlen gemeldet hat, können wir das recht schnell klären und Leon kommt wieder an sein Geld. Wenn er aber Mitinhaber ist, dann sieht die Sache etwas anders aus und es kommt auf die genauen Kontomodalitäten an. Leon muss mir das im Detail erklären, damit wir uns eine Strategie überlegen können.
In dem anderen Punkt hast du natürlich recht. Leons Vater muss Unterhalt bezahlen. Den kann man zur Not auch einklagen, aber ich denke, ein förmlich aufgesetzter Brief, der ihm die Rechtslage erklärt, sollte ihn schnell zur Vernunft bringen. Ein Prozess gegen den eigenen Sohn dürfte seiner Firma sehr schaden und bringt zudem auch noch Leons sexuelle Orientierung an die Öffentlichkeit. Das wird er nicht riskieren.

Ich hoffe, dass Leons Vater schnell ein Einsehen hat und wir die Angelegenheit außergerichtlich klären können. Aber sollte das nicht der Fall sein, dann habt ihr meine volle Unterstützung.

Lass uns da heute Nachmittag in Ruhe drüber reden. Du bringst Leon doch mit? Wenn ich deine Mail richtig interpretiere, dann seid ihr ein Paar?
Entschuldige die direkte Frage. Das geht uns eigentlich gar nichts an. Wir sind nur ein wenig neugierig. Mama und ich würden uns sehr freuen, wenn du jemanden hast, mit dem du glücklich bist.

Mama sagt, ihr sollt nicht zu spät zum Essen kommen. Sie kocht auch dein Lieblingsgericht. Und zum Nachtisch gibt es Käsekuchen. Ich durfte gestern nicht mal ein Stück probieren, damit der für dich auch noch gut aussieht! Als wenn dir das auffallen würde.

Wir sind richtig gespannt auf deinen Leon und freuen uns sehr auf euren Besuch!
Liebe Grüße von Mama und Papa!‹

Ich liebe meine Eltern! Ganz ehrlich! Vor allem, nachdem ich gehört habe, wie Leons Vater mit ihm umgeht, kann ich kaum fassen, was für ein riesiges Glück ich habe.
Mein Vater setzt sich wie selbstverständlich am Samstagmorgen um fünf Uhr vor den Rechner und recherchiert Gesetzestexte und Prüfungsordnungen. Und Mama kocht ihm Kaffee und das alles auch noch an ihrem Geburtstag! Und so ganz nebenbei freuen sie sich, dass ich jemanden gefunden habe, der mir wichtig ist, ganz egal ob Mann

oder Frau. Mir schießen jetzt tatsächlich Tränen in die Augen. Natürlich war mir schon immer klar, dass meine Eltern hinter mir stehen und mich bedingungslos lieben, aber der direkte Vergleich mit Leons Eltern, macht es mir jetzt überdeutlich bewusst.

Kapitel 15

Die erste Kanne Kaffee ist leer und Leon schläft immer noch. Er hat da wohl Einiges nachzuholen. Ich mache schon mal Frühstück und bin gerade fertig, als Leon gähnend in die Küche kommt. Nervös fährt er sich durch die Haare. Das macht er in letzter Zeit so häufig, dass es irgendwie schon zu einem Markenzeichen von Leon geworden ist. Er schafft es immer noch nicht, mich anzusehen. Das ist doch absurd.

»Hey, Val. Tut mir leid. Ich ... also letzte Nacht ... da war ich nicht so ganz bei mir. Ich wollte dir nicht auf den Wecker gehen und ich hau jetzt am besten gleich ab und lass dich in Ruhe.« Der Gefühlsausbruch von gestern ist ihm sichtlich unangenehm. Das kann ich ja auch irgendwie nachvollziehen. Aber wie soll ich ihm begreiflich machen, dass es für mich in Ordnung ist und er sich nicht auch noch wegen mir so viele Gedanken machen muss? Das Einzige, was mir einfällt, ist, ihn zu küssen. Ein kurzer, sanfter Kuss auf den Mund. Das muss er doch verstehen. Aber Leon sieht mich nur irritiert an. Ich versuche es mit einem verständnisvollen Lächeln und gebe ihm auch noch meinen Zweitschlüssel für die Wohnung. Doch er starrt nur gebannt auf das Metall in seiner Hand. Ich fürchte, er versteht mich nicht. Dabei ist es doch das Naheliegendste überhaupt, dass Leon so lange bei mir bleibt, bis die Situation mit seiner Wohnung geklärt ist. Wieso ist das denn so schwer für ihn?

»Val! Du musst das nicht tun. Ich kann verstehen, wenn du mich nicht hier haben willst. Das ist okay. Das mit uns ist

doch noch ... ich meine ... wir wissen doch gar nicht, ob und wie ...«, beißt er sich nervös auf die Unterlippe. Das mit uns? Wir wissen doch noch nicht, ob und wie? Also denkt er trotz allem wirklich über ein ›Uns‹ nach? Ich komme mir ziemlich mies vor, weil ich gerade Luftsprünge vor Glück machen könnte, obwohl es Leon so schlecht geht. Die aufkeimende gute Laune schlucke ich hinunter und drücke ihm erneut den Schlüssel in die Hand. Diesmal schließe ich seine Finger darum. Ich hoffe einfach mal, dass er das ›Bleib so lange, wie du willst!‹ auch ohne Worte versteht. Leon muss doch auch klar sein, dass er nicht besonders viele Alternativen hat. Das würde doch jeder andere genauso machen. Selbst wenn ich nicht in ihn verliebt wäre, würde ich doch niemals einen Freund in so einer Situation vor die Tür setzen.
»Danke Val! Ich weiß nicht, was ich ... Danke!« Das muss unheimlich schwer für Leon sein. Er ist doch eigentlich jemand, der immer alles fest in Griff hat. Normalerweise hat er die Kontrolle. Aber jetzt wurde ihm der Boden unter den Füßen weggezogen. Dazu hat er noch einen Arschtritt von den Menschen bekommen, die ihn eigentlich in solchen Situationen unterstützen sollten. Aber vielleicht kann ich ihm ein bisschen helfen, bis er wieder auf die Beine kommt.

Leon setzt sich auf den Stuhl, den ich ihm anbiete, und nimmt einen Schluck von dem Kaffee, als plötzlich sein Handy klingelt. Er schaut auf das Display: »Meine Mutter. Ich sollte wohl rangehen.« Ich kann nicht verhindern, dass ich alles mit anhöre. Aber Leon scheint es auch nicht zu stören.
»Hallo!«, sagt er kühl in den Hörer.

»Ja, Mama. Es geht mir gut.« Eine glatte Lüge.
»Meine Sachen? Ja, okay, aber versprich mir, dass du Vater nicht sagst, wo ich bin! Bleib kurz dran!« Leon wendet sich an mich:
»Ist es okay, wenn meine Mutter ein paar Sachen von mir vorbeibringt? Sind nur zwei Umzugskisten mit Unikram und ein paar Klamotten. Ich weiß, das ist zu viel verlangt, aber ...« Bevor er sich wieder für irgendwas entschuldigen kann, nicke ich eifrig und lege meinen Finger auf seine Lippen. Es ist wirklich schrecklich, Leon so verzweifelt zu sehen. Ich möchte, dass er sich wenigstens hier bei mir, mit mir, wohlfühlen kann und endlich aufhört, aus jeder Kleinigkeit so ein Drama zu machen. Dramen haben wir doch gerade schon genug.
Leon teilt seiner Mutter die Adresse mit und dann frühstücken wir. Ich weiß noch nicht, wie ich ihm erklären soll, dass wir heute zu meinen Eltern fahren. Ich muss es ihm aufschreiben und beginne auch gleich, sobald ich den letzten Bissen meines Toasts im Mund habe. Leon starrt bloß Löcher in die Tischplatte und klammert sich an seinem Kaffee fest. Er ist ziemlich fertig und wirkt, als wäre er mit seinen Gedanken meilenweit entfernt.
Dann klingelt schon wieder sein Handy. Beim Blick auf das Display entgleisen seine Gesichtszüge und ich ahne, dass sein Vater anruft. Leon geht ran und ich kann nur lautes Gebrüll von der anderen Seite hören. Dann legt er auf und sieht mich panisch an:
»Scheiße! Er ist hier! Wieso kann meine Mutter nicht einmal auf meiner Seite sein? Das war doch nur wieder ein beschissener Trick von ihm!«, faucht Leon ungehalten, springt gleich auf und rennt durch die Tür nach draußen. Ich folge ihm, ganz instinktiv.

Unten steht ein superteures Auto, das in dieser Straße irgendwie fehl am Platz wirkt. Eine Frau, wahrscheinlich Leons Mutter, sitzt im Wagen und traut sich nicht raus. Ein gut gekleideter Mann stellt gerade eine Umzugskiste auf den Gehweg und kommt uns wild mit den Armen fuchtelnd entgegen. Es ist erschreckend, wie ähnlich sich die beiden sehen, sein Vater ist wie eine ältere, böse Version von Leon. Wütend stürmt er auf mich zu, zeigt mit seinem Finger auf mich und schreit Leon an:
»Ist er das? Ist das der verkrüppelte Homo, wegen dem du alles kaputtmachst, was wir uns aufgebaut haben? Hast du eigentlich eine Ahnung, wie sehr du unserer Familie damit schadest? Deine Mutter hört gar nicht mehr auf zu weinen und deine Schwester traut sich nicht mehr in die Schule!
Und die Firma! Junge, du ruinierst unsere Existenz wegen einer behinderten Schwuchtel?« Er redet sich in Rage, schreit mit jedem Satz lauter, läuft knallrot an und wird immer wütender, weil Leon nicht reagiert. Der scheint vor Schock wie gelähmt.
Ich wünschte, ich könnte jetzt etwas sagen und seinen Vater zum Schweigen bringen. Aber das geht nicht. Deshalb stelle ich mich nur zwischen die beiden und sehe Leons Vater eindringlich an. Er schnauft wütend und sein Kopf ist schon dunkelrot. Aber ich lasse mich nicht einschüchtern, straffe die Schultern und halte seinem Blick stand. Der scheint richtig überrascht von meiner Reaktion und dann zeigt sich die Andeutung eines Lächelns auf seinem Gesicht.
»Na wenigstens ist er nicht so ein Weichei wie du! Du bist nicht mehr mein Sohn. Ruf uns nicht mehr an und komm uns nicht mehr besuchen. Für mich existierst du nicht

mehr!« Damit dreht er sich um, steigt in seinen Wagen und fährt davon. Leon starrt ihm hinterher, nimmt gar nichts anderes mehr wahr. Ich greife nach seiner Hand und er folgt mir stumm nach oben. Mechanisch setzt er sich an den Küchentisch und umschließt die immer noch heiße Kaffeetasse.

Ich renne nach unten, schnappe mir einen Umzugskarton von der Straße und bringe ihn in meine Wohnung. Dann hole ich die zweite Kiste und auch, als ich wieder oben ankomme, hat Leon sich noch nicht bewegt. Er sagt nichts. Mir war überhaupt nicht klar, wie schwierig es ist, wenn Menschen nicht reden. Es macht mir Angst. Ich fühle mich so hilflos. Ich traue mich nicht, ihn zu berühren, weil ich irgendwie das Gefühl habe, dass er mich wegstoßen würde, dass er einfach nur allein sein will. Er hat gerade alles verloren. Sicherlich würde er es auch allein hinbekommen und sich das Geld, das ihm zusteht, von seinem Vater einklagen können. Aber ich fürchte, dass nicht unbedingt das Konto oder die Wohnung das Schlimmste für Leon sind. Am meisten macht ihm wohl zu schaffen, dass ausgerechnet seine Eltern der Grund für seine ausweglose Situation sind. Sogar seine Mutter hat ihn eben verraten!
Scheiße! Plötzlich wird mir klar, dass er wirklich am Ende ist und da allein nicht wieder rauskommt. Er braucht wirklich meine Hilfe. Aber ob ich das kann? Ich bin doch sonst immer derjenige, dem andere helfen.

Leon sieht mich stirnrunzelnd an und erst jetzt fällt mir auf, dass er meinen Zettel liest. Der, auf dem ich ihm erklären wollte, dass er mit zu meinen Eltern kommen muss.

»Das ist doch nicht dein Ernst!«, wird Leon plötzlich laut. »Du hast deinen Eltern alles von mir erzählt? Und du willst mich mit zu ihnen nehmen? Sag mal, hast du sie noch alle?« Leon ist richtig wütend und schreit mich an.

»Reicht es denn nicht, was heute hier passiert ist? Hast du denn gar nichts kapiert? Glaubst du wirklich, dass deine Mutter sich freut, wenn ihr schwuler Sohn seinen schwulen Freund mit zu ihrem Geburtstagskaffeekränzchen bringt?«

Mist! Er steht auf und dreht sich weg. Ich schnappe mir einen Stift und beginne, zu schreiben. Jetzt gerade verfluche ich mein Handicap aber so richtig. Ich reiche Leon einen Zettel, doch ohne darauf zu gucken, schiebt er einfach meine Hand weg.

»Bist du wirklich so naiv? Willst du wirklich wegen mir auch noch deine Familie verlieren? Mach mal die Augen auf! Hast du das eben nicht gehört? War doch laut genug! Oder bist du jetzt auch noch blind und taub? Du bist doch völlig weltfremd, Valentin!«

Ich kann es nicht glauben! Wie kann Leon nur so mit mir reden? Das macht mich so wütend. Es ist für ihn viel zu leicht, mich zu ignorieren. Wenn ich sprechen könnte, würde er nicht so einfach davonkommen. Aber jetzt weigert er sich einfach, meinen Zettel zu lesen! Das ist so frustrierend und unfair. Entschlossen stelle ich mich vor ihn und drücke ihm den Zettel wieder in die Hand. Doch er zerknüllt ihn und wirft ihn in den Müll. Dann besitzt er auch noch die Frechheit und sieht mich herausfordernd an. Das kann Leon doch nicht machen! Ich möchte ihn anschreien! Es ist einfach nicht fair! Ein verächtliches Schnauben kommt über seine Lippen.

Und ganz plötzlich ist es weg, dieses typische Leon-Gefühl. Dieses Gefühl, irgendwie doch normal zu sein und dazuzugehören. Mit dieser simplen Geste hat er es einfach weggewischt. Ich fühle mich unvollständig, fehlerhaft. Und es hilft auch nicht, dass ich versuche, mir klar zu machen, dass es Leon gerade nicht gut geht, dass er das nicht mit Absicht macht und dass er vermutlich nicht die leiseste Ahnung hat, wie weh er mir damit tut. Ist schon eine ganze Weile her, dass ich mich so unzulänglich gefühlt habe. Und dass er, ausgerechnet Leon, dafür verantwortlich ist, macht alles noch schlimmer. Ich muss raus. Hier drin liegt gerade viel zu viel Anspannung in der Luft. Ich nehme meine Jacke und laufe zur Tür.
»Val!«, ruft Leon mir nach, aber ich kann ihn auch ignorieren. Ist ganz einfach!
»Val! Bitte warte! Wo willst du denn jetzt hin?« Und schon bin ich durch die Tür. War doch gar nicht so schwer. So schnell ich kann, renne ich zum Park. Erst hier werde ich ruhiger, kann wieder frei atmen und meine Gedanken sortieren.

Er hat mich verletzt. Mein Selbstbewusstsein ist offensichtlich doch eher ein instabiles Kartenhaus und Leon hat eine von den tragenden Karten entfernt. Allerdings hat er das ganze dämliche Kartengerüst doch erst aufgebaut. Ohne ihn wäre da doch nichts. Tief durchatmen! Es geht hier doch eigentlich um Leon und nicht um mich. Das, was sein Vater da vorhin zu ihm gesagt hat, das ist nicht leicht zu verkraften. Er ist im Moment wahrscheinlich nicht ganz zurechnungsfähig. Ich muss mir vor Augen halten, dass er mir nicht absichtlich wehgetan hat. Das würde er nicht tun. Das weiß ich doch eigentlich, oder nicht? Er ist nur gerade völlig durch den Wind, was ja auch total verständlich ist. Er wollte mir ganz sicher nicht wehtun! Wenn ich das doch eigentlich weiß, wieso, verdammt noch mal, sitze ich dann hier auf einer dämlichen Parkbank und heule wie ein kleines Kind?

Das Vibrieren meines Handys ignoriere ich. Bestimmt ist es Leon. Ob er sich entschuldigen will? Oder will er mir nur noch einmal unter die Nase reiben, wie ahnungslos ich durch die Welt tapse? Ich bin noch nicht mal sauer auf ihn, nur traurig und verletzt. Ich fühle mich, als ob ich nie genug für ihn sein kann. Und das nicht nur, weil ich nicht sprechen kann. Es war doch von Anfang an albern, mir Chancen bei ihm auszurechnen.

Aber wieso kommt er dann immer wieder zu mir und lässt sich von mir trösten? Ich kapier das einfach nicht! Sein Verhalten wirft mir ständig neue Rätsel auf, er stößt mich von sich und im nächsten Moment macht er mir neue Hoffnung. Aber das, was er eben zu mir gesagt hat, das war schon hart.

Ob es wirklich daran liegt, dass ihm die Begegnung mit seinem Vater so sehr zugesetzt hat? Daran, dass ja quasi über Nacht Leons Welt in ihren Grundfesten erschüttert wurde? Wenn ich an seiner Stelle wäre und mir komplett der Boden unter den Füßen weggezogen werden würde, dann …

So wie damals, als ich erfahren habe, dass Roman tot ist.

Meine Eltern haben lange gewartet, bis sie es mir gesagt haben. Um mich nicht aufzuregen. Aber ich war so enttäuscht, dass Roman mich nicht im Krankenhaus besuchen wollte. Ich dachte, er würde mich doch abstoßend finden, nachdem ich ihm gesagt hatte, dass ich schwul bin. Ich bin wirklich nicht auf die Idee gekommen, dass er auch verletzt sein könnte. Diesen Gedanken habe ich einfach nicht zugelassen. Und dann sagte Mama mir, dass er tot ist. Da ist meine Welt zusammengebrochen. Für mich fühlte es sich an, als würde mein Leben vorbei sein. Ich konnte mir beim besten Willen nicht vorstellen, wie ich ohne meinen großen Bruder überleben sollte. Unfassbare Wut beherrschte mich, weil ich es einfach nicht verstehen konnte. Ich weigerte mich, das überhaupt in Betracht zu ziehen. Romans Tod durfte nicht real sein! Ich fühlte mich so hilflos und so viele unerträgliche Emotionen stürzten in diesem Moment auf mich ein, dass ich dachte, ich müsse explodieren. Bin ich auch in gewisser Weise. Ich habe um mich geschlagen und jeden, der mir zu nahe kam, mit Händen und Füßen abgewehrt, auch meine Eltern.

Ich wollte meine Mutter anschreien, weil sie solche Lügen erzählte. Ich habe meinen Vater gehasst, weil er den Unfall nicht verhindert hat. Es war doch seine Aufgabe, auf uns aufzupassen. Ich war so wütend auf Roman, weil er nicht besser Auto fahren konnte. Ich griff sogar die Ärzte an, weil sie mir meine Stimme geraubt haben. Aber meine größten Aggressionen richteten sich gegen mich selbst.

Es war meine Schuld! Ich war schuld am Tod meines Bruders! Da war ich mir damals ganz sicher. Und der Verlust meiner Stimme, die Narben und ein paar Rückenprobleme erschienen mir ein viel zu geringer Preis, den ich dafür bezahlen sollte.

Im Nachhinein bin ich froh, dass ich in dem Moment nicht sprechen konnte. Es war schon schlimm genug, dass ich meine Mutter viel zu aggressiv von mir weggestoßen habe. Hätte ich ihr all die Dinge an den Kopf geworfen, die mir damals in den Sinn kamen, dann könnte ich ihr heute nicht mehr in die Augen sehen. Ich hatte so viel Wut in mir und war unfähig, sie zu kontrollieren.

Nach einer Weile wurde es besser und ich konnte verstehen, dass Roman wirklich weg ist und nie wieder zurückkommt. Die Wut in meinem Inneren wandelte sich in tiefen Schmerz. Und ich konnte mit niemandem reden, nie wieder. Mama und Papa, die waren auch keine große Hilfe. Natürlich haben sie sich bemüht, aber die beiden hatten ihren Sohn verloren und mussten auch lange um mein Leben bangen. Ich mag mir gar nicht vorstellen, was sie für Ängste ausgestanden haben. Und wenn ich jetzt daran denke, bekomme ich schon wieder ein schlechtes Gewissen, weil sie damals meinen ganzen Frust ungebremst abbekommen haben. Aber sie waren immer für mich da, auch wenn ich einfach nur bei Mama im Arm lag und wir beide geheult haben. Sie war nicht stark, sie war einfach nur da und das hat mir doch irgendwie geholfen. Ich habe mich nie wirklich allein gefühlt. Mein ganzes Leben hatte ich sie immer in meinem Rücken.

Leon hat jetzt niemanden, der ihn unterstützt. Seine Familie hat ihm gerade einen Arschtritt verpasst und das alles auch noch, weil er ihnen von mir erzählt hat. Es ist zwar niemand gestorben, aber letztendlich ist es das, was Leons Vater gesagt hat. Leon existiert nicht mehr für ihn. Er wurde einfach aus ihrem Leben ausradiert.
Ich schlucke meine Enttäuschung über Leons Verhalten hinunter. Er braucht mich doch jetzt. Alles andere können wir später noch klären.

Ich atme tief durch und frischer Kaffeeduft steigt mir in die Nase. Eine mir wohlbekannte, nervös zitternde Hand hält mir einen Becher aus meinem Stammcafé hin. Leon steht vor mir. Mit der anderen Hand reicht er mir noch eine Tüte, die verdächtig nach Muffin aussieht. Wenn ich richtig rechne, hat er jetzt noch 11 Cent im Portemonnaie. Er hat wirklich sein letztes Geld für mich ausgegeben!
Ich nehme ihm die Sachen ab, deute auf den Platz neben mir und Leon setzt sich. Dann sehe ich ihm ins Gesicht und Leons verzweifelter Blick trifft mich mitten ins Herz.
»Val! Es tut mir so leid! Ich hab nicht nachgedacht! Das hätte ich nicht sagen dürfen und ich hab das auch ganz bestimmt nicht so gemeint. Ich war noch so wütend auf meinen Vater! Und was er da zu dir gesagt hat, das tut mir auch so leid. Er hat kein Recht dazu, so mit dir zu reden! Ich natürlich auch nicht. Val! Es tut mir wirklich leid, dass du das abbekommen hast. Ehrlich! Ich wollte das doch nicht«, überschlägt sich Leon mit seinen Entschuldigungen. Das ist ihm wichtig. Das ist offensichtlich. Er leidet richtig.
»Val? Bitte verzeih mir!« Leon klingt total verunsichert und kämpft mit seinen Emotionen. Er wartet auf irgendein Zeichen von mir und mit jeder Sekunde, die verstreicht, wird er zusehends panischer. Das alles nimmt ihn so schon genug mit und jetzt hat er auch noch Angst, dass ich ihm nicht verzeihe. Ich wollte doch, dass es ihm bei mir gut geht, und hab jetzt irgendwie alles noch schlimmer gemacht.

Also fasse ich mir ein Herz und streiche zärtlich eine Haarsträhne aus Leons sorgenvoll gekräuselter Stirn. Ich versuche es mit einem kleinen Lächeln und küsse ihn auf seine Wange. Eine hauchzarte Geste, die Leon die Tränen in die Augen treibt. Sofort reißt er mich stürmisch in seine Arme und drückt mich so fest, dass ich kaum noch atmen kann. Aber es tut gut. Richtig gut.

»Es tut mir so wahnsinnig leid!«, flüstert Leon dicht an meinem Hals.

»Ich wollte dir doch niemals wehtun!«, fügt er hinzu und sein Daumen streichelt ganz sanft über meine Wange, die noch ein bisschen feucht von meiner Heulerei ist.

Ich glaube ihm. Eigentlich weiß ich doch auch, was Leon für ein Mensch ist. Und die Worte, die er mir an den Kopf geworfen hat, passen nicht zu ihm. Da klang er eher ein ganz klein bisschen wie sein Vater. Ich frage mich sowieso, wie Leon es geschafft, der zu werden, der er ist, mit dieser Familie im Hintergrund. Das grenzt ja schon an ein Wunder.

Nach einer Weile schiebe ich Leon ein Stück von mir weg, damit ich auch mal Luft holen kann. Er sieht mich immer noch verunsichert an, versucht sich aber in einem schiefen Lächeln, das ich wohl ebenso schief erwidere. Dann steht er seufzend auf, nimmt meine Hand und zieht mich zu sich hoch. Ich nehme den Kaffee, Leon die Muffintüte und wir gehen langsam zurück nach Hause. Meine Hand ganz fest von seiner umklammert.

»Val! Ich hab mich wie ein Arsch benommen! Ich bin doch der größte Volltrottel auf diesem Planeten. Ausgerechnet bei dir versau ich immer alles. Dabei bist du gerade der mit Abstand wichtigste Mensch in meinem Leben«, sagt Leon und drückt meine Hand sogar noch ein bisschen fester.

Wow! Das ist doch genau das, was ich immer von ihm hören wollte. Aber gerade jetzt, in seiner speziellen Situation, bin ich mir nicht sicher, wie er das meint. Er braucht mich eben, aber will er auch mehr?
»Ich hab deinen Zettel gelesen«, unterbricht Leon meinen zermürbenden Gedankengang. Er hat ihn also doch wieder aus dem Müll gefischt?
»Du meinst wirklich, dass dein Vater mir helfen will? Und dass es vielleicht sogar eine Möglichkeit gibt, mein Studium doch noch abzuschließen?« Ich nicke ihm zu und diesmal ist das Lächeln nicht ganz so schief. Leon hatte vorhin wohl nur den Anfang meiner Nachricht gelesen und noch nicht den wichtigen Teil.
»Und deine Eltern haben nichts dagegen, wenn du mich mitbringst?« Seinem Tonfall nach zu urteilen hält er das für unmöglich. Nach dem Auftritt seines Vaters verstehe ich auch, wie er so sehr daran zweifeln kann. Ich nicke ihm zu, doch Leon wirkt nicht so recht überzeugt. Aber ich hab da eine Idee.

Sobald wir zu Hause sind, schreibe ich einen Zettel:
›Sag ihr, dass wir in einer Stunde da sind!‹, dann nehme ich das Telefon und wähle die Nummer meiner Eltern. Als meine Mutter rangeht, drücke ich Leon den Hörer in die eine und den Zettel in die andere Hand. Ein fieser Trick, aber ich denke, freiwillig würde Leon wohl nicht mit meiner Mutter sprechen. Ich kenne Mama aber gut genug, um zu wissen, dass sie ihn sofort überzeugen wird.
Etwas bedröppelt sieht Leon mich an und hält sich den Hörer ans Ohr.
»Ähm … Hallo. Ich bin Leon und Val hat …«

Das war so klar. Ich unterdrücke ein Lachen. Sie lässt ihn nicht einmal weiterreden. Wahrscheinlich sagt sie ihm gerade, wie leid ihr alles tut und sie hat bestimmt schon tausend Vorschläge, wie man Leon helfen kann. Den Kuchen erwähnt sie garantiert auch. Leons anfänglich sehr verwirrte Miene hellt sich immer weiter auf und er kommt kaum dazu, etwas zu sagen.
»Ja, natürlich. Gerne. Oh ja, Käsekuchen ist toll. Wir sind in einer Stunde da. Bis nachher!« Mit einem Grinsen im Gesicht gibt er das Telefon an mich zurück.
»Ich soll dich schön grüßen und du sollst nicht vergessen, deine dreckige Wäsche einzupacken. Und es wäre gut, wenn du die weißen Sachen gleich extra packst!«
Er lacht sich kaputt! Aber ich kann meine Sachen auch selbst waschen! Wirklich! Und das eine Mal, als all meine Sachen rosa aus der Maschine kamen, das war doch … naja … ich hab das rote Shirt nicht gesehen. Das war doch keine Absicht. Das ist so peinlich und so typisch meine Mama, die das gleich Leon unter die Nase reiben muss! Aber sie hat es geschafft! Ohne weitere Diskussion kommt Leon mit. Und sie hat ihn zum Lachen gebracht. Das kann sie wirklich gut. Dieses umwerfende Leon-Lachen erfüllt mich und lässt mich schon wieder dahinschmelzen. Ob er weiß, wie das auf mich wirkt?

Kapitel 16

Wir wollen mit Leons Wagen aufs Land fahren und machen vorher noch einen Zwischenstopp in einem Blumenladen, in dem ich einen großen Strauß für Mama kaufe. Den drücke ich gleich Leon in die Hand, weil er sich bestimmt wohler fühlt, wenn er nicht mit leeren Händen zu einem Geburtstagsessen kommt. Sein dankbares Lächeln zeigt mir, dass ich damit richtig liege.

Als wir in die Einfahrt zum Haus meiner Eltern einbiegen, kommt meine Mama uns schon entgegen. Leon hätte sicher noch einmal kurz durchatmen wollen, aber dazu bleibt ihm nun keine Zeit mehr. Mama schließt mich sofort in ihre Arme und ich bin echt froh, sie wiederzusehen. Dann stürmt sie gleich auf Leon zu und zieht ihn ebenfalls in eine Umarmung. Sie begrüßt ihn so herzlich und ich fürchte, dass ihn das ein wenig überfordert. Keine Ahnung, wie das in seiner Familie läuft, aber ich kann mir nicht vorstellen, dass er schon jemals so einer geballten Ladung Mutterliebe ausgesetzt war. Mit einem entschuldigenden Blick zu Leon ziehe ich Mama von ihm weg und mit mir ins Haus, während Leon uns in einigem Abstand folgt. Sie flüstert leise zu mir:

»Tut mir leid, Valentin. Ich übertreibe, richtig?« Ich nicke ihr lächelnd zu.

»Es ist nur so unheimlich schön, dass du jemanden gefunden hast. Ich hab mir immer solche Sorgen gemacht, weil du ganz allein in der Stadt bist. Ich freu mich richtig, dass du ihn kennengelernt hast.« Und dann setzt sie ein verschwörerisches Grinsen auf und zwinkert mir zu:

»Und er sieht so wahnsinnig gut aus! Ihr beide zusammen, das ist so ein hübsches Bild!« Sie drückt meine Hand und hüpft schon fast ins Haus. Mama freut sich wirklich für mich und es macht sie glücklich. Ich habe ihr schon so viel Kummer bereitet, dass es mir viel bedeutet, wenn sie sich auch einfach mal für mich freuen kann.
Papa begegnet uns ebenso freundlich. Er fordert Leon auf, sich hier wie zu Hause zu fühlen und klopft ihm zur Begrüßung kumpelhaft auf die Schulter. Papa kommt ohne Umschweife zur Sache und erklärt, dass Leon sich keine Sorgen machen soll. Er hat schon einige Möglichkeiten zusammengetragen und würde die nach dem Essen in Ruhe mit Leon besprechen. Papa versichert ihm, dass sie eine Lösung finden werden, und lächelt ihm aufmunternd zu. Dann verschwindet er in seinem Arbeitszimmer, um noch etwas auszudrucken.

Leon ist sichtlich überrascht und weiß gar nicht so recht, was er sagen soll. Mit so viel Zuwendung hatte er bestimmt nicht gerechnet. Mama geht dann auch gleich wieder in der Küche, um das Essen vorzubereiten und wir haben ein klein wenig Zeit, um zu verschnaufen. Ich nehme Leon mit in mein altes Zimmer. Meine Eltern haben es nach meinem Auszug kein bisschen verändert, damit ich weiß, dass ich hier immer willkommen bin.
Leon lässt sich seufzend auf das Bett fallen.
»Wow! Deine Eltern sind Klasse! Die kennen mich doch gar nicht und sind so wahnsinnig nett zu mir. Wieso machen die das überhaupt?« Ich lächle ihn entschuldigend an und zucke mit den Schultern. Ist doch eigentlich selbstverständlich. Ich habe nichts anderes von ihnen erwartet.

»Die machen das nur für dich, richtig? Weil du sie darum gebeten hast. Ich weiß gar nicht, womit ich das verdient habe, ich geh dir doch nur auf die Nerv...«
Küssen! Sonst hört Leon doch nie auf, sich so viele unnötige Gedanken zu machen! Er geht nur zögerlich darauf ein, zieht mich dann aber doch fest an sich und seine Hände vergraben sich in meinen Haaren, während seine Zunge in meinen Mund eintaucht. So viel Leidenschaft, dass mir ein klein wenig schwindelig wird und ich ganz außer Atem bin. Leon hält inne, lehnt seine Stirn an meine und da ist wieder dieses leise, tiefe Lachen, das ich so wahnsinnig schön finde.
»Val, du bist einfach unglaublich!«, sagt er zu mir mit einem verschmitzten Zwinkern.
Dann atmet er tief durch, bringt etwas Abstand zwischen uns und sieht sich interessiert in meinem Zimmer um. Es scheint ihm schon deutlich besser zu gehen. Mein Vater konnte ihm wohl begreiflich machen, dass er noch lange nicht am Ende ist. Das scheint Leon ein wenig zu beruhigen.
»Wow! Du stehst auf Placebo?«, fragt Leon und begutachtet meine Inneneinrichtung. Das ist offensichtlich. Ich habe alle CDs im Regal und meine Wände sind mit Postern der Band tapeziert. Das war früher meine Lieblingsband. Gut, daran war Roman nicht ganz unschuldig. Wir haben stundenlang zusammen die Titel gehört und lauthals mitgesungen. Ziemlich schlecht, aber wir hatten viel Spaß dabei. Wir konnten alle Texte auswendig.
So hat Roman mir Englisch beigebracht. Er hat die Texte mit mir zusammen übersetzt. Das hat mehr gebracht als jede Nachhilfe und nach kurzer Zeit war ich Klassenbester. Wir hatten sogar richtig coole T-Shirts, die Roman auf Kon-

zerten gekauft hatte. Damals hatte noch niemand in meiner Klasse echte Bandshirts. Die brachten mir viele neidische Blicke von meinen Mitschülern ein. Roman hatte mir sogar versprochen, dass er mich mal mit auf ein Konzert nimmt, wenn ich alt genug bin und Mama das erlauben würde. Aber dazu hatten wir leider keine Gelegenheit mehr.

Leon widmet sich jetzt meinen alten Fotos, die an der Wand hängen. Und er sieht ganz genau mit gerunzelter Stirn hin.

»Ich dachte, du hättest noch nie … also ich dachte, dass du noch keinen Freund hattest …« Leon wirkt ziemlich irritiert und sieht mich nicht an. Ich weiß nicht recht, was ich machen soll. Auf den Bildern bin ich mit Roman zu sehen und Leon kann ja nicht wissen, dass er mein Bruder ist.

Leon atmet tief durch:

»Hattest du mal was mit dem hübschen Kerl?« Jetzt sieht er mich direkt an und ich schüttele den Kopf. Leon wirkt richtig erleichtert. Ist er etwa eifersüchtig?

»Gut! Der Typ ist echt heiß! Das hätte ganz schön an meinem Ego gekratzt!«, gibt er etwas verlegen, aber lächelnd, zu.

»Eigentlich sieht er dir ganz schön ähnlich. Bist du mit ihm verwandt?« Ich nicke wie in Zeitlupe und mir wird klar, dass ich jetzt wohl nicht mehr darum herumkomme, mit ihm über Roman zu reden. Ein wenig unwohl fühle ich mich dabei schon. Es ist ein Teil meines Lebens, der irgendwie … naja … so privat ist. Ich habe noch niemandem außer Daniel von dem Unfall erzählt. Und schon gar nicht davon, dass mein Bruder es nicht überlebt hat.

»Dein Bruder?«, fragt Leon irritiert und scheint mein Gesicht mit dem auf dem Bild zu vergleichen. Plötzlich bin

ich ziemlich angespannt, schaffe es aber doch noch zu nicken.
»Ich wusste gar nicht, dass du einen Bruder hast! Kommt der auch zum Geburtstag deiner Mutter?«, fragt Leon nach. Aber dann sieht er mich erschrocken an. Wahrscheinlich steht mir deutlich ins Gesicht geschrieben, dass etwas nicht stimmt.
»Ist er ... ich meine, versteh das jetzt nicht falsch, aber du siehst aus, als ob irgendetwas wirklich Schlimmes passiert ist.« Leon sucht nach den richtigen Worten.
»Geht es ihm gut?« Ich schüttele langsam den Kopf und Leon sieht mich so mitfühlend an. Es fällt ihm sichtlich schwer, weiterzufragen.
»Wenn du nicht drüber reden willst, dann antworte einfach nicht. Das ist okay. Ich bin dir deshalb nicht böse oder so was.« Er wirkt irgendwie hilflos und weiß nicht, wie er reagieren soll. Ich will ihn nicht länger so zappeln lassen und gehe mit einem unsicheren Lächeln zu meiner Kommode. Hier hole ich ein dickes Fotoalbum hervor. Das habe ich nach dem Unfall angelegt, sozusagen als Selbsttherapie. Ich habe Monate gebraucht, um alle Bilder auszusuchen und die Texte für das Album zu schreiben. Es ist so eine Art Zusammenfassung von Romans Leben, mit Babyfotos und allem, was wir so zusammen angestellt haben. Zeitweise habe ich es kaum ertragen können, mir die Bilder anzusehen. Aber letztendlich hat es mir wirklich geholfen, mich an die schönen Zeiten zu erinnern, mir einfach bewusst zu machen, dass mit Romans Tod nicht einfach alles ausgelöscht wird, was davor so schön war.
Die letzte Seite habe ich allerdings erst Jahre später fertiggestellt. Dort habe ich Berichte von unserem Unfall und ein paar von meinen Geburtstagskarten eingeklebt. Es hat

mich viel Kraft gekostet, das alles zusammenzubringen, aber irgendwie hat es sich wie eine Art Abschluss angefühlt. Ich war danach freier und konnte ein wenig motivierter nach vorn blicken.

Jetzt schlage ich die letzte Seite vom Album auf und reiche es Leon. Etwas verunsichert nimmt er es an und setzt sich aufs Bett. Dann beginnt er, zu lesen. Ich beobachte ihn. Ich weiß auswendig, was dort geschrieben steht. Es ist ein Artikel aus der lokalen Dorfzeitung. Roman war sehr beliebt und hier auf dem Land kennen sich alle. Deshalb haben sie einen langen, ausführlichen Artikel über den Unfall geschrieben. Das war auch für meine Eltern eine Erleichterung. Hier sind die Nachbarn sehr neugierig und so mussten sie nicht jedem Einzelnen immer wieder die ganze Geschichte erzählen. Auch ich werde in dem Artikel erwähnt. Eigentlich stehen alle wichtigen Fakten drin.
Leon liest äußerst aufmerksam und sieht wirklich sehr betroffen aus. Jetzt presst er sogar seine Lippen zu einem dünnen Strich zusammen und fährt sich hilflos mit einer Hand durch die Haare. Eigentlich will ich doch auch gar nicht, dass Leon sich schlecht fühlt. Er hat doch nun wirklich genug Sorgen und muss sich nicht auch noch um mich Gedanken machen. Und ich komme doch eigentlich ganz gut zurecht. Es ist schon so lange her und tut nicht mehr so weh.

Ich setze mich zu Leon aufs Bett und schließe meine Arme um ihn, streichle sanft über seine festen Bauchmuskeln. Als Leon fertig ist, sieht er mich etwas betreten an. Er wirkt so unsicher und weiß gar nicht, was er sagen soll. Wüsste ich an seiner Stelle auch nicht.

»Val! Ich ... Das ist so ...« Diesmal lege ich ihm einfach sanft einen Finger auf die Lippen und schenke ihm ein Lächeln, das hoffentlich vermittelt, dass mit mir alles in Ordnung ist. Etwas gequält lächelt Leon zurück und ich rücke noch dichter an ihn heran, um an die Seiten des Albums zu gelangen. Nach kurzem Suchen finde ich die Stelle, die ich ihm zeigen will. Hier sind Fotos von Roman und mir, wie wir zusammen mit improvisierten Mikrofonen aus Mamas Haarbürsten in unseren Placebo Shirts für die Kamera posieren. Das sah zu komisch aus und auch Leon lacht kurz auf. Eine Seite weiter sind wir mit unseren Faschingskostümen zu sehen. Roman hat sich als Batman verkleidet und ich durfte Robin sein. Ich war so stolz, dass er mich zu der Party mitgenommen hat. Ihm war es nie zu blöd, seinen kleinen Bruder im Schlepptau zu haben, obwohl der Altersunterschied so groß war. Er hat mal gesagt, weil ich so süß aussehe, bin ich ein echter Frauenmagnet. Die Weiber stehen total auf fürsorgliche große Brüder. Aber das war mir egal. Ich fand es toll, zu den Großen dazuzugehören. Roman hat auch immer auf mich aufgepasst. Das war wohl auch der Grund, warum meine Eltern überhaupt erlaubt haben, dass ich mit ihm mit durfte.

»Ich kann irgendwie nicht glauben, dass du vor dem Unfall ganz normal sprechen konntest. Ich hätte so gern einmal deine Stimme gehört.« Bei diesen Worten sieht Leon mich mit einem offenen Lächeln an. Er ist so ehrlich und kann solche Dinge einfach sagen, ohne dass es unangenehm ist. Niemand sonst traut sich, so mit mir zu reden. Niemand sonst traut sich ernsthaft, über den Unfall oder über meine Stimme mit mir zu sprechen. Mit Daniel ist es irgendwie anders, immer etwas scherzhaft, um dem Ganzen nicht zu viel Bedeutung beizumessen.

Aber Leon nimmt das alles sehr ernst. Mir war gar nicht klar, dass es nicht mehr schlimm ist, über Roman, den Unfall und all das zu reden. Ich hatte immer Angst, damit konfrontiert zu werden. Aber es ist nicht schmerzhaft, ganz im Gegenteil. Leon gibt mir das Gefühl, wirklich Anteil an meinem Leben zu nehmen. Und so überrascht mich seine nächste Frage nicht wirklich.
»Weißt du noch, was das Letzte war, was du gesagt hast?«
Noch nie hat mich jemand danach gefragt. Ich hatte erwartet, dass ich in Tränen ausbrechen würde, wenn ich an diesen Moment zurückdenke. Aber meine Mundwinkel ziehen sich nach oben. Wie von selbst stiehlt sich dieses zufriedene Lächeln in mein Gesicht. Denn ich habe genau das Richtige gesagt. Und zum ersten Mal kann ich mich der Erleichterung hingeben, dass Roman im Moment seines Todes wusste, wie viel er mir bedeutet.
Für Leon schreibe ich es auf einen Zettel:
›Ich liebe dich!‹ Pure Verwirrung zeigt sich auf seinem Gesicht und er scheint nicht mehr zu atmen. Ganz plötzlich wird mir bewusst, dass meine drei Wörter von ihm so leicht missverstanden werden können. Aber Leon sieht zu komisch aus, so wie er verzweifelt überlegt, wie er reagieren soll. Ich nehme ihm den Zettel wieder aus der Hand und freue mich ein ganz klein wenig, dass er nicht schreiend davon gelaufen ist, sondern ernsthaft nachgedacht hat. Dann schreibe ich ihm dazu, dass das meine letzten Worte waren, die ich Roman im Auto gesagt habe, bevor uns der LKW erwischt hat. Leon sieht ein wenig erleichtert aus, als er das liest, aber ich bilde mir ein, dass da auch

ein klitzekleines bisschen Enttäuschung mitschwingt. Wäre es möglich, dass Leon hofft, dass ich mich in ihn verliebt habe? Aber andererseits fürchte ich, dass ihm genau das auch Angst machen würde. Er ist niemand, der leicht eine Bindung eingehen würde. Und im Moment ist er sowieso ziemlich durcheinander.
»Wow!«, meldet Leon sich zu Wort.
»Dein Bruder scheint ein toller Kerl gewesen zu sein. Es tut mir ehrlich leid. Das ist so schrecklich traurig. Und dann noch an deinem Geburtstag, am 5. Oktober, richtig?« Ich nicke ihm zu, doch plötzlich zieht Leon seine Stirn kraus.
»Hey! Moment mal! Das war doch der Tag, an dem ich dich das erste Mal gesehen habe! Der erste Tag im neuen Semester. Du bist mir ja direkt vor die Füße gestolpert!«
Jetzt sehe ich Leon überrascht an. Er erinnert sich noch daran?
»Ja klar bist du mir aufgefallen! Ich habe mich ein klein wenig erschreckt, weil plötzlich so ein heißer Typ vor dem Hörsaal stand. Da konnte ich wohl nicht mehr auf meine Füße achten und hab dich übern Haufen gerannt«, gibt er etwas verlegen zu. Eine leichte Röte färbt seine Wangen.
Immer noch verdutzt mustere ich ihn.
»Ja, okay! Du hast ja recht. Ich wollte nicht, dass du merkst, wie sehr du mich aus dem Konzept gebracht hast. Deshalb hab ich damals den dummen Spruch abgelassen. Die meisten Typen sind nicht gerade scharf darauf, von einem Schwulen angerempelt zu werden«, erklärt er sein Verhalten.

Dann ertönt von unten der fröhliche Ruf meiner Mutter, dass das Essen fertig ist. Leon steht vom Bett auf und reicht mir beide Hände, um mich ebenfalls hochzuziehen.

Mit viel zu viel Schwung pralle ich gegen seinen Oberkörper und werde gleich von seinen Armen umschlungen. Er gibt mir noch einen Kuss, der mir viel zu kurz erscheint und dann gehen wir zusammen nach unten.

Das Essen verläuft entspannt und meine Eltern unterhalten sich mit Leon über alles Mögliche. Ganz zwanglos. Er taut schnell auf und ist ein guter Gesprächspartner. Mama ist natürlich viel zu neugierig und fragt Leon nach seinem Vater. Er wirft mir einen Hilfe suchenden Blick zu, fängt dann aber doch an, zu erzählen, wie die ganze Sache abgelaufen ist. Nur ich kann sehen, wie Leon unter dem Tisch nervös seine Hände knetet. Das Gespräch ist ihm sehr unangenehm, aber er lässt sich nichts anmerken. Ich bin wirklich stolz auf ihn.
Meinen Eltern bin ich auch richtig dankbar. Sie verhalten sich so diplomatisch. Leons Vater wird nicht niedergemacht. Ohnehin ist jedem hier im Raum klar, dass dessen Verhalten inakzeptabel ist. Aber es wäre nicht besonders hilfreich, Leons Familie an den Pranger zu stellen. Schließlich geht es hier um seine Eltern, die ihn sein ganzes Leben lang begleitet haben. Das kann man auch nicht so einfach wegdiskutieren. Aber meine Eltern bleiben sachlich, auch wenn das gerade für meine Mama schwierig ist.
Ab und zu wirft Leon mir ein Lächeln zu. Und mir wird so langsam bewusst, in was für einer Situation wir stecken. Leon ist hier bei meinen Eltern. Das allein ist ja schon ziemlich verrückt, aber er wird sogar ein paar Tage bei mir wohnen, bis die Sache mit seinem Appartement geklärt ist. Wir küssen uns, halten Händchen, wir kuscheln sogar im Bett miteinander. Das alles geht eindeutig über einen One-Night-Stand hinaus. Aber sind wir jetzt so richtig

zusammen? Oder liegt es nur an der misslichen Lage, in der Leon steckt? Aber wenn er nur meine Hilfe wollte, müsste er mich nicht so anlächeln. Plötzlich habe ich ein richtiges Kribbeln im Bauch. Bisher war es immer nur meine Hoffnung, dass da mehr zwischen uns wäre. Doch jetzt fühlt es sich schlagartig so real an, dass mir ganz schwindelig wird. Leon und ich, zusammen. Der Gedanke macht mich ganz flatterig. Mama grinst mich an. Natürlich ist ihr nicht entgangen, dass ich Leon die ganze Zeit anschmachte. Ich hoffe, dass wenigstens er es nicht bemerkt hat.

Nach dem Essen geht mein Vater mit Leon in sein Arbeitszimmer. Mama und ich bleiben im Wohnzimmer und machen es uns auf dem Sofa gemütlich. Meine Eltern geben sich mit mir die größte Mühe, aber auch sie sind manchmal unsicher, wenn wir allein sind. Vor allem seit wir uns nur noch selten sehen. Und jetzt, wo Papa mit Leon spricht, merke ich, wie Mama ein wenig nervös wird. Früher war es irgendwie einfacher, als ich noch hier gewohnt habe. Da gab es so viele Themen, über die wir reden konnten und meine Eltern wussten ja auch, wie mein Alltag aussieht. Aber seit ich ausgezogen bin, fällt es uns nicht mehr so leicht. Es dauert immer eine Weile, bis wir uns wieder angenähert haben und uns auch ohne großes Gerede verstehen können. Also nehme ich einfach ein paar Zeitschriften vom Tisch, setze mich wieder zu Mama aufs Sofa und kuschele mich an sie. So wie früher, als ich noch klein war.
Mama lacht leise und legt die Zeitschriften zurück auf den Tisch. Natürlich hat sie mich durchschaut, aber jetzt ist sie auch gleich viel entspannter.

»Danke mein Schatz! Ich hab dich lieb!«, sagt sie und drückt mich fest an sich. Ich grinse sie an, weil es so leicht ist, sie ein bisschen zu manipulieren.
»Die Sache mit Leons Familie ist wirklich schrecklich und ich bin so stolz auf dich, weil du für ihn da bist. Ich bin froh, dass du Papa um Hilfe gebeten hast. Du kannst dich immer auf uns verlassen, das weißt du doch, oder?« Ich lächele sie an und nicke. Die Reaktion von Leons Vater macht ihr wirklich zu schaffen. Sie liebt mich über alles und auch meinen Bruder hat sie sehr geliebt. Familie und Zusammenhalt war immer das Wichtigste für meine Mutter, und natürlich auch für Papa. Sie kann das Verhalten von Leons Vater beim besten Willen nicht verstehen. Ich auch nicht. Wie kann man denn auf Leon nicht stolz sein?
»Du hast ihn richtig gern, nicht wahr?«, fragt Mama mich plötzlich. Ich kann richtig spüren, wie ich rot anlaufe. Wir haben nie über Mädchen, oder eben auch Jungs geredet. War ja auch vollkommen irrelevant. Meine Reaktion bringt Mama schon wieder zum Grinsen.
»Ich freu mich so für dich! Ehrlich! Er macht einen sympathischen Eindruck.« Ihr Lächeln ruht auf mir und sie mustert mich. Ich hasse es, wenn sie das tut. Roman und ich haben das immer ihre ›Superkraft‹ genannt. Andere würden wohl mütterliche Intuition dazu sagen. Wenn sie so guckt, kann sie Gedanken lesen. Und auch heute werde ich nicht enttäuscht.
»Aber du bist dir nicht sicher, ob er dich genauso mag?« Ist mir ein Rätsel, wie sie das aus meinem Gesicht ablesen kann, aber ich nicke leicht.
»Oh, Val! Ich wünsche dir von Herzen, dass es funktioniert. Du wirkst glücklich neben ihm und er tut dir so gut. Du bist viel selbstbewusster und erwachsener geworden. Du

weißt, ich mache mir immer Sorgen, besonders nach … nach allem, was du durchgemacht hast. Aber du hast schon so viel erreicht, so viel mehr als viele andere, die den ganzen Tag nur Mist reden und gar nicht zu schätzen wissen, wie viel es Wert ist, das zu können. Ich mache mir keine Sorgen um deine Zukunft. Ich weiß ganz genau, dass du das allein hinbekommst und das beruhigt mich ungemein. Ich hatte nur immer Angst, dass du ein wenig einsam bist. Natürlich kannst du immer zu uns kommen, aber das ist was ganz Anderes. Hach Valentin! Sei einfach so, wie du bist. Dann hat er doch gar keine andere Wahl, als sich in dich zu verlieben!« Mama lacht und nimmt mich in den Arm. Das tut richtig gut. Ich muss zugeben, dass mir das doch gefehlt hat. Mama ist eben die Beste und schafft es immer irgendwie, dass selbst die größten Probleme ein bisschen kleiner wirken. Ich drücke sie ganz fest und sie strahlt mich mit leicht geröteten Augen an.
Ich kann gar nicht in Worte fassen, wie froh ich bin, dass meine Eltern so sind, wie sie sind. Wir, Roman und ich, hatten schon immer ein engeres Verhältnis zu unseren Eltern, als wir das bei unseren Freunden sehen konnten. Aber seit Romans Tod und durch meine Unfähigkeit zu sprechen sind wir noch viel stärker zusammengewachsen.

Oh Mist! Ich habe ja bei der ganzen Aufregung Mamas Geschenk vergessen. Das ist mir jetzt wirklich unangenehm. Es ist doch ihr Geburtstag! Ich hole den, in zerknülltes Papier eingewickelten, Bären. Es ist doch fast unmöglich, ein Plüschtier vernünftig in Geschenkpapier zu verpacken. Ich reiche ihr das Knäuel und Mama muss lachen, als sie den stümperhaften Versuch sieht, wie ich es eingepackt habe. Aber mal ehrlich, da kommt es doch viel

mehr auf die inneren Werte an. Und diesmal hab ich mich das Einiges kosten lassen.
»Danke Valentin! Aber du weißt doch, dass du mir nichts schenken sollst! Das ist doch nicht nötig.« Ich sehe sie auffordernd an, damit sie das Bärchen endlich vom Papier befreit. Andächtig löst sie die Schleife und entblättert das Plüschtier.
»Lizzy!« Sie hält sich eine Hand vor den Mund und fängt an zu weinen.
»Val! Davon wurden doch nur ein paar hergestellt! Die ist doch höchstens in Fachgeschäften zu bekommen. Und das ist doch viel zu teuer! Val!«, ruft sie hektisch und überschlägt sich fast beim Sprechen. Puh! Das heißt dann wohl, sie freut sich über Lizzy. Ich grinse. Und sie lächelt mich ein wenig verzweifelt an. Dann wandert ihr Blick wieder zu dem Bären und sie seufzt ergriffen:
»Sie ist so wunderschön!«
Und dann fällt mir Mama um den Hals. Wow! Ein gutes Gefühl. Ich hab mich immer nur bemuttern lassen und nie etwas zurückgegeben. Wieso ist mir das früher nie aufgefallen? Dabei fühlt es sich so unglaublich gut an, ihr diese Freude zu machen. Mama ist total gerührt und ich wette, sie wird diesen Bären die nächsten Tage nicht aus der Hand legen.

Aus dem Arbeitszimmer kann ich hören, dass Papa und Leon noch angeregt diskutieren. Mama schaut mal bei den beiden rein, um zu fragen, wie lange sie noch brauchen und ob wir noch zum Abendessen bleiben. Als sie wieder zu mir kommt, drückt sie mir noch einen Umschlag in die Hand. Darin sind 500 Euro! Ich sehe sie überrascht an und will ihr das Geld zurückgeben.

»Oh nein! Nimm es! Es kann noch eine Weile dauern, bis Leon an sein Geld rankommt. Sein Hornochse von Vater wird sich bestimmt viel Zeit lassen. Und von irgendetwas müsst ihr doch leben. Leon hat sich geweigert, auch nur einen Cent anzunehmen. Aber du, mein Schatz, kannst mir ja nicht widersprechen!« Sie zwinkert mir zu und küsst mich auf die Wange. Dabei drückt sie mir den Umschlag erneut in die Hand und ich forme mit den Lippen ein lautloses Danke. Sofort strahlt sie mich an:
»Keine Ursache! Wenn ihr mehr braucht, dann sagt einfach Bescheid!«

Am frühen Abend sind Papa und Leon fertig und nach einer riesigen Portion Kuchen verabschieden wir uns von meinen Eltern. Während der Fahrt scheint Leon noch immer über alles nachzudenken, was Papa gesagt hat. Ich bin neugierig, aber ich muss mich wohl noch ein wenig gedulden, bis ich ihn danach fragen kann. Aber dann grinst Leon mich von der Seite an.
»Ich kann fast schon spüren, dass du gleich vor Neugier platzt!« Leon lacht und erzählt mir, wie das Gespräch gelaufen ist.
»Dein Vater hat wirklich Ahnung. Er hat mit mir zusammen ein ganz offizielles Schreiben an meinen Vater aufgesetzt, einfach, um ihn über seine elterlichen Pflichten aufzuklären. Dein Vater kann sich so richtig schön geschwollen ausdrücken, aber das ist genau die Sprache, die meiner dann auch versteht. Er meint, dass das wohl schon reichen wird, um ihn dazu zu bringen, mein Konto wieder freizugeben und seiner Unterhaltspflicht nachzukommen. Das wäre echt toll, denn momentan bin ich absolut mittellos. Die Sache mit der Wohnung kann ich allerdings abhaken,

wenn er nicht von sich aus wieder zur Vernunft kommt. Ich bleib dir also noch ein Weilchen erhalten. Wenn das für dich in Ordnung ist?« Der letzte Satz kommt ihm ganz leise über die Lippen. Wie kann ein Mensch denn nur so viele Facetten haben? Ich glaube, Leon ist der selbstbewussteste Mann, den ich kenne. Aber manchmal, da kann er richtig schüchtern sein. Er strahlt so viel Stärke aus, aber ab und zu braucht er auch eine Schulter zum Anlehnen, meine Schulter. Ich bin mir ziemlich sicher, dass er nur bei mir so ist. Selbst bei meinen Eltern, die ja von seinen Problemen wissen und sogar, als sein Vater ihn angeschnauzt hat, da hat er sich nicht die kleinste Schwäche geleistet. Nur wenn wir beide allein sind, dann lässt er mal los und ich darf ihn in den Arm nehmen.

Ich werfe Leon ein kurzes Lächeln zu, nicke selbstverständlich und rolle genervt mit den Augen. So langsam müsste er doch mitbekommen haben, wie viel er mir bedeutet und dass ich ihn ganz sicher nicht vor die Tür setzen werde.

Erleichtert lässt er sich wieder zurück in den Sitz fallen und spricht weiter.

»Dein Vater ist echt einsame Klasse! Ich kann immer noch nicht glauben, dass er sich da so für mich reingehängt hat. Er hat sogar eine Möglichkeit gefunden, wie ich vielleicht doch noch meinen Abschluss bekomme. Einmal im Studium kann man wohl eine mündliche Prüfung, quasi als letzten Versuch machen. Er hat mir da irgendwas von Modulen und Durchschnitten erklärt, aber dem konnte ich schon nicht mehr so ganz folgen. Ich hab das nicht alles verstanden, aber er hat mir die Stelle in der Prüfungsordnung gezeigt, mir den Antrag ausgedruckt und sogar beim Ausfüllen geholfen. Wir haben ein klein wenig geflunkert und er meint, dass die das eigentlich nicht ablehnen können. Wenn das wirklich klappt, muss ich mündlich ran. Aber jetzt bin ich ja arbeitslos und hab nicht mal mehr ne Konsole, mit der ich meine Zeit vertrödeln kann. Und der weltbeste Nachhilfelehrer scheint merkwürdigerweise Spaß daran zu haben, sich um hoffnungslose Fälle wie mich zu kümmern.« Leon lächelt mich verlegen von der Seite an. Aber man merkt trotzdem, wie er sich freut. Er ist richtig aufgedreht und er hat wieder Hoffnung. Es ist toll zu sehen, dass er wieder lächelt. Und es ist noch viel schöner, weil es auch ein ganz klein wenig mein Verdienst ist.

Kapitel 17

Am späten Abend kommen wir wieder zu Hause an. Und ich bin hungrig! Nach dem ganzen Kuchen bei meinen Eltern habe ich jetzt Lust auf was Herzhaftes. Aber zum Kochen ist es eigentlich schon zu spät. Dann bleibt nur noch Fast Food. Fragend sehe ich zu Leon und wedele mit dem Pizzaprospekt vor seiner Nase herum. Der zuckt aber bloß verlegen mit den Schultern.

»Pizza sprengt mein Budget, aber bestell ruhig, wenn du magst. Ich kann auch für dich anrufen«, tut er das Thema schnell ab. Will er jetzt hungern? Irgendwann wird er etwas essen müssen, das ich bezahlt habe. Es sei denn, er nimmt doch das Geld von meinen Eltern. Ich krame den Umschlag heraus und gebe ihn Leon. Der hält sofort abwehrend die Hände nach oben, als wäre das Briefpapier vergiftet.

»Oh nein! Val! Das geht nicht! Wirklich! Du und deine Eltern, ihr tut sowieso schon so viel für mich! Ich kann das unmöglich annehmen. Das habe ich deinem Vater doch gesagt! Auf gar keinen Fall!« Leon ist richtig entsetzt. Ich rolle genervt mit den Augen und gehe zum Rechner, um für uns beide die Pizza zu bestellen. Ich weiß ja auch so, dass Leon am liebsten Salami mit extra Käse mag. Seit man bei den meisten Pizzalieferanten auch online bestellen kann, mache ich das recht häufig. Das Internet ist eine großartige Erfindung, sonst wäre ich vielleicht sogar schon verhungert!

Leon hat sich auf mein Bett gelegt und starrt Löcher in die Luft. Ist auch wirklich viel passiert in den letzten Tagen.

Das muss er ja auch erst mal verarbeiten. Und ich irgendwie auch. Für mich fühlt es sich so an, als hätte eine neue Zeitrechnung begonnen. Es gibt nur die Zeit vor Leon und jetzt. Alles hat sich für mich verändert.

»Du machst dir keine Vorstellung davon, wie wichtig dieses Treffen für mich war!«, holt Leon mich aus meinen Gedanken. Dann sieht er mich ernst an.

»Du müsstest das alles nicht für mich tun! Dass ich hier bleiben kann, die Hilfe von deinen Eltern, das Geld und die Pizza, die du bestellt hast. Ja, ich hab dir eben über die Schulter geguckt! Val, wieso tust du das? Wir kennen uns doch noch nicht so wirklich lange und ich ... ich hab dir einmal sehr weh getan und ...« Sofort schüttele ich energisch den Kopf, beuge mich über ihn und verschließe seinen Mund mit meinen Lippen. Hoffentlich kann ich ihm so verständlich machen, dass er nicht so einen Blödsinn reden soll. Ich war ja nicht ganz unschuldig an unserem ›Erstes-Mal-Desaster‹. Und es ist doch gar nichts passiert. Ich hatte einfach zu viel Schiss und es ging alles so schnell. Aber gerade jetzt, wenn sich Leons Hände in meinen Nacken legen und er mich ganz dicht an sich zieht, wenn seine Zunge zärtlich an meinen Lippen kitzelt und sich sein Becken so sehnsüchtig an mir reibt, dann glaube ich, dass ich doch mit ihm schlafen will. So richtig. Ich stelle es mir wahnsinnig schön vor, Leon so nah zu sein.

Das blöde Klingeln des Pizzaboten holt uns, für meinen Geschmack, viel zu schnell in die Wirklichkeit zurück. Ich hab auch gar keinen Appetit mehr. Jedenfalls nicht auf Pizza. Leon legt kurz seine Stirn auf meine und versucht zu Atem zu kommen. Dann bekomme ich noch einen klei-

nen Kuss auf den Mund und Leon erhebt sich, um die Tür zu öffnen.
»Leon, was machst du denn hier?«, kommt es überrascht vom Pizzaboten. Mann! Leon kennt wirklich viele Leute. Es ist ja kaum möglich, irgendetwas zu tun, ohne einem seiner zahlreichen Freunde zu begegnen.
»Hey, Matze! Ist ne lange Geschichte, aber ich wohne jetzt irgendwie hier«, antwortet Leon etwas überrumpelt. Ich rapple mich auf und komme mit dem Geld zur Tür. Leons Gesicht strahlt sofort, als er mich sieht und ich kann wirklich kaum glauben, dass ich das bei ihm auslösen kann.
»Oh Mann, dich hat es ja echt erwischt!«, lacht Matze von der Tür und Leons Gesichtsfarbe wechselt zu leuchtend rot.
»Haha! Sehr witzig!«, ist Leons patzige Antwort. Ich gebe Matze das Geld und er sieht mich fragend an, aber Leon ergreift das Wort.
»Das ist Valentin. Vielleicht hast du ihn schon mal in der Uni gesehen. Val, das ist Matze. Wir spielen ab und zu zusammen Basketball.«
»Ich glaub, ich hab dich schon mal auf dem Campus gesehen. Du bist doch der Typ, der nie was sagt. So `n Freak! Ähm nichts für ungut«, entschuldigt er sich und fährt sich durch die Haare. Er scheint schneller zu reden, als er denken kann. Da muss irgendwo ein Nest sein oder wieso sind Leons Freunde alle ein wenig tölpelhaft? Matze ist irritiert, weil ich ihm nicht widerspreche und seine Stirn legt sich in Falten. Leon erklärt mein merkwürdiges Verhalten:
»Er kann nicht reden, ist nichts Persönliches.«
»Scheiße! Du bist stumm?«, guckt Matze mich verwirrt an und ich nicke.

»Mann Leon! Du hast nen Kerl, der dich nicht mal zuquatschen kann! Du Glücklicher! Ich hatte gestern ein Date mit Lisa und ich sag dir, die kann man doch keine Stunde am Stück ertragen. Die schwafelt vielleicht was zusammen und dann hat sie sich auch noch so geziert, von wegen nicht beim ersten Date und so. Aber noch mal tu ich mir das ganz bestimmt nicht an, Knackarsch hin oder her, das stehen meine Ohren kein zweites Mal durch. Aber bei euch scheint es ja ganz gut zu laufen. Ist ja richtig ernst, wenn ihr so ganz offiziell einen auf Pärchen macht und sogar zusammenwohnt?«, fragt Matze betont beiläufig nach, um seine Neugier zu befriedigen.
»Wir sind nicht zusammen, wir wohnen nur zusammen!«, antwortet Leon genervt und ich versuche mir nicht anmerken zu lassen, wie sehr mich seine Worte treffen. Jetzt weiß ich wenigstens, woran ich bei ihm bin. Positiv denken! Das war mir doch eigentlich schon klar. Leon und ich! Pah! Das konnte doch nichts Ernstes werden. Wer würde sich schon dauerhaft mit einem komplizierten Typen wie mir einlassen? Gibt doch genug andere, mit denen man es leichter hat.
Scheiße! Jetzt bloß nicht rumheulen! Also setze ich ein falsches Lächeln auf und zeige nicht den kleinsten Hinweis auf meinen inneren Aufruhr. Matze redet ungerührt weiter:
»Na dann geht's ja! Ich dachte schon, der hätte dich auch weichgespült. Sind gerade alle irgendwie auf so nem Scheiß Beziehungstrip. Hätte ich dir auch gar nicht zu getraut! Ich meine, dass du den Clubs und den anonymen Ficks den Rücken kehrst und tatsächlich treu wirst. Das hätte mein Weltbild ganz schön ins Schwanken gebracht! Na, ich werd dann mal wieder weiter. Hab noch ne andere Lieferung in der Nähe.« Dann machen die beiden irgend-

eine coole Verabschiedungsgeste mit ihren Händen und Matze fügt noch hinzu:
»Wir sollten mal wieder zusammen um die Häuser ziehen! Mit den anderen ist ja nichts mehr los und du schnappst mir wenigstens nicht die Tussis weg. Man sieht sich!«, verabschiedet sich Matze und Leon schließt die Tür hinter ihm.

Er weicht meinem Blick aus. Er ist richtig nervös und das macht mich ganz verrückt. Ohne ein Wort zu sagen, setzt er sich mit den Pizzen aufs Bett. Meine legt er neben sich. Ich hole noch zwei Bierflaschen aus dem Kühlschrank und lasse mich neben ihm nieder. Leon schaut sich übermäßig interessiert die einzelnen Pizzastücke an, studiert ganz genau den Belag und beißt dann herzhaft in die Ecke, auf der am meisten Salami ist. Gerade eben hat er sich gierig auf mich gestürzt und nun bin ich bloß noch Luft für ihn! Die blöde Pizza zieht all seine Aufmerksamkeit auf sich. Oh Mann! Muss ich jetzt schon eifersüchtig auf das Abendessen sein? Er sagt kein Wort und sieht mich ganz bewusst nicht an. Aber ich weiß genau, dass er meinen fragenden Blick bemerkt hat.
Ich kann kaum glauben, was er hier für eine Show abzieht! Was hat er denn plötzlich? Es ist doch nichts Neues für mich, dass Leon schon deutlich mehr Erfahrung hat und sich häufig flüchtigen Bettgeschichten hingibt. Das wusste ich doch schon, bevor Matze so nett geplaudert hat. Und auch wenn ich die Hoffnung hatte, dass es vielleicht was Ernstes mit uns ist, war doch eigentlich klar, dass das nicht unbedingt seinen Vorstellungen entspricht.

Ich versteh gerade nicht, wo sein Problem liegt. Wenn hier einer einen Grund hat, eingeschnappt zu sein, dann doch wohl ich und nicht Leon!

Jetzt nehme ich doch meinen Block und frage ihn schriftlich, was denn mit ihm los ist. Den Zettel halte ich ihm demonstrativ vor die Nase, weil er mich immer noch nicht ansieht. Leon schnauft und presst die Lippen aufeinander. Dann endlich sieht er mir in die Augen.
»Val, ich weiß nicht recht, was ich sagen soll. Ich wollte dich nicht verletzen. Ich meine, wir kennen uns doch eigentlich kaum und ich bin nicht unbedingt der Typ für das hier.« Mit einer ausladenden Geste schließt er mich und sich mit ein. Ich ahne, was er sagen will. Er kann sich keine feste Beziehung vorstellen, zumindest nicht mit mir. War ja klar. Ein bisschen Spaß, ne Jungfrau knacken und das war's. Ich zwinge mich dazu, mir meine Enttäuschung weiterhin nicht anmerken zu lassen und versuche es mit einem Lächeln. Hoffentlich sehe ich dabei nicht allzu dämlich aus.
»Ach verdammt Val! So war das doch nicht gemeint!«, schnauft Leon mich an. Das heißt dann wohl, dass ich nicht sonderlich erfolgreich war, meine Gefühle vor ihm zu verbergen.
»Val! Bitte! Ich … wir beide … das ist … ich hab so was noch nie gemacht. Ich meine, ich war noch nie …«, stammelt Leon ungewohnt nervös vor sich hin und bleibt dann wieder still. Er sieht so verlegen und ein bisschen verzweifelt aus, kaut auf seiner Unterlippe und fährt sich mehrfach durch seine wunderschönen Haare. Leon sieht gerade richtig süß aus und das bringt mich, selbst in so einer angespannten Situation, zum Lächeln.

Ich muss ja auch zugeben, dass alle schwierigen Diskussionen immer an ihm hängen bleiben. So gern ich ihm jetzt auch helfen würde, ich hätte auch keine Ahnung, was ich sagen sollte. Ich lege nur stumm meine Hand auf seine Schulter und streiche über seinen Rücken. Leon seufzt und scheint sich ein klein wenig zu entspannen. Dann sieht er zu mir und lächelt mich zaghaft an.

»Okay, du hast ja recht! Also Klartext!«, sagt er entschlossen. Leon atmet einmal ganz tief durch, bevor er weiterspricht.

»Ich bin kein großer Romantiker und ich hab noch nie so was wie eine Beziehung mit jemandem geführt. Ich fürchte, ich bin nicht besonders gut in so was. Monogamie war auch noch nie eine Option für mich. Ich weiß nicht mal, ob ich das überhaupt will. Ich wollte immer nur meinen Spaß und alles andere war mir zu viel. Aber irgendwie bist du mir in letzter Zeit wirklich wichtig geworden. Und das nicht nur, weil du … naja … weil du dir die ganze Zeit mein Gejammer anhörst und mir hilfst«, gibt Leon errötend zu.

Was hat das zu bedeuten? Das ist doch zum Verrücktwerden. Je mehr Leon erklärt, desto unsicherer werde ich.

»Ich bin nicht sicher, ob wir beide dasselbe wollen. Ich hab auch keine Ahnung, wie wir das herausfinden können, weil ich absolut keinen Schimmer habe, was ich eigentlich will oder nicht will. Ich bin momentan einfach nicht in der Verfassung, mich damit zu beschäftigen. Ich schaffe es ja kaum, einen klaren Gedanken zu fassen. Und natürlich ist mir bewusst, dass das dir gegenüber absolut unfair ist, aber ich kann dir nicht mehr bieten. Ich will dich doch auch nicht anlügen und dir irgendeinen romantischen Quatsch auftischen, den du mir sowieso nicht abkaufen würdest.«

Jetzt bin ich vollends verwirrt. Was heißt das denn jetzt für uns? Leon ist sich nicht sicher? Heißt das, er denkt darüber nach? Oder will er mir nur schonend sagen, dass er nicht mit mir zusammen sein will? Was heißt überhaupt, dass ich ihm wichtig bin? Freunde sind auch wichtig! Ich will aber nicht nur ein Freund sein! Will er sich nur alle Möglichkeiten offenhalten und mich nicht gleich abservieren, weil er mich noch braucht? Wenn er nur seinen Spaß will, mit wem hatte er den denn in den letzten Wochen? Hat er vielleicht jemand anderen, mit dem er sich vergnügt? Der Gedanke macht mir am meisten Angst. Also frage ich ihn, ob er sich mit anderen trifft. Als Leon den Zettel liest, lacht er erleichtert.
»Das ist das Erste, was dir einfällt? Ist das wichtig für dich?«, fragt er irritiert nach. Wieso amüsiert ihn das? Das ist eben das, was mich am meisten durcheinanderbringt. Oder hab ich die Frage falsch formuliert? Die ganze Situation verunsichert mich so sehr, dass ich echt Angst habe, etwas falsch zu machen. Aber dann antwortet Leon:
»Ach Val! Natürlich nicht. Ich hatte kein Date mehr, seit wir uns zur ersten Nachhilfestunde getroffen haben. Ich war noch ein paar Mal mit den Jungs aus, aber irgendwie … naja … da hat sich nichts ergeben. Die anderen waren eben nicht so … Du weißt schon. Und dann hatte ich sowieso keine Zeit mehr für irgendwas anderes als die beschissene Firma meines Vaters.« Er hatte kein anderes Date? Dann ist er auch mit niemand anderem im Bett gewesen? Und das, obwohl wir ja nicht einmal richtig miteinander geschlafen haben! Puh! Das ist toll. Erleichtert atme ich aus und lächle Leon an.
»Also von mir aus kann das gern so bleiben, es sei denn, dass du vielleicht jemand anderen hast?«, fragt er in einem

Tonfall nach, der mir wohl signalisieren soll, dass es gar nicht so wichtig ist. Aber seine Hände fummeln unaufhörlich am Etikett seiner Bierflasche herum. Und jetzt muss ich grinsen. Auch wenn Leon selbst das vielleicht noch anders sieht, aber das hier ist ihm genauso wichtig wie mir. Er wartet hibbelig und sichtbar angespannt auf meine Antwort. Wobei er seine Nervosität zu kaschieren versucht, indem er einen tiefen Zug aus seiner Bierflasche nimmt, sich gehörig dabei verschluckt und einen Hustenanfall bekommt.

»Fuck!«, fährt Leon sich fahrig durch die Haare.

»Ich meine ... ach ... ich weiß auch nicht. Dieser ganze Gefühlskram ist irgendwie nicht mein Ding und ich will dir nichts versprechen, was ich nicht halten kann. Im Moment läuft es für mich absolut beschissen. Es ist einfach kein guter Zeitpunkt. Ich muss erst mal wieder selbst mit mir klarkommen, bevor ich ... ach verdammt, Val! Sieh mich doch bitte nicht so an!«

Ich weiß nicht, was das alles zu bedeuten hat. Ich verstehe wirklich nicht, was Leon mir eigentlich sagen will. Aber wahrscheinlich bin ich jetzt einfach dran, etwas zu tun. Ich ergreife Leons Hand und ziehe ihn kräftig zu mir, sodass er gegen meinen Oberkörper sinkt. Und dann küsse ich ihn. Leon lässt sich von mir leiten, er öffnet seine Lippen und meine Zunge taucht in seinen Mund. Meine Arme halten ihn dicht an mich gepresst und unsere Zungen spielen miteinander. Er gehört mir! Mir allein! Leon will sich wirklich mit niemand anderem treffen. Beflügelt von dieser Erkenntnis will ich Leon sein Shirt ausziehen, aber er schiebt mich ein Stück von sich weg.

»Val! Du könntest doch jeden Typen haben, den du willst. Unkomplizierte Typen. Typen, die nicht totale Versager und dazu noch vollkommen mittellos sind. Ich mache doch nur zusätzliche Umstände!«, klärt Leon mich leise auf. Das ist doch absurd! Denkt Leon ernsthaft, dass er der Komplizierte von uns beiden ist? Mit wütendem Gesicht pikse ich ihn in die Seite, genauso wie bei unserer Nachhilfe, wenn er einen Fehler gemacht hat. Leon lacht laut auf und fährt glucksend fort:
»Und dann heule ich dir auch noch ständig die Ohren voll, nerve dich mit meinen Problemen, liege dir auf der Tasche und vergreife mich am Inhalt deines Kühlschranks!« Ich rette die Pizza und dann werfe ich mich auf ihn, versuche ihm den Mund zuzuhalten und wir beide kullern lachend über das Bett. Leon ist über mir, hält inne und sieht mich mit einem Blick an, der in meinen Adern prickelt. Mein Herz hämmert gerade ganz wild in meiner Brust. Ich ziehe ihn am Kragen zu einem Kuss zu mir. Sanft, warm. Unsere Lippen treffen aufeinander, küssen und schmecken, spielen und streicheln, knabbern und zwicken. Leon ist ein überwältigend guter Küsser. Nicht, dass ich viele Vergleichsmöglichkeiten hätte, aber das hier kann mit niemand anderem auch nur ansatzweise so schön sein. Gar nicht möglich.
Dieser Mann! Diese Lippen! Nur für mich! Übermütig drücke ich meinen Mund auf seinen, vergrabe meine Hände in seinen Haaren und ziehe ihn noch näher. Nach kurzem Zögern drängt Leon sich ebenfalls an mich und seine Hände wandern unter mein Shirt über meinen Rücken, streichen fest über meine Haut und halten mich eng an Leons harte Muskeln gepresst. Keuchend und viel zu früh stoppt Leon unser Treiben:

»Val! Du machst mich ganz schön fertig! Aber vielleicht sollten wir uns ein klein wenig, ... ähm ... beruhigen und erst mal essen?« Richtig, die Pizza! Leon lacht mich an und er sieht so schön aus mit diesen leicht geröteten Wangen und den zerzausten Haaren. Er hat ja recht, Hunger hab ich schon, aber ich bin doch irgendwie ein klein wenig enttäuscht, dass Leon sich so gut beherrschen kann. Vielleicht findet er mich gar nicht so wahnsinnig heiß, wie ich ihn? Ich bin mir inzwischen sicher, dass er mich gern hat, aber findet er mich sexy? Vielleicht will er mich auch bloß nicht noch einmal überfordern? Vielleicht wartet er ja auch darauf, dass ich den ersten Schritt mache? Will ich das überhaupt? Ich hab immer noch ein bisschen Angst davor, aber auf der anderen Seite, will ich Leon so nah sein, wie es nur möglich ist. Und ich vertraue ihm. Er würde mir nicht noch einmal wehtun. Er hat doch mal gesagt, dass er mir zeigen könnte, dass es wirklich schön ist. Ach verdammt! Ich will es einfach versuchen! Ich muss wissen, wie es mit Leon ist, ihn ganz nah zu spüren, in mir, das ist eine so reizvolle Vorstellung.

Und jetzt sitze ich hier mit dem Pizzakarton auf dem Schoß, um meine Erregung zu verbergen. Ach ja, essen muss ich auch noch. Leon geht allerdings den Rest des Abends auf Abstand. Ich kapier das nicht. Was hat er denn jetzt? Er weicht mir aus und scheint kein weiteres Interesse an körperlicher Nähe zu haben. Irgendwann streckt er sich und gähnt:
»Ich bin müde. War ein ganz schön anstrengender Tag. Ich würde gern schlafen gehen.« Damit trottet er ins Bad und putzt sich die Zähne. Ich folge ihm und beobachte uns dann beide im Spiegel. Es ist schon verrückt. Alles geht

viel zu schnell. Die äußeren Umstände drängen uns irgendwie in eine Richtung. Leon wohnt jetzt bei mir und das, obwohl wir uns erst ein paar Monate kennen und davon kaum Zeit miteinander verbracht haben. Es ist so unglaublich viel passiert und Leons ganzes Leben wurde auf den Kopf gestellt. Wahrscheinlich gehen ihm die Sache mit seinem Vater und die Prüfung doch mehr an die Nieren, als er mir zeigt.

Er kann ja auch nicht wissen, dass er mein Leben mindestens genauso sehr durcheinandergewirbelt hat. Nichts ist mehr, wie es vor Leon war, nicht einmal Zähneputzen fühlt sich gleich an. Hier so mit Leon zu stehen, das ist so surreal und doch ist er hier. Er ist zu mir gekommen und nicht zu einem seiner Millionen Freunde. Das muss doch etwas bedeuten.

Langsam werde ich ruhiger. Wahrscheinlich mache ich mir zu viele Gedanken. Er hat gerade so viel um die Ohren, da ist es doch eigentlich nicht verwunderlich, dass er nicht so recht Lust auf Sex hat. Das liegt wahrscheinlich gar nicht an mir. Klingt doch überzeugend und ich bin tatsächlich geneigt, meinem Gedankengang zu glauben.

Kapitel 18

Die nächsten Tage stellt sich schnell ein monotoner Alltagsrhythmus bei Leon und mir ein. Leon darf seine Prüfung noch einmal mündlich wiederholen. Er lernt Tag und Nacht und hängt sich so richtig rein. Alle Anfragen seiner Freunde, und das sind echt viele, ignoriert Leon. Er geht auf keine einzige Party, war nicht mehr im Fitnessstudio und selbst die kurzen Treffen im Café an der Ecke sind gestrichen. Ab und zu bringe ich ihm einen Kaffee und einen Muffin mit, damit er nicht total von der Außenwelt abgeschnitten ist. Leon verlässt kaum die Wohnung, nur jeden Morgen gehen wir zusammen eine Stunde laufen, um frische Luft zu schnappen. Aber selbst dazu muss ich ihn überreden. Seine Disziplin und Zielstrebigkeit beeindrucken mich ziemlich. Ich hatte wirklich ein vollkommen falsches Bild von Leon. Am Anfang dachte ich, Faulheit ist der Grund, weshalb er nie zu den Vorlesungen kommt. Dabei hat er die ganze Zeit für seinen Vater gearbeitet und jetzt konzentriert er sich ganz und gar auf die Uni.
Leider bedeutet das auch, dass er kaum Zeit mit mir verbringt. Wir sind natürlich immer zusammen, aber wir machen nichts gemeinsam außer Lernen. Er arbeitet bis spät in die Nacht, sodass wir nicht einmal zusammen ins Bett gehen. Ganz oft, so wie jetzt auch, sitze ich an meinem Laptop und beobachte ihn. Er denkt, dass ich chatte oder arbeite, aber meine Augen sind nicht auf den Bildschirm gerichtet, sondern auf Leon. Jedes Mal, wenn ich ihn ansehe, überkommt mich so ein Kribbeln, ganz tief drinnen. Er ist so attraktiv, dass es mir jeden Tag von

Neuem den Atem verschlägt. Ich kann einfach nicht glauben, dass er hier bei mir ist und auf meinem Bett sitzt, dass er zwar nicht mit mir ins Bett geht, aber eben auch mit niemand anderem. Und meine Sehnsucht, ihn zu berühren ist fast unerträglich. Ich kann ja verstehen, dass Leon sich voll und ganz aufs Lernen konzentriert, aber wie soll ich das nur aushalten? Ich kann doch nicht vier Wochen lang dauergeil durch meine Einzimmerwohnung rennen und immer wieder heimlich im Bad verschwinden. Das macht mich total fertig. Aber ich hab auch zu viel Schiss, da ich nicht einschätzen kann, wie Leon reagieren würde, wenn ich die Initiative ergreife und ihm die Klamotten vom Leib reiße. Würde er mich abweisen? Ich glaube nicht, dass mein Ego das verkraftet. Und da wir uns auch nicht aus dem Weg gehen können, versuche ich alles zu vermeiden, was unser Zusammenleben noch mehr verkomplizieren könnte. Ein bisschen wie ein Beziehungspauseknopf, es geht nicht vor und nicht zurück.

Daniel lacht sich über mich kaputt. Er meint, dass Leon mir ja kaum den Kopf abreißen wird, wenn ich zugebe, dass ich scharf auf ihn bin. Ich soll mich auf ihn stürzen. Nicht, dass er noch denkt, ich hätte kein Interesse an ihm. Ich soll mich nicht so anstellen. Daniel fragt auch, wie ich eigentlich auf die Idee komme, dass Leon den ersten Schritt machen müsse. Schließlich hat er doch gesagt, dass ich das Tempo angeben soll. Und wenn ich nichts angebe, dann sei ich doch selbst schuld.
Und so weiter. Daniel textet mich regelrecht zu. Und so langsam hat er mich überzeugt. Eigentlich hat er ja auch recht. Aber ich bin so ein Schisser! Ich trau mich nicht. Wie fängt man denn so etwas an? Soll ich was Kochen und

Leon dann irgendwie verführen? Wie macht man denn so was?

Jetzt sitze ich mit meinem Laptop nur ein paar Meter entfernt von Leon und sehe ihn einfach nur an. Seine Haare fallen ihm in weichen Wellen in seine Stirn und er fährt sich gedankenverloren mit der Hand hindurch, um sie zu bändigen. Aber diese eine Strähne schleicht sich sofort wieder nach vorn. Ich möchte sie berühren, ich muss einfach wissen, wie sie sich anfühlt. Ich will diese warmen, weichen Lippen spüren, seine Zunge, seinen Geschmack. Ich will mich in seinen himmelblauen Augen verlieren. Ich will, dass er mich an sich zieht, dass er mich küsst, dass er mir sagt, wie scharf er auf mich ist. Ich will einfach, dass er mich beachtet. Aber es scheint fast so, als ob er meinen Blick absichtlich meidet, als würde er mir ausweichen. Vielleicht hat Daniel ja recht und Leon wartet darauf, dass ich den ersten Schritt mache? Vielleicht hat er wirklich Angst, dass er mich überfordert? Oder er hat kein sexuelles Interesse an mir. Ich dreh noch durch!

»Val! Bitte hör auf damit!«, holt Leon mich mit rauer Stimme aus meinen Grübeleien. Fragend sehe ich ihn an. Ich hab doch gar nichts gemacht. Er kann doch unmöglich wissen, was da gerade für Gedanken in meinem Kopf herumwirbeln.

»Val! Ich halte das einfach nicht mehr aus! Du bist so unerhört sexy! Und ich bin auch nur ein Mann! Hast du überhaupt die leiseste Ahnung, wie viel Kraft es mich kostet, nicht einfach über dich herzufallen? Und wenn du mich so ansiehst, so wie jetzt, dann treibst du meine Selbstbeherrschung an ihre Grenzen.« Sein Blick ruht auf mir, so intensiv, dass ich ihn fast auf meiner Haut spüren kann, wie ein anschwellendes Prickeln, das sich überall ausbreitet. Ich brauche eine Weile, um zu begreifen, was Leon da gesagt hat. Verwirrt tippe ich auf meinem Laptop herum, gehe zu ihm und zeige ihm den Text: ›Wieso willst du dich beherrschen?‹ Leon fährt sich nervös durch die Haare.

»Val, ich will dich doch nicht bedrängen. Ich …«, er atmet seufzend aus, » … ich will es nicht wieder vermasseln. Aber ich weiß nicht so recht, wie ich das anstellen soll. Ich weiß, dass dir viel an mir liegt und ich bin mir nicht sicher, ob das vielleicht ein Problem ist.« Ich schlucke schwer. Weiß er, dass ich in ihn verliebt bin? Ist das ein Problem für ihn, weil er nicht dasselbe empfindet? Will er nicht mit mir schlafen, weil das vielleicht falsche Hoffnungen bei mir weckt und er mich nicht verletzen will? Dafür ist es doch sowieso schon zu spät.

›Was meinst du damit?‹, tippe ich auf dem Laptop und Leon entgeht natürlich nicht, dass meine Finger dabei zittern.

»Ach, verdammt! Siehst du! Genau das meine ich! Ich hab das Gefühl, dass ich in letzter Zeit nur noch Bockmist mache und gar nichts mehr auf die Reihe bekomme. Ich schaff es ja nicht einmal mehr, vernünftig mit dir zu reden.« Leon wirkt verzweifelt und ich verstehe ihn wirklich nicht. Er scheint ziemlich verunsichert zu sein und das passt eigentlich nicht so recht zu ihm.

Grübelnd reibt er sich über die Augen und spricht dann weiter:

»Val, ich bin mir nicht sicher, ob ich richtig einschätzen kann, warum du mit mir zusammen sein willst. Ich weiß nicht, ob es nur wäre, weil du dir etwas von mir erhoffst

oder ob du das wirklich selbst willst. Ach Scheiße! Ich versteh mich ja selbst nicht mehr. Ich bin vollkommen neben der Spur und weiß echt nicht, wo mir der Kopf steht. Das ist gerade alles zu viel für mich und ich will nicht, dass ausgerechnet du meine Fehler ausbaden musst. Es läuft doch alles vollkommen falsch! Wir machen den fünften Schritt noch vor dem Ersten. Du hast mich deinen Eltern vorgestellt! Wir wohnen schon zusammen und dann auch noch in einer Einzimmerwohnung! Und das, obwohl wir noch nicht einmal Sex hatten. Das ist doch verrückt! Val! Wir hatten noch nicht einmal ein erstes Date! Und selbst wenn, dann könnte ich es mir nicht leisten, dich zum Essen einzuladen. Mein Leben ist ein einziges Chaos und das sind denkbar schlechte Voraussetzungen, um herauszufinden, wo das mit uns hinführt. Ich heule dir ständig die Ohren mit meinen Problemen voll, und dabei sollte ich dich doch eigentlich davon überzeugen, dass ich cool und selbstbewusst bin. Ich wohne umsonst bei dir, deine Eltern reißen sich ein Bein aus, um mir zu helfen, du fütterst mich mit durch und dann hilfst du mir auch noch beim Lernen. Ich nutze dich doch nur aus und habe absolut nichts, was ich dir dafür zurückgeben kann. Und wenn ich mich jetzt nicht einmal mehr beherrschen kann, weil ich dich am liebsten sofort flachlegen würde, dann musst du mich doch für den größten Arsch auf dieser Erde halten!«
Wow! Leon scheint mindestens genauso viel zu grübeln wie ich. Wieso bin ich nicht selbst darauf gekommen? Leon will mich nicht ausnutzen. Deshalb weicht er mir immer aus, wenn wir uns näherkommen. Das ist sogar für mich nachvollziehbar. Nur hat er dabei nicht daran gedacht, wie ich mich fühle und wie sehr ich ihn begehre.

Und jetzt ist es wohl langsam Zeit, dass ich ihm das auch mal zeige, anstatt alles immer nur ihm zu überlassen.

Während Leon nervös auf seiner Unterlippe kaut, klappe ich den Laptop zu und lege ihn auf den Tisch. Selbst, wenn ich mich trauen würde, ihm zu sagen, dass ich ihn liebe, würde ihn das wohl verschrecken. Falls er sich nicht gleich panisch aus dem Staub macht, setzt es ihn zusätzlich unter Druck. Aber ich kann Leon zeigen, wie sehr ich ihn will und dass es mir genauso schwerfällt wie ihm, nicht über ihn herzufallen. Vielleicht kann ich ihm sogar ein klein wenig bewusst machen, wie viel er mir bedeutet.
Ich nehme Leons verwirrtes Gesicht sanft in meine Hände und küsse ihn, zärtlich, ganz langsam. Leon seufzt leise und die Anspannung weicht aus seinen Muskeln. Meine Zunge drängt in seinen Mund. Er öffnet zaghaft seine Lippen für mich und spielt zurückhaltend mit mir. Leon überlässt mir die Führung, reagiert auf meine Berührungen. Das hat mir so gefehlt. Ich hatte schon fast vergessen, wie wahnsinnig gut Leon schmeckt und wie toll es sich anfühlt, ihn so nah zu spüren. Ich brauche mehr davon, sauge an seiner Unterlippe, ziehe ihn noch dichter zu mir, vergrabe meine Hände in seinen Haaren und vergesse alles um mich herum.
Doch Leon vergisst nicht so leicht. Er löst sich von mir, sieht mir direkt in die Augen und flüstert fast schon verzweifelt meinen Namen. Mehr sagt er nicht, vielleicht auch, weil ich ihm einen Finger auf seine geröteten Lippen lege, oder vielleicht auch, weil ich ihn einfach gegen die Lehne vom Bett drücke und mich rittlings auf ihn setze. Das entlockt ihm ein Keuchen, was mich weiter motiviert, ihm auch gleich sein Shirt auszuziehen.

»Val! Bist du sicher, dass du …«, nur noch ein halbherziges Flüstern, das sich in einem weiteren Kuss vollkommen verliert. Ich bin mir sicher. Ich bin mir sogar sehr sicher, dass ich es keine Sekunde länger aushalte, Leon in meiner Nähe zu haben und ihn nicht berühren zu können. Entschlossen öffne ich die Knöpfe von Leons Hose und streife sie ihm gleich über die Beine. Aber ehe ich wieder meinen Platz auf seiner Körpermitte einnehmen kann, wirft Leon mich sanft auf den Rücken:

»Nicht so stürmisch, Val! Du hast eindeutig noch viel zu viel Stoff auf deiner Haut.« Dabei lächelt Leon sein unvergleichliches Leon-Lächeln. Endlich schaltet er mal ab und ignoriert all seine Bedenken.

Langsam schieben Leons Hände mein Shirt nach oben und streicheln dabei über meine Seiten. Seine sanften Berührungen kribbeln auf meiner Haut. Leon zieht mir das Shirt über den Kopf und betrachtet mich ruhig. Ein sanftes Lächeln umspielt seine Mundwinkel und dann gleiten seine Finger über meinen Oberkörper, fahren das Muster der großen Narbe nach und jagen mir damit erregende Schauer durch den Körper. Leon hat wirklich keinerlei Berührungsängste, er scheint richtig fasziniert von der Struktur zu sein. Seine Streicheleien gehen mir durch und durch, rauben mir den Atem und lassen mich verwirrt nach Luft schnappen. Leons Blick trifft auf meine Augen, irgendwie zufrieden oder sogar stolz. Er beugt sich zu mir herab und ich schließe meine Augen und erwarte seinen Kuss. Aber dann spüre ich seine Lippen an meinem Ohr:

»Val, du hast wirklich nicht die leiseste Ahnung, wie schön du bist. Ich kann gar nicht glauben, dass du mir gehörst. Mir allein!«, rau und heiser ausgesprochene Worte, denen man Leons Erregung deutlich anhört. Sie explodieren in

meinem Kopf, wie pures Glück, das ganz und gar meinen Verstand durchdringt.
Leon meint das ernst! Er steht auf mich und er will mich genauso sehr wie ich ihn. Mit seinen Lippen zieht er eine prickelnde Spur meinen Hals hinab über meine Brust. Er folgt dem Pfad, den meine Narbe vorgibt, und verweilt ein wenig an meinem Bauchnabel. Leons Hände öffnen meine Hose und ich trete sie hastig von meinen Beinen. Ich will nicht mehr warten, ich will es jetzt endlich tun, sonst werde ich ganz sicher verrückt. Auch meine Unterhose landet auf dem Boden und wir beide sind endlich nackt.
Leon legt sich auf mich, stützt sich mit seinen Armen ab, um mich nicht zu erdrücken. Aber ich will ihn spüren und ziehe ihn dichter zu mir. Es ist mir egal, dass es das Atmen erschwert, ich muss Leon jetzt fühlen, so viel Kontakt herstellen, wie möglich. Meine Beine schlingen sich um seine Hüften, unsere steifen Penisse reiben aneinander und Leon atmet zitternd ein. Er hält sich zurück, er will es immer noch langsam angehen. Wie kann er das nur aushalten? Ich bin vor Verlangen kaum noch in der Lage, einen klaren Gedanken zu fassen. Jetzt reicht es wirklich! Mir ist egal, ob es wehtun wird. Es ist mir total Schnuppe, dass ich keinen Schimmer habe, wie ich das genau anstellen soll. Ich will es jetzt einfach tun! Ich will mit Leon schlafen, so richtig!
Enthusiastisch winde ich mich, gerade so weit wie nötig, unter ihm hervor und krame ein Kondom und Gleitgel aus meiner Schublade. Da ich mir nicht so sicher bin, wie genau das jetzt am besten funktioniert, sehe ich Leon auffordernd an. Er wird ja wissen, was wie zu tun ist.

Ein kleines Lächeln huscht über sein Gesicht, aber dann sieht er mir mit ernstem Blick direkt in die Augen:
»Val! Bist du sicher, dass du das willst?« Noch ehe er zu Ende gesprochen hat, nicke ich ihm eifrig zu. Missverständnisse kann ich jetzt so gar nicht gebrauchen. Leon schmunzelt über meine Ungeduld, aber auch das ist mir egal. Ehrlich, ich bin so unendlich scharf, dass ich das Gefühl habe, ich platze, wenn wir es jetzt nicht tun. Endlich scheint Leon überzeugt zu sein und nimmt mir das Kondom aus der Hand. Er wirkt fast ein bisschen nervös, als er es aufreißt, aber das sorgt nur dafür, dass ich mich noch ein klein wenig mehr in ihn verliebe. Das hier ist mein Leon, so wie ihn niemand außer mir kennt. Manchmal ist er unsicher und nicht so ein Macho, wie alle anderen denken. Jetzt ist er einfach Leon, und er gehört nur mir!

Was? Nein! Wieso? Ich … er … Oh!
Mit geübten Fingern rollt Leon das Kondom über meinen Schwanz. Meinen! Nicht seinen!
Ich glaube, jetzt starre ich ihn mit offenem Mund an. Leon lacht leise auf, jegliche Nervosität verschwindet aus seinem Gesicht und wird durch dieses verschmitzte, aber überlegene Lächeln abgelöst. Er meint das ernst! Leon dreht sich halb auf den Bauch! Wow! Was für ein knackiger Hintern!
»Gib mir deine Hand!«, fordert Leon mich auf. Irgendwie schafft mein Gehirn es, seine Anweisung zu verarbeiten und ich strecke ihm tatsächlich meine Hand entgegen. Leon gibt eine ordentliche Portion von dem Gleitgel darauf. Es ist kühl, aber nicht unangenehm. Keine Ahnung, was ich erwartet habe, aber es fühlt sich ganz gut an. Zögerlich nähern sich meine feuchten Finger Leons Hintern, ver-

teilen ganz vorsichtig das mittlerweile warme Gel zwischen seinen wundervollen Pobacken. Es ist doch unfassbar, wie ein Mensch so verdammt perfekt sein kann. Alles an Leon ist einfach nur wunderschön.
»Versuch es vorsichtig mit einem Finger. Es ist ne Weile her, seit ich das auf diese Weise gemacht habe«, leitet er mich an und ich bin ihm echt dankbar, dass er mich nicht wegen meiner Unerfahrenheit auflaufen lässt. Leons Offenheit beeindruckt mich zutiefst und natürlich die Tatsache, dass er überhaupt noch sprechen kann. Ich muss mich schon in höchstem Maße konzentrieren, um überhaupt zu atmen.
Ich hab Schiss! Aber so richtig! Und ich bin aufgeregt, so sehr, dass meine Hände zittern. Aber ich bin auch neugierig. Allein der Gedanke, dass ich Leon nehmen darf, der lässt mich so hart anschwellen, dass es schon fast wehtut. Und das Vertrauen, das Leon mir entgegen bringt, das lässt mein Herz Purzelbäume schlagen. Das ist alles so viel auf einmal und mein Verstand verabschiedet sich und überlässt meinen Instinkten das Feld. Und die sind sich ganz sicher, was sie wollen.

Ganz vorsichtig massiere ich mit schlüpfrigen Fingern Leons Hintereingang. Er keucht auf und für einen kurzen Moment fürchte ich, etwas falsch gemacht zu haben, aber sein Gesichtsausdruck zeigt nur Verlangen. Langsam dringe ich in ihn ein. Er ist so eng und ich will ihm nicht wehtun, aber Leon kommt mir entgegen, bis diese angenehme Hitze mich umschließt. Wow! Ich kann nicht glauben, dass das wirklich passiert. Leon ist so wahnsinnig ..., ach, ich weiß auch nicht, so wahnsinnig Leon eben! Schwer atmend dreht er seinen Kopf zu mir, kreist ganz leicht mit seinem Becken und beißt sich unglaublich sexy auf seine Unterlippe. Und dann lächelt er mich an. Wahnsinn! Aber langsam sollte ich mal wieder zu mir kommen, immerhin könnte ich ja auch mal was machen. Ich habe da doch so Einiges gelesen und bisher nie die Gelegenheit gehabt, mein Wissen in der Realität anzuwenden. Aber man kann nicht sagen, dass ich nicht vorbereitet bin, zumindest theoretisch.

Langsam bewege ich meinen Finger in Leon, suche nach diesem ganz speziellen Punkt, über den ich schon so viel gehört habe, und finde ihn. Leon stöhnt laut auf und ein richtiges Beben geht durch seinen ganzen Körper. Sanft massiere ich seine Prostata, schiebe noch einen zweiten Finger in ihn und Leon klammert sich keuchend am Bettlaken fest. Unglaublich, wie sehr ihn das anmacht, wie sehr ich ihn anmache!

»Val! Mach schon! Ich will dich endlich in mir spüren. Ich halte das keine Sekunde länger aus!«, presst Leon unter meiner Massage hervor. Leon ist scharf auf mich. Das hier scheint ihm mindestens genauso zu gefallen, wie mir. Sein Schwanz ist groß und prall und zuckt. An der Spitze ist schon deutlich Feuchtigkeit zu erkennen und jetzt bettelt er förmlich darum, von mir genommen zu werden. Leons ehrliches Verlangen vertreibt mit einem Schlag all meine Ängste und ich vergesse jegliche Zurückhaltung, als ich die Initiative übernehme und mich hinter Leon in Position bringe. Meine Spitze drängt sich an Leons Eingang, übt zaghaften Druck aus und Leon ballt seine Hände zu Fäusten, als ich meine Härte ganz langsam in ihm versenke.

»Oh Val! Das ist so gut!«, keucht er. Ein unbeschreibliches Gefühl, so wahnsinnig eng und heiß. Ich brauche ein paar Sekunden, um mich daran zu gewöhnen und Leon wohl

auch, denn wir verharren beide für einen Moment in dieser Stellung. Leon dreht mir seinen Kopf zu, sieht mich an. Ich beuge mich zu ihm und presse meine Lippen auf seine. Dieser Kuss, meine Zunge in Leons Mundhöhle, mein Glied in ihm, das ist einfach überwältigend. In diesem Moment gehört Leon ganz mir, gibt sich mir hin und genießt es. Ich konzentriere mich vollkommen auf ihn, spüre jede noch so kleine Regung seines Körpers und versuche mich so lange wie möglich zurückzuhalten.
Langsam gleite ich ein Stück aus ihm hinaus und stoße wieder in ihn. Leon wirft seinen Kopf in den Nacken, noch einmal, er stöhnt so erotisch. Lange halte ich das nicht aus. Aber ich will wissen, wie es sich anfühlt, wenn er kommt. Ich will mit allen Sinnen spüren, wie Leon die Kontrolle verliert. Meine Hand schließt sich um seinen Schwanz, massiert ihn und treibt ihn weiter auf den Höhepunkt zu, während ich langsam und gleichmäßig tief in ihn stoße. Dann habe ich den richtigen Winkel gefunden und dringe etwas kräftiger in ihn. Leon keucht meinen Namen, ein Geräusch, das ich niemals in meinem Leben wieder vergessen werde. Seine Hände verkrampfen so fest, dass die Knöchel weiß hervortreten. Sein Stöhnen wird lauter und mit dem nächsten Stoß ergießt er sich in meine Hand. Seine inneren Muskeln schließen sich fest um meine Erektion und das treibt mich direkt in meinen eigenen Höhepunkt, so intensiv, so überwältigend, in Leon, so unglaublich viel besser, als alles, was ich jemals erlebt habe.

Vollkommen erschöpft sacken wir zusammen. Leon liegt unter mir, mein Kopf auf seiner Schulter. Unsere Körper kleben aneinander. Ich kann sogar Leons pochendes Herz an meiner Brust spüren. Noch nie war mir jemand so nah

wie er, noch nie habe ich mich so lebendig und gleichzeitig so entkräftet gefühlt. Langsam streiche ich über Leons feuchte Haut, fahre die Konturen seiner Muskeln nach und bin einfach nur glücklich. Leon ringt noch nach Atem und dreht sich erschöpft zu mir um. Unsere Beine immer noch ineinander verschlungen, sieht er mich an. Und da ist es wieder, dieses Leon-Lächeln, nur für mich.
»Mann, Val! Ich dachte, du hast das noch nie gemacht? Woher zum Teufel weißt du die Dinge, die du weißt? Du hast mich total fertiggemacht!«, fragt Leon mit liebevollem Tonfall und dann streicht er mir eine feuchte Haarsträhne aus der Stirn und sieht mir tief in die Augen. Er guckt irgendwie nicht weg und hat so einen merkwürdigen Ausdruck in seinem Blick. Dabei streichelt er über meine Wange, so als wäre ich ein unfassbar kostbares Kunstwerk. Ich schmelze! Nein ehrlich! Das ist so, ich weiß nicht, so lieb und unerwartet, dass ich fast glauben könnte, dass das mit uns doch ernst sein könnte, sogar für jemanden wie Leon.
Er wartet noch auf eine Antwort, also zwinkere ich ihm zu und deute auf meinen Laptop und auf meine Hand. Leon lacht. Wie sehr ich sein Lachen liebe! Ich wünschte wirklich, ich hätte auch ein schönes Lachen, aber Leon muss sich wohl mit meinem Lächeln begnügen. Scheint ihn aber nicht zu stören, denn er sieht mich schon wieder so an. So als ob er genauso glücklich ist wie ich, zumindest in diesem Moment.

Ich bin ein klein wenig stolz auf mich. Es hat ihm gefallen, das ist offensichtlich. Ich habe Leon wirklich ein bisschen beeindruckt. Und jetzt bin ich froh, dass ich so viel Zeit auf einschlägigen Seiten verbracht habe. Das war ja nur für den sehr hypothetischen Fall, dass ich wirklich mal mangelnde Erfahrung mit angelesenem Wissen ausgleichen muss. Natürlich ist es auch von Vorteil, dass ich selbst ein Mann bin. Ich hatte ja genug Gelegenheit, das ein oder andere im Selbstversuch zu testen.

Noch immer lächelnd löst sich Leon von mir und entfernt mein Kondom. Mit der Bettdecke macht er mich notdürftig sauber, zieht mich dann ganz nah zu sich und küsst mich. Wow! So zärtlich. Er streichelt über meine Haut, hält mich fest. Es ist so unendlich schön. Wir kuscheln! Das ist doch verrückt! Ich kuschele mit Leon, nachdem wir Sex hatten. Kann mich mal bitte jemand kneifen? Oder besser nicht, denn wenn ich gerade träume, dann will ich nie wieder aufwachen.

Kapitel 19

Leon ist schon früh wach. Ich hätte mich ja gern noch einmal an ihn gekuschelt, aber das Bett neben mir ist leer. Dafür liegt der Duft von frischem Kaffee in der Luft und lockt mich aus den Federn. In der Küche sitzt Leon am Frühstückstisch, nippt gedankenverloren an seiner Tasse und starrt vor sich auf ein Blatt Papier. Er sieht irgendwie deprimiert aus und ich lege zaghaft meine Hand auf seinen Oberarm. Überrascht sieht Leon mich an und der verkniffene Ausdruck in seinem Gesicht weicht einem warmen Lächeln, was mich ganz verlegen werden lässt.

»Guten Morgen, Val!«, begrüßt Leon mich mit samtweicher Stimme. Dann wendet er sich wieder dem Brief vor seiner Nase zu und sofort wird sein Gesicht ernst.

»Mein Vater will mich sehen. Er schreibt, dass er gar nichts tun wird, bevor er nicht mit mir persönlich gesprochen hat. Er erpresst mich. Ich bekomme mein Geld nicht zurück, wenn ich mich ihm nicht stelle. Aber er wird echt sauer sein. Und ich glaub nicht, dass ich mir das jetzt antun will. Ich muss erst diese Prüfung schaffen. Mein Vater wird mir sowieso nie wieder einen Job geben und deshalb hat mein Studienabschluss oberste Priorität für mich.« Leon redet emotionslos mit dem Papier, aber in seinem Gesicht kann ich erkennen, wie verzweifelt er ist. Ich will ihn irgendwie trösten und wünschte, ich könnte etwas sagen. Aber ich wüsste sowieso nicht, was. Ich kann ihn nur in den Arm nehmen und ihm zärtlich über seinen Rücken streicheln.

»Val? Wenn es dir nichts ausmacht, würde ich mit dem Treffen gern warten, bis ich die Prüfung hinter mir habe.

Ich glaube, meinem Vater jetzt gegenüberzutreten, würde mich ziemlich überfordern«, erklärt er ganz leise. Leons Blick ist starr auf den Brief gerichtet und er seufzt tief.
»Wäre das in Ordnung für dich, wenn ich dir noch so lange auf der Tasche liege? Ich könnte verstehen, wenn dir das alles zu viel wird. Ich würde bestimmt auch ein paar Tage bei Matze oder Paul unterkommen und ich ...« Ich lege Leon einen Finger auf seine sinnlichen Lippen und lächle ihn an. Es ist in letzter Zeit wirklich schwer, mit Leon zu reden. Er sieht mich nicht mehr an, wenn er spricht und er stellt auch keine klaren Fragen. Er versteht mich nicht mehr und ich ihn auch nicht. Es ist doch verrückt. Wir sind uns letzte Nacht körperlich so nah gekommen, aber hier scheinen wir uns immer weiter voneinander zu entfernen. Ich muss das irgendwie in den Griff bekommen, weil Leon im Moment nicht dazu in der Lage ist. Mit meinem Laptop setze ich mich neben ihn an den Frühstückstisch und schreibe:
›Hör bitte auf, dir ständig Sorgen um mich zu machen! Das ist nicht nötig, zumindest nicht mehr. Ich weiß ja, dass ich nicht ganz unschuldig daran bin, aber ich habe in letzter Zeit viel dazu gelernt. Ich würde dir mitteilen, wenn mir etwas nicht passt. Versprochen! Darum musst du dir wirklich keine Gedanken mehr machen.‹
Nachdem ich Leon in unserer ersten gemeinsamen Nacht in so eine missliche Lage gebracht habe, ist es für ihn bestimmt nicht leicht, mir zu vertrauen. Wahrscheinlich denkt er, dass ich zu viel Schiss hätte, ihn rauszuschmeißen, wenn ich Leon wirklich loswerden wollte. Aber ich bin nicht mehr so feige wie noch vor ein paar Monaten. Ich habe mich verändert und das habe ich Leon zu verdanken. Mal ganz davon abgesehen, dass ich sowieso nicht will,

dass er wieder auszieht, ganz im Gegenteil! Davor hab ich sogar ein bisschen Angst. Er würde mir ganz schrecklich fehlen. Also tippe ich weiter:
›Und natürlich kannst du hier wohnen bleiben. Ich hab dich gern um mich und ich kann es mir leisten, sogar einen Vielfraß wie dich mit durchzufüttern. Ich hab einen gut bezahlten Job, also musst du dir darüber nicht deinen hübschen Kopf zerbrechen. Ich helfe dir, weil ich es möchte und nicht, weil ich irgendeine Gegenleistung dafür erwarte. Du kannst dich ganz und gar auf deine Prüfung konzentrieren. Und wenn ich noch irgendetwas für dich tun kann, dann sag bitte Bescheid! Ich mache das wirklich gern, weil du mir wahnsinnig wichtig bist.‹

Das ist noch lange nicht alles, was ich Leon gern sagen würde, aber das ist für den Moment, alles, was ich mir und ihm zutraue. Und meinem Herzen, das gerade unfassbar schnell gegen meine Rippen hämmert. Leon liest den Text mindestens drei Mal durch. An der Stelle mit dem Vielfraß schmunzelt er jedes Mal. Erst dann sieht er mich mit großen Augen an.
»Val! Ich bin dir so dankbar für alles. Ohne dich wäre ich so richtig am Arsch. Ich will nur nicht, dass du denkst, ich würde dich ausnutzen, obwohl das leider der Wahrheit entspricht. Aber ich will auch nicht, dass du vielleicht zu viel …«, jetzt kratzt er sich nervös am Kopf und sucht nach den richtigen Worten. Aber ich verstehe auch so, was er sagen will. Diesmal bin ich allerdings nicht so ein Feigling. Diesmal schreibe ich auf dem Laptop, sodass Leon gleich mitlesen kann:

›Du hast Angst, dass ich zu viel in dein Verhalten hinein interpretiere?‹ Fühlt sich nicht so gut an, das aufzuschreiben. Das macht meine Angst so real.
»Ja Val, irgendwie schon. Das tut mir echt leid, aber ich will dir auch nichts vormachen. Im Moment ist mir das alles zu viel. Es fällt mir ja schon schwer, für mich selbst die Verantwortung zu übernehmen«, sagt Leon und rauft sich die Haare.
›Das ist okay für mich. Sei einfach nur ehrlich zu mir!‹, tippe ich mit zitternden Fingern und weiß, dass es doch ein wenig geflunkert ist. Ich wünschte, ich wäre wirklich so selbstlos und es wäre okay. Aber ich hab Schiss. Für mich klingt es ein bisschen so, als wolle Leon sich nicht festlegen und mich hinhalten. Ich weiß es einfach nicht. Das Einzige, was mich hoffen lässt, ist die Tatsache, dass ihm das hier ganz offensichtlich auch ziemlich schwer fällt. Vielleicht weiß er selbst auch nicht, was er tun oder nicht tun soll.
»Val! Aber natürlich bin ich ehrlich zu dir! Es ist nur so, dass ich zu viel um die Ohren habe. Wenn die Umstände anders wären, wenn wir einfach mal ganz entspannt zusammen ausgehen könnten, dann würden wir sehen, wo es hinführt. Ich habe doch keine Ahnung, ob ich so was überhaupt kann. Vielleicht bin ich `ne totale Beziehungsniete, weil ich mich mein ganzes Leben lang ausschließlich nur um mich gekümmert habe. Und jetzt kann ich dir doch so gar nichts bieten. So wie es bei mir momentan aussieht, würde ich mich nicht mal trauen dich um eine Verabredung zu bitten. Ich könnte ja nicht mal ...«, wieder lege ich meinen Finger an Leons Lippen. Das alles setzt ihm doch viel mehr zu, als ich gedacht habe. Er scheint sich irgendwie minderwertig zu fühlen. Es ist merkwürdig, den sonst

so selbstbewussten Leon derart in die Defensive gedrängt zu sehen. So langsam verstehe ich wirklich, was er mit seiner Behauptung, dass zwischen uns doch alles vollkommen falsch läuft, sagen wollte. Schnell huschen meine Finger über die Tastatur und der Bildschirm zeigt:
›Leon! Es ist okay für mich. Entspann dich einfach und konzentrier dich auf den nächsten Schritt! Alles andere wird sich schon finden.‹ Eine blöde Binsenweisheit, aber was Besseres fällt mir auch nicht ein, um Leon zu beruhigen. Ich umarme ihn tröstend und drücke ihn fest an mich. An meiner Schulter nuschelt er:
»Danke Val! Du bist echt was ganz Besonderes.«
Gut. Das ist doch auch was. Und Leon hat ja recht. Wenn sein Vater nicht so eine Scheiße abgezogen hätte, dann wäre vielleicht alles ganz anders gelaufen. Vielleicht wären wir dann ein paarmal ausgegangen und Leon hätte sich Hals über Kopf in mich verknallt oder festgestellt, dass ich doch nicht sein Typ bin. Aber jetzt ist alles so schrecklich kompliziert und wir bräuchten beide ein bisschen Abstand, obwohl das das Letzte ist, was ich will. Aber Leon scheint auch nicht so viel von Abstand zu halten, denn er küsst mich. Jetzt. Einfach so. Macht man das, wenn man nur so zusammen wohnt und erst mal sehen will, wo das hinführt? Macht man so etwas, wenn man eigentlich keine feste Beziehung will? Sieht man dann seinen ›Einfach-nur-so-Freund-mit-Extras‹ mit so einem Blick an, der mein Herz zum Stolpern bringt und ein Flattern in meinem Bauch verursacht? Er treibt mich in den Wahnsinn! Ob er das mit Absicht macht? Erst erklärt er mir, dass ich mir nicht zu viele Hoffnungen machen soll und in der nächsten Sekunde küsst er mich um den Verstand. Wieso, verdammt noch mal? Wenn er mir jetzt ins Gesicht sagen

würde, dass er mich nicht will, dann müsste er auch damit rechnen, dass ich ihn rausschmeiße. Wo sollte er dann hin? Und was wäre mit seiner Prüfung? Leon braucht mich, aber dieser Zustand wird nicht ewig anhalten. Ich habe ein wenig Angst davor, was aus uns wird, wenn Leon wieder auf die Füße gefallen ist. Und ich bin mir absolut sicher, dass das nicht mehr allzu lange dauert.

Gleich nach dem Frühstück setzt Leon sich wie jeden Morgen an den Schreibtisch und macht sich an die Übungen, die ich ihm zusammengestellt habe. Die mündliche Prüfung rückt immer näher. Leon und ich lernen jeden Tag zusammen. Er ist richtig gut geworden und ich denke, dass er es wirklich schaffen wird. Er hat den ganzen Stoff drauf, kann alles auswendig aufsagen und jetzt versteht er sogar, was er da eigentlich gelernt hat. In mündlichen Prüfungen merkt man ja leider ganz schnell, ob man den Stoff tatsächlich begriffen hat. Und Leon hat es jetzt drauf.
Er hat sich die ganze Zeit ausschließlich auf seine Prüfungsvorbereitung konzentriert. Die Welt außerhalb meines Zimmers hat ihn kaum zu Gesicht bekommen. Zum Glück hab ich hier Zutritt, sonst würde ich ihn wahnsinnig vermissen. Seinen Ehrgeiz und sein Durchhaltevermögen kann man doch nur bewundern. Ich hätte schon lange jegliche Motivation verloren.
Auch heute, einen Tag vor der Prüfung, setzen wir uns wieder zusammen. Ich habe viel zum Thema Matheprüfung recherchiert und eine lange Liste mit möglichen Fragen zusammengestellt. Wir haben die letzten Tage jede einzelne dieser Fragen besprochen und jetzt gehen wir alles noch einmal komplett durch. Wir kommen gut voran, aber die Liste ist wirklich lang und nun ist es schon sehr

spät am Abend. Wir haben es aber auch schon bis zur letzten Frage geschafft. Leon weiß das noch nicht, er hat schon vor langer Zeit den Überblick verloren und nach stundenlangem, ununterbrochenem Lernen schwächelt er jetzt.

»Ufff! Ich bin total erledigt! Für heute streikt mein Gehirn. Was ich jetzt nicht draufhabe, das schaffe ich ganz sicher auch nicht mehr. Können wir nicht einfach Schluss machen?«, fragt Leon und lässt sich schnaufend nach hinten auf das Bett fallen. Demonstrativ empört schüttele ich den Kopf.

»Val! Bitte! Ich bin wirklich am Ende!«, bettelt Leon übermüdet. Er tut mir fast ein bisschen Leid, aber da muss Leon jetzt durch. Ich beuge mich über ihn und mit strenger Miene fordere ich ihn auf, weiterzumachen. Dabei hebe ich einen Finger, den ich gleich darauf drohend auf ihn richte.

»Also gut, eine einzige Frage noch, aber dann ist wirklich Schluss!«, gibt Leon nach. Zufrieden lächele ich ihn an, was Leon noch so ein resigniertes Schnaufen entlockt.

»Mann Val! Du bist echt ein hartnäckiger Sklaventreiber!«, pflaumt er mich an, nimmt dann aber mürrisch den Zettel mit der Frage, die ich ihm aufgeschrieben habe.

Er erklärt flüssig und vollkommen fehlerfrei, wie man den maximalen Gewinn in Abhängigkeit von Produktions- und Absatzmenge berechnet. Und als er dann auch noch die Bedeutung der Primärkosten erläutert und wie sie in die Berechnung einfließen, platze ich fast vor Stolz. Er wird es schaffen! Ganz sicher!

Vermutlich grinse ich gerade ziemlich dämlich, denn Leon wirft mir einen irritierten Blick zu und hebt fragend eine Augenbraue:

»Was hast du? Hab ich was Falsches erzählt? In meinem Kopf hat das gerade alles noch Sinn gemacht!« Ich grinse ihn immer noch an.
»Oh Mann! Mein Schädel brummt. Da geht keine einzige Formel mehr rein. Da ist nicht einmal ein bisschen Platz für einen einzigen Buchstaben!«, damit lässt Leon sich wieder erschöpft nach hinten auf das Bett plumpsen.

Ich halte ihm meinen Zettelstapel vor die Nase. Ich habe mir immer Notizen gemacht und Leon so lange die Fragen erneut gestellt, bis er jede Einzelne richtig hatte und dann habe ich sie abgehakt. Leon starrt auf die Zettel und scheint langsam zu begreifen, dass hinter jeder einzelnen Frage ein dicker Smiley und ein knallrotes ›Fertig!‹ steht.
»Das ist nicht dein Ernst? Val! Du meinst, ich hab alle 124 von deinen Prüfungsfragen inklusive Unterpunkte durch? Ich kann den ganzen Mist jetzt?«, fragt Leon richtig überrascht. Immer noch breit grinsend nicke ich ihm zu. Er wirft den Zettelstapel im hohen Bogen über unsere Köpfe und stürzt sich lachend auf mich.
»Val! Du bist ein Genie, weißt du das eigentlich? Danke! Danke! Danke!« Dann senken sich seine Lippen auf meine und er küsst mich umgeben von raschelndem Papier. Warm und zärtlich spielt Leons Zunge mit meiner und jagt mir schon wieder so ein Kribbeln durch den ganzen Körper. So gern ich das hier auch vertiefen möchte, wäre es doch sehr unvernünftig. Es ist schon spät und Leon hat doch morgen seine Prüfung. Ich schiebe ihn also von mir weg und deute auf den Wecker.
»Ja, Val! Du hast ja recht! Lass uns schlafen. Aber morgen, da bist du fällig!«, lacht er mich an und wenig später schlafen wir eng aneinander gekuschelt ein.

Kapitel 20

Leon ist ziemlich nervös, aber es geht ihm besser als vor der letzten Klausur. Er fühlt sich gut vorbereitet und das ist er auch. Ich begleite Leon als moralische Unterstützung zur Prüfung. Wir sind etwas zu früh dran und müssen noch im Flur warten. Leon ist ganz blass um die Nase und jetzt tut er mir richtig leid. Ich hole mein Handy heraus, meine Zettel hab ich mal wieder vergessen, und tippe schnell auf das kleine Display:

›Mach dir keine Sorgen! Ich bin mir absolut sicher, dass du es schaffen wirst!‹ Ich wollte ihm nur Mut machen und hoffe, dass er weiß, dass ich ihn nicht anlügen würde, aber dieses Lächeln, das mich jetzt trifft, das haut mich schon wieder um. Er schaut sich kurz um und nimmt mich dann in den Arm:

»Danke Val!« Gerade als er mich wieder loslässt, geht die Tür des Profs auf und Leon wird hereingebeten. Ich bleibe allein im Flur zurück.

Er hat sich umgesehen. Leon hat nachgesehen, ob uns auch niemand beobachtet, bevor er mich in den Arm genommen hat. Wieso? Bin ich ihm peinlich? Ist das vielleicht auch der Grund, warum er keine Beziehung will? Schämt er sich vor seinen Freunden für mich? Oder zerbreche ich mir jetzt schon wieder vollkommen unbegründet den Kopf? Hat er vielleicht nur seine Nackenmuskulatur gelockert? Ich schließe meine Augen, rutsche an der Wand hinab und lasse meinen Kopf nach hinten sinken. Ich wollte doch nicht grübeln, nicht ausgerechnet jetzt. Es läuft doch ganz gut zwischen uns. Wieso muss ich mir mit meinen Zweifeln alles kaputtmachen? Wieso kann ich mich nicht einfach darüber freuen, dass Leon bei mir ist, darüber, dass wir so viel Zeit miteinander verbringen. Das ist doch schon viel mehr als ich noch vor einigen Monaten überhaupt für möglich gehalten hätte. Aber irgendwie reicht es mir trotzdem nicht. Ich will mehr. Ich liebe Leon und ich wünsche mir, dass er ebenso für mich empfindet. Wow! Ich hätte wirklich nicht gedacht, dass ich mir überhaupt einmal über solche Dinge Gedanken machen würde. Ich sollte doch eigentlich glücklich sein und die meiste Zeit bin ich das ja auch, aber dann gibt es wieder so winzige Kleinigkeiten, wie dieser kurze Blick über seine Schulter, die mich aus der Bahn werfen.

Gleich müsste Leon fertig sein. Ich rappele mich vom Boden auf und starre auf diesen Türgriff. Jetzt bin ich doch ein wenig nervös. Natürlich wünsche ich mir nichts sehnlicher, als dass Leon bestanden hat. Aber dann braucht er mich nicht mehr und vielleicht verliere ich ihn dann. Das macht mir Angst. Der Türgriff bewegt sich und Leon kommt zu mir auf den Flur. Seine Hände vergräbt er tief in seinen Taschen und er ist nervös.

»Sie beraten jetzt und rufen mich wieder rein, wenn das Ergebnis feststeht.« Leon atmet tief durch.

»Aber eigentlich ist es ganz gut gelaufen. Drück mir die Daumen, dass die Prüfer das genauso sehen!« Ich lächele ihn vorsichtig an. Keine Ahnung, was ich jetzt machen soll. Ich trau mich nicht, ihn hier in den Arm zu nehmen. Wenn er mich wegschiebt, würde ich das kaum verkraften. Also versuche ich es gar nicht erst. Wir stehen also etwas planlos im Flur und diesmal ist das Schweigen doch ein wenig

angespannt. Ich weiß nur nicht, ob das an mir oder an der Prüfung liegt. Dann endlich wird Leon wieder hereingebeten. Es dauert keine Minute, dann kommt er breit grinsend wieder heraus und stürmt auf mich zu. Seine Arme umschließen mich und lachend hebt er mich hoch:
»Val! Ich hab's geschafft! Ich hab es wirklich geschafft!«
Leon wirbelt uns einmal im Kreis herum und setzt mich wieder auf den Boden. Dann drückt er mir auch noch einen kurzen, aber festen Kuss auf meine Lippen. Einfach so, ohne sich darum zu kümmern, wer uns beobachtet.
»Danke Val! Ohne dich hätte ich das niemals geschafft!«
Noch ein Kuss, diesmal auf meine Wange. Trotz meiner inneren Verwirrung schaffe ich es immerhin, ihn anzulächeln. Er ist richtig glücklich und das freut mich ganz doll. Nach allem, was er durchgemacht hat, hat er sich ein bisschen Freude wirklich verdient. Das sollte ich doch ausnutzen. Mutig hole ich mein Handy hervor und tippe:
›Herzlichen Glückwunsch! Wenn du magst, können wir zur Feier des Tages ja in ein hübsches Restaurant zum Essen gehen? Oder ins Kino? Oder beides? Wie bei einem richtigen Date?‹ Damit ich es mir nicht noch anders überlegen kann, halte ich Leon die Nachricht schnell vors Gesicht und versuche meine Atmung zu kontrollieren. Er lacht nicht. Er lächelt nicht einmal. Und mein Herz rutscht mir in die Hose oder sogar noch tiefer. Irgendwo bis auf den Boden und es fühlt sich an, als würde jemand darauf herumtrampeln. Und den mitleidigen Blick kann Leon sich auch sparen!
»Val!«, antwortet er, als wäre ich ein kleines Kind, das den frischgebackenen Kuchen nicht probieren darf, weil er noch zu heiß ist.

»Das geht doch nicht, wie du weißt.« Geht nicht? Wieso? Fragend sehe ich Leon an. Er wird ganz verlegen, sieht auf den Boden und erklärt mir dann ganz leise:
»Ich hab doch mein Geld noch nicht zurück.« Was? Wieso denkt er, dass das wichtig ist? Dann wird mir klar, was er meint und ich muss sogar lachen. Und für Leon tippe ich:
»Bist du wirklich so ein Macho? Ich lade dich natürlich ein!«, und zeige ihm den Text mit einem Lächeln im Gesicht. Aber Leon hält an seiner miesepetrigen Stimmung fest.
»Val, ich will nicht, dass du mich einlädst. Ich schulde dir sowieso schon mehr, als ich jemals wieder gut machen kann. Da muss so eine Einladung nicht auch noch dazu kommen.« Da Leon immer noch betreten auf den Boden starrt, sieht er gar nicht, dass ich ziemlich empört bin. Er rauft sich nur nervös die Haare und ich ahne, dass er noch mehr sagen will, das mir nicht gefällt. Mit finsterem Gesichtsausdruck sieht er mich dann doch an.
»Val? Ich weiß, wir hatten andere Pläne für heute Abend, aber ich würde gern zu meinen Eltern fahren. Dann habe ich das endlich hinter mir. Ich würde es sonst nur vor mich hinschieben und ständig daran denken. Das würde doch nur die Stimmung verderben. Wäre das okay für dich?«, fragt Leon ganz vorsichtig. Okay finde ich das nicht. Leon hätte sich einen entspannten, sorgenfreien Abend wirklich verdient und ich eigentlich auch. Und jetzt will er sich so was antun? Ich hatte auch gehofft, dass wir den Abend zusammen verbringen und uns vielleicht noch einmal etwas näher kommen könnten. Ich habe ja noch eine Erfahrung vor mir. Und nachdem ich gesehen habe, wie Leon … hach … ich will das auch. Ich kann kaum noch an was Anderes denken. Aber gut. Das wäre ziemlich egois-

tisch, wenn ich Leon jetzt bitten würde, bei mir zu bleiben. Und wahrscheinlich würde er in Gedanken sowieso ganz woanders sein. Also nicke ich und küsse ihn auf die Wange.

»Danke Val!«, sagt Leon mit einem Lächeln, das bis in meine Fingerspitzen kribbelt.

»Du bist echt der Beste!« Dann schlingt Leon seine Arme ganz fest um mich, hebt mich wieder hoch und wirbelt mich lachend durch die Luft.

»Wenn ich alles geregelt habe, dann bekommst du dein Date! Versprochen!« Tausend Ameisen oder ein paar Hundert Tausendfüßler krabbeln aufgeregt durch meinen Bauch. Und ich glaube nicht, dass das an meiner momentanen Schwerelosigkeit liegt. Als meine Füße wieder den Boden berühren, ist Leons wunderschönes Gesicht ganz dicht vor mir.

»Val, was würde ich nur ohne dich machen?« Dann küsst er mich, als würde sein Leben davon abhängen und zu den Ameisen und Tausendfüßlern gesellen sich auch noch Grashüpfer. Mit dieser Gesellschaft werde ich den heutigen einsamen Abend wohl irgendwie überstehen.

Kapitel 21

Leon kommt in dieser Nacht nicht mehr nach Hause. Ich liege allein in meinem Bett, das mir so schrecklich leer vorkommt. Ich vermisse Leon, dabei ist er gerade mal ein paar Stunden weg. Aber in den letzten Wochen war er immer hier. Ich hab mich an ihn gewöhnt. Schlafen kann ich auch nicht. Ich mache mir ein wenig Sorgen und hoffe, dass bei seinen Eltern alles gut läuft. Mit meinen Nachfragen mag ich ihn ja auch nicht die ganze Zeit nerven. Er wird sich bei mir melden, wenn er so weit ist. Da bin ich ganz sicher. Bis dahin drück ich ihm beide Daumen. Erst gegen 1 Uhr nachts piept mein Handy und ich stürze mich regelrecht darauf, um die Nachricht zu lesen.
›Alles gut bei mir. Ich lebe noch. ;) Ich bleib noch hier. Dauert etwas länger. Mach dir keine Sorgen! Ich meld mich morgen.‹ Ja genau! Ein Romantiker ist Leon wirklich nicht. Vielleicht vermisst er mich auch gar nicht? Vielleicht hat er ja einen alten Freund getroffen und geht mit ihm aus? Oder sein Vater hat sich irgendeine Gemeinheit für ihn ausgedacht? Mist! Ich hab so ein flaues Gefühl in der Magengegend. Irgendetwas stimmt nicht, aber ich weiß nicht was. Und dagegen tun kann ich im Moment sowieso nichts. Ich antworte Leon unverfänglichen Nonsens und wünsche ihm eine gute Nacht.

Die Vorlesungen des nächsten Tages ziehen an mir vorüber, ohne, dass ich viel mitbekomme. Und mein Handy bleibt stumm. Mittlerweile ist mir richtig schlecht. Jana hat mir gesagt, dass ich kreidebleich aussehe. Und selbst Matthias meinte, dass ich wohl eher ins Bett gehöre, als in einen Hörsaal. Also gehe ich wieder nach Hause und verkrieche mich unter meiner Decke. Keine Nachricht von Leon. Nicht mal Daniel schafft es, mich aufzuheitern und ich lasse mich sogar von ihm beim nächtlichen Zocken besiegen. Ein ganzer Tag ohne Leon! Der erste seit Langem.

Der nächste Tag verläuft ganz ähnlich. Von wegen, er meldet sich morgen! Morgen war doch schon gestern! Aber seine Nachricht kam nach Mitternacht, also ist morgen doch erst heute? Ich grübele alle möglichen Szenarien durch und zerfließe in Selbstmitleid. Erst das Klingeln meines Festnetztelefons reißt mich aus meinen Gedanken. Kann mich gar nicht erinnern, ob mich überhaupt schon jemand über das Festnetz angerufen hat. Würde ja auch nicht so viel bringen. Ich hab den Anschluss auch bloß, weil es den eben zum Internet dazugibt und der Apparat steht hier noch vom Vormieter. Eigentlich wird der nur benutzt, wenn ich mal Besuch habe und wir ne Pizza bestellen wollen. Das kam bisher genau einmal vor. Als meine Eltern mir beim Umzug geholfen haben. Und seit Leon hier wohnt, hat er den auch ab und zu benutzt. Dank seines Vaters konnte Leon ja nicht mal seine Handyrechnung bezahlen.

Das Klingeln hört nicht auf. Gut, ich gehe trotzdem ran. Ich bin ja schon ein bisschen neugierig und immerhin besteht die Möglichkeit, dass es Leon ist und er nur die Nummer mit meinem Handy verwechselt hat.
»Hallo?«, flötet eine Mädchenstimme in mein Ohr.

»Ist jemand dran?« Tja, keine Ahnung, was ich machen soll.
»Leon?« Sie scheint ihn zu kennen?
»Oh! Richtig! Du bist Valentin? Ich kann dich atmen hören«, lacht das Mädchen in den Hörer. Okay, das verwirrt mich.
»Ich bin Melli, Leons kleine Schwester. Er hat mich zuletzt von dieser Nummer aus angerufen. Tut mir leid, wenn ich dich störe. Aber vielleicht kannst du ihm auch einfach sagen, dass ich ihm die Adresse des Fotografen rausgesucht habe, der meine Bewerbungsfotos gemacht hat. Leon war ja vorgestern so schnell wieder weg, nachdem er mit Mama geredet hat, dass ich ihn nicht mal mehr gesehen hab. Sonst versuch ich es noch mal auf seinem Handy oder schick ihm ne Nachricht, aber da geht er schon seit Stunden nicht ran. Oder ich fahr morgen bei ihm vorbei. Jetzt hat er ja seine Wohnung wieder. Ich kann immer noch nicht glauben, dass Mama ihm die geschenkt hat. Bin mal gespannt, was ich dann zu meinem Schulabschluss bekomme, wenn ich dann endlich aus diesem Irrenhaus flüchten kann«, trällert sie zuversichtlich in den Hörer.
»Oh, und danke, dass du Leon so geholfen hast. Er hat richtig Glück, einen so guten Freund wie dich zu haben. Würde mich echt freuen, wenn wir uns mal kennenlernen. Aber vielleicht kommst du Samstag ja auch in den Club? Matze will da doch seinen Geburtstag feiern und ich bin auch eingeladen! Ohje, ich weiß noch gar nicht, was ich anziehen soll! Ich muss unbedingt morgen neue Schuhe kaufen! Also, vielleicht treffen wir uns da ja persönlich. Hat mich sehr gefreut, Valentin. Auch, wenn das Gespräch recht einseitig war. Grüß Leon von mir! Ciao!« Und dann

legt sie auf. Eine fröhliche, lustige Person, ziemlich aufgeregt. Ein bisschen zu schrill vielleicht. Melli erinnert mich irgendwie an Daniel.

Ich weiß gar nicht, was …
Er ist schon seit vorgestern wieder zurück? Er hat nicht mal eine Nacht bei seinen Eltern verbracht? Und er hat seine alte Wohnung wieder? Er hat schon Pläne für Samstag? Ohne mich? Und wieso meldet er sich dann nicht bei mir? Wo war er die letzten beiden Nächte? Und mit wem? Wieso hat er mir von all dem nichts erzählt? Schnaufend lasse ich mich aufs Bett sinken.
Die Antwort liegt doch klar auf der Hand! Leon braucht mich nicht mehr und hat noch nicht mal genug Arsch in der Hose, mich abzuservieren! Scheiße tut das weh! Ich weiß gerade nicht, was ich machen soll.
Atmen! Atmen ist sinnvoll. Heulen nicht, aber damit kann ich nicht aufhören. Ich kann das einfach nicht glauben! Mein Leon würde doch nicht …
Atmen! Ruhig bleiben! Denken!

Ich kenne Melli nicht. Vielleicht ist das nur ein großes Missverständnis? Oder vielleicht hat Leons Vater etwas damit zu tun und will einen Keil zwischen uns treiben? Ich schreibe Leon eine SMS und frage, wann er nach Hause kommt und ob er bei seinem Vater was erreicht hat. Dann heften sich meine Augen auf das Handy-Display und ich warte. Ich kann es kaum ertragen. Zwei endlose Stunden später hat Leon noch nicht geantwortet. Ob er sich überhaupt noch meldet? Oder hat er mich doch schon so schnell aus seinem Leben gestrichen?

Ich halte es nicht mehr aus und mache den Laptop an, um mit Daniel zu reden. Ich erzähle ihm alles und er kann auch nicht glauben, dass Leon sich so verhält. Bestimmt gibt es eine einfache Erklärung dafür, meint er. Daniel schafft es tatsächlich, mich ein wenig zu beruhigen.
Er hat in den nächsten Tagen seine ersten Wohnungsbesichtigungen und will sich mit mir treffen. Das bessert meine Laune schlagartig. Schon diese Woche könnte ich Daniel in Wirklichkeit kennenlernen. Er ist auch ganz aufgeregt. Aber das ist nichts Neues. Er reagiert auch so, wenn er eine neue Armbanduhr oder neue Schuhe hat. Sogar eine ausgefallene Zahncremesorte würde ihn vor Freude hüpfen lassen. Neulich ist er sogar wegen grüner Schnürsenkel, die genau das richtige Grün zwischen Tannengrün und dunklem Maigrün haben, ohne zu olivig zu sein, ausgerastet und hat so laut ins Mikro geschrien, dass mir fast der Kaffeebecher heruntergefallen ist. Es ist so leicht, ihn zum Lachen zu bringen, sogar für mich. Er lenkt mich ab und ich fühle mich nicht mehr so allein und verloren. Ich bin echt froh, dass ich ihn habe.

Am späten Nachmittag bekomme ich doch noch eine Antwort von Leon:
›Alles gut. Ich hab meine Wohnung bald wieder. Ich verhandele noch die genauen Modalitäten. Heute schaffe ich es aber noch nicht zurück in die Stadt. Und dann werde ich erst mal in meiner Wohnung bleiben und Ordnung schaffen. Ich meld mich morgen bei dir.‹
Ja klar! Wer's glaubt! Den Spruch hab ich vorgestern auch schon gehört oder eben gestern, wie auch immer man das nun sehen mag. Und schon wieder kämpfe ich mit den Tränen. Das kann er doch nicht mit mir machen!

Daniel rät mir, ich soll zu ihm fahren und nachsehen, ob er da ist. Wenn er wirklich schon seit vorgestern zurück ist, wie Melli gesagt hat, dann hat er auf jeden Fall gelogen und ich könne ihn gleich zur Rede stellen. Dann hätte ich Gewissheit. Klingt ja alles ganz logisch. Aber ehrlich gesagt will ich keine Gewissheit. Die Chancen, dass das für mich gut ausgeht, sind eh verschwindend gering. Aber Daniel lässt nicht locker und irgendwie hat er ja auch recht. Es ist schon spät, aber ich mache mich tatsächlich auf den Weg zu Leons Wohnung. Ich komme mir ziemlich dämlich vor. Wie so ein durchgeknallter Stalker. Aber selbst, wenn Melli sich nicht verplappert hätte, wäre ich ziemlich misstrauisch. Erst kann er angeblich nicht die Finger von mir lassen und dann vergehen Tage, ohne dass wir uns sehen oder vernünftige Nachrichten schreiben. Er verhält sich ganz anders als sonst!

Schon als ich in die Straße zu Leons Wohnung einbiege, stürzt meine Welt in sich zusammen. Ich werde Leon verlieren. Sein Auto steht direkt vor seiner Wohnungstür und oben sind alle Fenster hell erleuchtet, zwei von denen stehen sogar offen und laute Musik dringt bis zu mir nach unten. Feiert er ne Party? Macht man doch so, wenn man sein Studium geschafft hat. Dann lädt man all seine Freunde ein. Ich kapier das nicht. Wieso verhält er sich plötzlich wie ein Arsch? Oder hatten doch die Anderen recht? Hab ich die ganze Zeit nur durch eine rosarote Brille geguckt und mir eingeredet, dass Leon mein Traummann ist? Hat er mir das alles nur vorgespielt, weil er meine Hilfe brauchte? Ich will das einfach nicht glauben!

Deprimiert trotte ich zurück nach Hause. Jetzt mit ihm zu reden, würde ich ganz sicher nicht schaffen, schon gar nicht, wenn seine dämlichen Freunde um uns herum stehen. Das ist einfach nicht fair! Aber ich weiß nicht, was ich machen soll. Ich kann Leon ja schlecht überreden, sich in mich zu verlieben. Das würde wohl kaum funktionieren.
Daniel ist jetzt auch nicht mehr online und das gibt mir den Rest. Ich fühle mich gerade von allen alleingelassen und heule hemmungslos in mein Kopfkissen. Ich bin einsam! Mama hatte vollkommen recht! Wenn wenigstens sie jetzt hier wäre. Ohje, ich bin wirklich erbärmlich. So fühlt sich also Liebeskummer an. Das ist eine Erfahrung, auf die ich gern verzichtet hätte.

Halb elf am Abend klingelt es an meiner Tür. Ich bin total verheult und will eigentlich niemanden sehen. Aber falls es Leon ist? Verfluchte Hoffnung! Er ist es mit Sicherheit nicht. Ich ziehe mir die Decke über den Kopf und versuche, das nervige Geräusch auszublenden. Leon hätte sowieso einen Schlüssel. Das Piepen meines Handys zwingt mich dann doch dazu, meinen Kopf unter der Bettdecke hervorzuschieben. Es wäre ja doch möglich ... Immerhin eine Nachricht von Daniel:
›Beweg sofort deinen süßen Arsch aus dem Bett und mach die verdammte Tür auf!‹
Was? Das kann nicht sein!
Sofort renne ich zur Tür und reiße sie auf. Daniel steht vor mir und grinst mich breit an. Ich kann es gar nicht glauben! Er steht vor meiner Wohnungstür. Ich bin wie gelähmt. Wir haben uns noch nie getroffen, aber aus den stundenlangen Chats über Skype, habe ich ein ziemlich genaues Bild von ihm. Und jetzt steht er hier. In echt!

Sobald er mich sieht, lässt er seine Tasche fallen, stürzt sich auf mich, fällt mir um den Hals und dreht uns schwungvoll im Kreis. Dafür, dass er so zierlich ist, hat er ganz schön viel Kraft.
»Valentin! Wow! Ich hab gedacht, du bist viel kleiner!«, lacht er mich an.
»Ich dachte, du könntest ein bisschen Aufmunterung vertragen. Und da ich die nächsten Tage eh ein paar Besichtigungstermine hier habe, dachte ich, ich komm einfach schon ein bisschen früher und beehre dich mit meiner Anwesenheit. Ich hoffe, du nimmst mir das nicht übel und lässt mich bei dir pennen?«, sieht er mich von unten mit so einem herzerweichenden Hundeblick an. Wow! Ich bin immer noch ein bisschen geflasht. Aber jetzt klimpert Daniel so süß und unschuldig mit den Wimpern, dass ich einfach lachen muss. Ich nicke und er grinst mich zufrieden an. Mann ist das schön, ihn endlich richtig kennenzulernen! Ich weiß gar nicht, wieso wir das nicht schon früher gemacht haben. All meine Bedenken, dass es außerhalb des Chats doch irgendwie kompliziert werden könnte, hat Daniel mit einem warmen Lächeln weggewischt. Dann sieht er mitfühlend in mein verheultes Gesicht.
»Ist nicht gut gelaufen, mit Leon, oder?« Ich schüttele den Kopf und schreibe schnell auf meinem Handy, dass ich Leons Wagen gesehen habe, er eine Party feiert und dass ich jetzt ziemlich sicher sein kann, dass er nicht dasselbe für mich empfindet wie ich für ihn.
»Tut mir leid! Ich hätte dir das wirklich gegönnt«, guckt Daniel betreten auf den Boden. Entschlossen grinse ich ihn an. Vielleicht sieht es etwas gezwungen aus, aber ich will nicht deprimiert sein. Daniel ist hier! Das ist doch Wahnsinn! Ich freue mich riesig über seine Überraschung.

Dann zieht mich Daniel noch einmal in eine stürmische Umarmung.
»Hach Val, ich freu mich so, dich in echt zu sehen!«, strahlt er mich an und ich bin sicher, dass ich mindestens genauso strahle, trotz allem.
Wir gehen in mein Zimmer und Daniel wirft sich gleich aufs Bett und bietet mir den Platz neben sich an. Ich lege mich zu ihm und er greift nach meiner Hand und spielt mit meinen Fingern.
»Mein erster Besichtigungstermin ist übermorgen, Sonntag Nachmittag. Der Vermieter wohnt nicht in der Stadt und will dann gleich seine Mutter zum Kaffee besuchen. Vielleicht bringt er mir sogar ein Stück von ihrem berühmten Käsekuchen mit! Am Telefon klang er echt nett. Das wär so toll, wenn das mit der Wohnung klappt«, plappert Daniel drauf los.
»Das sind zwei kleine Zimmer aber mit einer großen Küche. Ideal für eine WG von zwei mittellosen Studenten. Die Wohnung gehört einem Bekannten von einem Kollegen meines Vaters. Der hat sich richtig ins Zeug gelegt, als er gehört hat, dass ich wegziehen will. Er hat mir sogar ganz großzügig den Flug bezahlt. Naja, immerhin hab ich so auch was von seiner väterlichen Inkompetenz. Die Chancen stehen also ganz gut, dass ich die Wohnung wirklich bekomme und dann zieh ich in deine Nähe. Ist gar nicht weit weg von hier.« Als wäre es das Normalste von der Welt, legt Daniel seinen Kopf auf meine Schulter und kuschelt sich an mich. Eigentlich stört mich das nicht, es fühlt sich ganz gut an, aber ich bin ein bisschen verunsichert. Daniel redet aber munter weiter und streichelt meinen Handrücken.

»Ich bin so aufgeregt. Ich muss mich von meiner besten Seite zeigen. Du musst mir unbedingt bei der Auswahl meines Outfits helfen. Zum Glück hab ich den Termin so schnell bekommen. Noch bevor irgendwo eine Anzeige geschaltet wurde. Dann kann mir keiner die Wohnung vor der Nase wegschnappen.« Dann sieht Daniel mich an und plötzlich scheint ihm aufzufallen, dass wir uns körperlich doch recht nah sind. Er wird ganz rot und zieht seine Hand weg.

»Oh, tut mir leid. Das passiert mir immer wieder. Aber gerade bei dir … ach keine Ahnung … ich hab einfach das Gefühl, dass wir uns schon ewig kennen. Das stimmt ja auch. Also nicht, dass du denkst, ich will dich vögeln oder so was. Ich hab dich lieb, aber du bist nicht so ganz mein Typ. Alles rein platonisch! Ich mag nur gern kuscheln«, lacht Daniel mich verlegen an und sieht dabei zu niedlich aus.

Erstaunlich, wie leicht es einigen Menschen fällt, klare Verhältnisse zu schaffen. Ich greife nach Daniels Hand, ziehe ihn wieder zu mir und drücke ihn fest an mich. Ich kuschel auch ganz gern, selbstverständlich auf eine unheimlich männliche Art und Weise. Ach was soll's. Ehrlich gesagt kann ich wirklich gerade ganz gut ein paar Streicheleinheiten vertragen.

»Hach Val! Du bist ein Schatz!«, kuschelt Daniel sich wieder an mich.

Und dann redet er einfach weiter, wie ein Wasserfall. Er erzählt mir alles, was gerade so in seinem Kopf vor sich geht. Aber es ist nicht so wie sonst, wo Leute krampfhaft versuchen, die Stille zu durchbrechen. Bei Daniel habe ich das Gefühl, dass er immer so ist. Das hat sich ja schon

beim Chatten angedeutet. Er redet einfach wahnsinnig viel und er kuschelt gern.
Ich bin unheimlich erleichtert. Es ist einfach toll mit ihm, ganz entspannt und irgendwie so herrlich unkompliziert. Ganz anders als mit Leon. Bei Daniel weiß ich ganz genau, woran ich bin. Er hat mich lieb! Ich ihn natürlich auch. Nach den vielen Gesprächen, die wir schon geführt haben und den privaten Problemen, denen wir uns fast immer gemeinsam gestellt haben, ist das ja auch kein Wunder. Niemand kennt mich so gut wie er und ich bin mir auch ganz sicher, dass niemand Daniel so gut kennt wie ich. Wir sind eben die besten Freunde, eigentlich sogar noch mehr als das, eher wie Brüder.
Daniel redet fröhlich weiter und ich mag es wirklich, ihm zuzuhören. Er hat so eine tolle Art an sich und wir kichern wie zwei pubertierende Schulmädchen. Okay, ich krächze oder gluckse eher, aber das scheint ihn nicht weiter zu irritieren.
Irgendwann knurrt mein Magen und ich will was bestellen, aber Daniel merkt gar nicht, dass ich ihm etwas mitteilen will. Gegen seinen Redefluss komm ich mit dem bisschen Winken nicht an. Also stürze ich mich lachend auf ihn und halte ihm den Mund zu!
»Val! Nicht doch!«, bekommt er einen Lachkrampf.
»Ist ja schon gut! Ich bin schon still!«, versucht er sich wieder zu beruhigen.
»Mann Val! Ganz ehrlich! Ich würde das nicht aushalten. Ich kann mir nicht mal vorstellen, wie das für dich sein muss. Ich hab schon große Mühe, nur mal fünf Minuten meine Klappe zu halten, aber du? Das ist echt bewundernswert!« Demonstrativ halte ich Daniel den Pizzaprospekt und den Telefonhörer vor die Nase. Sonst würde er

wohl vor lauter Reden auch noch verhungern. Daniel bestellt für uns, aber da es doch schon recht spät ist, muss er den armen Lieferanten überreden, noch einmal loszufahren. Und Überreden ist hier im wahrsten Sinne des Wortes zu verstehen. Daniel redet so lange auf ihn ein, bis er nachgibt und auf dem Heimweg noch zwei Pizzen bei uns vorbeibringt. Das geht dann auch wirklich schnell und wir belohnen den armen Kerl mit einem großzügigen Trinkgeld. Dann werfen wir einen Film rein und essen vor dem Fernseher.

Selbst beim Filmgucken kann Daniel nicht still sein. Er kommentiert jede Szene, macht ständig irgendwelche Witze und ich hab schon richtig Bauchschmerzen vor lauter Lachen. Nach dem Film fällt mir schlagartig ein, dass ich Leon ganz vergessen habe. Aber ich lasse mir jetzt nicht den Abend verderben und denke einfach nicht mehr an ihn. So! Leon wird schon wissen, was er tut. Und wenn er mich nicht in seinem Leben haben will, dann kann ich daran sowieso nicht viel ändern, indem ich ihn ständig nerve. Und dann rede ich mir auch noch ein, dass ich gar nicht mit ihm reden will. Er hat mich angelogen. Da muss er sich erst mal was einfallen lassen, um das wieder gutzumachen. Ich will ihm nicht nachlaufen und ich seh es auch nicht ein, dass er mir, so wie es ihm beliebt, auf der Nase herumtanzt. So! Wenn ich mir das nur immer wieder sage, dann glaube ich es irgendwann vielleicht.

Etwas später liegen Daniel und ich im Bett. Da Leon sowieso nicht da ist, seh ich auch keinen Grund, Daniel auf den Fußboden zu verfrachten. Der spielt wieder mit meinen Fingern. Eigentlich sucht er wirklich die ganze Zeit meine Nähe.

»Val, das mit Leon tut mir wirklich leid. Er hat dir gut getan. Du hast dich ganz schön verändert in den letzten Monaten. Du bist irgendwie erwachsen geworden und ich komm mir jetzt neben dir richtig jung und kindisch vor. Früher war das ganz anders. Da warst du ein ganz schöner Langweiler, der irgendwo in der Pubertät aufgehört hat, sich weiterzuentwickeln!«, lacht Daniel mich an und streckt mir die Zunge raus.

»Aber jetzt ... keine Ahnung ... jetzt hast du alles aufgeholt. Und auch, wenn ich Leon nicht so besonders mag, muss ich ihm wohl zugestehen, dass das zum Großteil sein Verdienst ist. Und dafür bin ich ihm dankbar. Es ist einfach großartig, dich jetzt so zu erleben. Ehrlich! Ich freu mich wirklich für dich! Aber wenn der Typ dir das Herz bricht, dann werd ich ihn verprügeln, ganz egal, dass der zwei Meter groß ist und bestimmt ne Tonne Muskelmasse vorweisen kann! Den mach ich so was von fertig!«, gibt Daniel mit fiesem Unterton zu bedenken. Ich muss lachen, dabei bin mir gerade auch gar nicht so sicher, ob Daniel das nicht doch ernst meint. Mich würde es nicht wundern.

Kapitel 22

Mitten in der Nacht wache ich auf. Daniel liegt halb auf mir und schmiegt sich wie eine kleine Katze an mich. Aus der Küche dringen gedämpfte Geräusche. Kann das wirklich Leon sein? Sonst hat ja niemand einen Schlüssel zu meiner Wohnung. Ganz vorsichtig winde ich mich unter Daniel hervor, den das gar nicht stört. Er macht so süße, schmatzende Geräusche und schläft einfach weiter.

In der Küche finde ich tatsächlich Leon! Ich kann es echt nicht glauben! Er sitzt im Dunkeln auf dem Boden und lehnt mit dem Rücken am Kühlschrank. Sein Gesicht ist von seinen Händen bedeckt. Irgendetwas stimmt doch nicht! Ist ihm schon wieder was passiert und er will sich bei mir ausheulen? Oh, so ein Mist! Ich weiß genau, dass ich sofort wieder schwach werden würde. Ich kann es einfach nicht ertragen, ihn so zu sehen. Langsam gehe ich zu ihm, hocke mich vor ihn und lege meine Hand auf seine Schulter. Als er seinen Kopf hebt, schlägt mir der Geruch von Rauch gemischt mit Alkohol und ein ziemlich frostiger Blick entgegen. Scheint ja auch für ihn ein netter Abend gewesen zu sein. Er ist nicht betrunken, aber es ist offensichtlich, dass er ein paar Bierchen hatte. Gab es schon wieder eine Party? Aber wieso sitzt er dann hier auf dem harten Küchenboden? Und wieso sind seine Hände mit Farbklecksen übersät? Leons Miene ist versteinert.
»Val, du solltest wieder zu deinem kleinen Freund ins Bett hüpfen! Der passt besser zu dir als so ein nichtsnutziger Schmarotzer wie ich! Hattet ihr ein Date? Konnte er dich in

ein teures Restaurant ausführen? Habt ihr ordentlich gevögelt? War er besser als ich?«, giftet Leon mich an. Überrascht sehe ich in sein Gesicht und schüttele empört mit dem Kopf. Leon sieht richtig fertig aus, so als würde er wieder zu wenig Schlaf bekommen. Ein resigniertes Seufzen kommt über seine Lippen.

»Ich habe es verbockt, richtig? Du hast mir so gefehlt und ich wollte doch nur … Fuck! Das sollte mich doch nicht so runterziehen!«, schimpft Leon mit sich selbst und wischt sich mit der grün bekleckssten Hand übers Gesicht. Ich wünschte, ich könnte ihn anschreien und ihm sagen, was für bescheuerte Ideen er hat. Er denkt doch nicht wirklich, ich würde ihn betrügen? Ich hätte nicht gedacht, dass Leon überhaupt wegen mir eifersüchtig werden könnte. Doch Leon ist richtig aufgebracht, steht hastig auf und schlägt mit der flachen Hand gegen die Wand.

»Verdammt Val! Ich dachte, wir wären uns einig! Ich dachte, du wolltest das auch. Und jetzt springst du mit dem erstbesten Typen einfach so ins Bett? Fuck! Und ich Idiot dachte wirklich, es könnte klappen! Ich hab gehofft, wir würden das irgendwie schaffen! Aber ich hätte nicht gedacht, dass ausgerechnet du derjenige bist, der …«, schreit er herum, läuft hektisch hin und her und ringt nach Worten. Ich stelle mich ihm in den Weg und will ihn aufhalten. Ich kann ihm das doch erklären, aber Leon ist so wütend und durcheinander. Er hat keine Geduld für ein Gespräch mit mir.

»Was Val? Hast du bloß jemanden gebraucht, der dir zeigt, wie man fickt? Verdammt Val! Es waren doch bloß zwei Nächte! Zwei beschissene Nächte, die ich nicht hier war und schon hast du dir einen anderen Kerl gekrallt? Hast du mit ihm auch so viel Spaß gehabt? Oder waren da sogar

noch mehr Typen? Bist du wieder in den Club gegangen und hast dich dank deines hübschen Gesichts durch die Massen gevögelt?«, schreit Leon mir entgegen und ich starre ihn fassungslos an. Ich kann einfach nicht glauben, dass Leon so sehr verletzt ist!
Und plötzlich steht Daniel in der Tür. Er funkelt Leon aggressiv an und sein Kopf ist ganz rot.
»Sag mal, hast du sie noch alle? Was bist du denn für ein Vollpfosten! Checkst du denn überhaupt nichts? Mann!«, faucht Daniel ihn an. Ich stelle mich zwischen die beiden und will Daniel irgendwie zum Schweigen bringen. Leon ist doch sowieso schon so wütend.
»Hach Val! Ist doch wahr! Der Typ hat doch Tomaten auf den Augen und ganz bestimmt nicht so einen Volltreffer wie dich verdient!«, sagt Daniel zu mir und wendet sich gleich wieder mit einem wilden Ausdruck in den Augen an Leon.
»Du hast doch überhaupt kein Recht, dich hier wie ein dämlicher Gorilla aufzuführen! Selbst so einen Dickschädel wie deinen kann man zur Abwechslung auch mal zum Denken benutzen!« Und dann landet Leons Faust in Daniels Gesicht! Jedenfalls fast. Kurz bevor Leon seine Wange trifft, bremst er abrupt ab, als hätte er sich plötzlich an der Luft verbrannt.
Leon wollte Daniel schlagen! Geschockt starre ich ihn an. Leon scheint selbst überrascht zu sein. Mit offenem Mund sieht er Daniel an, während er über seine Hand reibt. Ich reiße mich von seinem Anblick los und widme mich Daniel. Der ist ziemlich sauer und wirft mit Schimpfworten um sich. Leon stürmt hastig an mir vorbei und verlässt fluchend meine Wohnung.

Ich weiß nicht, was ich machen soll. Ich kann nicht glauben, was hier gerade passiert ist. Ich kann einfach nicht glauben, dass mein Leon so ausgetickt ist. Besorgt sehe ich zu Daniel, lege meine Hände an sein Gesicht und taste vorsichtig über seine Wange. Es sieht alles gut aus, man kann nichts erkennen. Dann verzieht sich sein Mund zu einem sanften Lächeln.

»Alles okay Val. So einen festen Schlag hat dein Gorilla auch wieder nicht. Und auch, wenn ich ziemlich süß bin, bin ich nicht aus Zucker.« Ich taste immer noch über seine Wange. Ich muss einfach sicher sein, dass nichts passiert ist. Das ist doch alles nur meine Schuld!

»Val, es ist wirklich okay. Ich glaub, in dem Moment, in dem er seine Hand gehoben hat, ist ihm selbst klar geworden, dass er Scheiße baut. Val! Ehrlich! Er hat mich nicht mal berührt. Siehst du?« Jetzt drückt Daniel kräftig auf der Stelle, wo Leon ihn fast getroffen hätte, herum und grinst dabei.

»Val! Beruhige dich! Es ist wirklich nicht so schlimm, wie es aussah. Ganz ehrlich. Er hat es gemerkt, bevor es zu spät war. Er hat mich nicht getroffen. Val! Verstehst du mich?«, redet Daniel auf mich ein.

Er umschließt meine Hände mit seinen und erst jetzt fällt mir auf, wie sehr ich zittere.

»Ganz ruhig, Valentin! Es ist alles in Ordnung! Bitte glaub mir das!«, versucht Daniel mich weiter zu besänftigen und zieht mich zum Bett.

Wir liegen schweigend nebeneinander und halten uns an den Händen. Oder besser gesagt: Ich halte mich an Daniel fest. Das ist alles zu viel für mich. Ich kann nicht mehr klar denken. Ich weiß nicht mehr, was ich fühlen soll. Ich will Leon nicht mehr lieben, aber ich kann nichts dagegen tun.

Und nachdem, was er hier eben für eine Show abgeliefert hat, habe ich deswegen jetzt ein verdammt schlechtes Gewissen.
»Val?«, fragt Daniel jetzt doch irgendwie ernst und ich sehe ihn an.
»Tut mir leid, dass ich Leon so provoziert habe. Ich hätte mich nicht einmischen dürfen. Ich konnte einfach nicht mit anhören, was er für eine Scheiße von sich gegeben hat. Aber besonders hilfreich war das von mir nicht gerade. Tut mir ehrlich leid!«, entschuldigt sich Daniel reumütig bei mir. Ich bin ihm doch gar nicht böse. Ich hätte Leon ja selbst gern mal meine Meinung gesagt. Daniel hat das zwar etwas blumig formuliert, aber im Großen und Ganzen hätte ich wohl ähnlich reagiert.
»Liebst du Leon? Ich meine so richtig?«, fragt Daniel mich. Ich nicke resigniert und er lächelt mich an.
»Hast du gehört, was er gesagt hat?«, fragt Daniel mit samtweicher Stimme. Ich weiß nicht genau, was er meint. Also ziehe ich eine Augenbraue hoch.
»Naja, er war extrem eifersüchtig auf mich und er hat doch gesagt, dass er dachte, das könnte wirklich funktionieren. Das mit euch beiden. Und du hast ihm gefehlt.« Ja, das hat Leon wirklich gesagt. Aber ich bin mir nicht sicher, ob das etwas zu bedeuten hat. Ich kann da jetzt nicht drüber nachdenken. Zu tief sitzt mir der Schock noch in den Knochen. Deshalb schüttele ich abwehrend den Kopf.
»Val! Ich geb ja zu, dass ich nicht besonders viel von Leon halte und das hat sich heute Nacht nicht gerade gebessert. Aber nach allem, was ich über ihn weiß, ist er gerade in einer absoluten Ausnahmesituation und du bist der einzige Mensch auf der Welt, dem er vertrauen konnte. Und dann

sieht er dich mit einem unfassbar heißen Typen wie mir im Bett!«, lacht Daniel mich an.
»Ich kann ein bisschen verstehen, wieso er da durchdreht. Und wenn er wirklich nichts mehr von dir wissen wollte, wieso sollte er dann mitten in der Nacht vor Sehnsucht nach dir nicht mehr schlafen können und sich in dein Bett schleichen wollen?«, sieht Daniel mich fragend an und tippt mit seinem Zeigefinger auf meine Brust.
»Ich sag ja nicht, dass du ihm einfach so verzeihen sollst. Sein Verhalten die letzten Tage und sein Auftritt heute Nacht waren wirklich nicht in Ordnung. Aber ich denke, du solltest einmal vernünftig mit ihm reden. Frag ihn, warum er tut, was er tut. Und wenn er keine gute Erklärung hat, dann kannst du ihn immer noch in den Wind schießen. Er ist doch auch nur ein Mensch. Ich weiß, dass du ihn für unfehlbar hältst, aber das ist er nicht. Er ist doch mindestens genauso unsicher wie du. Hast du ihn dir heute mal angesehen? Ich dachte echt, dein Superheld bricht gleich in Tränen aus. Das hat ihn ziemlich fertig gemacht. Vielleicht solltest du morgen mal mit ihm sprechen, wenn er sich etwas beruhigt hat. Ist da nicht diese Party? Das wäre die Gelegenheit, ihn auf neutralem Boden zur Rede zu stellen. Ich könnte mitkommen und dich im Auge behalten. Und wenn es hilft, dann kann ich ihm auch erklären, dass wir nur Freunde sind. Ganz wie du möchtest«, bietet Daniel an. Eigentlich will ich im Moment gar nichts mit Leon zu tun haben. Ach verdammt! Ich will nichts mit ihm zu tun haben wollen! Aber irgendwie hat Daniel recht. Wir müssen in Ruhe miteinander reden, also nicke ich zögerlich und Daniel grinst mich zufrieden an.
»Ach Val! Hast du die Farbflecken an seinen Händen gesehen? Und das Pflaster um seinen Finger? Man könnte

meinen, Leon sei unter die Handwerker gegangen. Was der wohl vorhat? Vielleicht bastelt er ja auch an einer Überraschung für dich?«, fragt Daniel und zwinkert mir verschwörerisch zu.

»Der Typ ist doch ganz offensichtlich verrückt nach dir! Er kann das nur nicht so zeigen. Wenn es dann aber so weit ist, will ich dein Trauzeuge sein, ja? Dann kann ich mich mal so richtig schick in Schale werfen! Und erst die Party! Magst du weiße Rosen? Oder lieber Rote?«, gluckst Daniel amüsiert vor sich hin und bringt mich wieder einmal in einer unmöglichen Situation zum Lachen.

Kapitel 23

Am nächsten Abend stehen Daniel und ich vor dem Spiegel. Leon scheint ihn wirklich nicht getroffen zu haben, denn auch heute ist nicht mal ein blauer Fleck zu sehen, der Daniels süßes Gesicht verunstaltet. Ich bin jetzt doch ein bisschen erleichtert. Ich mag Daniel wirklich. Er ist wie der personifizierte Sonnenschein. Wenn er nicht hier wäre, würde ich nur noch heulen und mich im Bett verkriechen. Aber Daniel schafft es irgendwie, mich sogar jetzt zum Lachen zu bringen. Ich könnte ihn echt knutschen, weil er so ein wunderbarer Mensch ist. Und das mache ich auch. Fest presse ich ihm meine Lippen auf die Wange und er lacht mich strahlend an.
»Ach Val! Schon gut!«, sagt er etwas verlegen und ich denke, er versteht, was das hier alles für mich bedeutet.
»Leon hat sich im Laufe des Tages bestimmt beruhigt und sollte er heute doch nicht da sein, dann gehen wir morgen zu ihm, okay? Ich bin mir sicher, dass ihr beide das hinbekommt. Und dann will ich jedem Einzelnen von Leons muskelbepackten Freunden vorgestellt werden!«, schlägt Daniel fröhlich vor und zwinkert mir zu.
»Schau mal, Valentin!«, seufzt Daniel, legt seinen Arm um meine Taille und positioniert uns beide vor dem großen Spiegel.
»Wir zwei sehen heute umwerfend gut aus. Und selbst wenn Leon nicht checkt, wie dämlich er sich benimmt, dann werden wir trotzdem einen zauberhaften Abend haben!« Ich stimme ihm grinsend zu, denn ich habe es wirklich satt, schlecht gelaunt zu sein. Naja, das winzige

Fünkchen Hoffnung, das da in mir brodelt, tut sein Übriges dazu.

Erst als wir den Club betreten, überkommt mich doch so ein mulmiges Gefühl. Aber ich versuche mich daran zu erinnern, dass wir hier sind, um zu reden. Schlimmer als jetzt kann es doch sowieso nicht mehr werden.
Doch! Kann es! Sobald ich Leon entdecke, muss ich mit ansehen, wie er einem Typen einen Kuss gibt. Und das ist nicht irgendein Typ. Das ist so ein Leontyp, nur ein bisschen älter und irgendwie böser. Schwarze Lederjacke, perfekte Muskeln, breite Schultern und bestimmt zwei Meter groß. Daniel neben mir schnappt hörbar nach Luft. Klar, dass er auf den Bad Boy Typen abfährt. Der entspricht genau seinem Beuteschema. Aber sogar ich muss zugeben, dass der wirklich verboten heiß ist. Umso schlimmer ist es für mich, zu sehen wie vertraut Leon mit ihm umgeht.
Als er mich entdeckt, geht ein kurzer Ruck durch seinen Körper, dann setzt er so ein fieses Grinsen auf und drückt seine Lippen demonstrativ auf die des anderen Kerls. Nein! Das muss ich mir nicht antun. Aber Daniel hindert mich daran, jetzt einfach zu verschwinden und zieht mich stattdessen unnachgiebig zu den beiden.
Der Bad Boy Typ schiebt Leon irritiert zur Seite und sieht in unsere Richtung. Dann lacht er auf, wirft Leon einen missbilligenden Blick zu, lässt ihn einfach stehen und geht zu seinen Freunden.

War das etwa nur eine Inszenierung, um mich zu verletzen? Hat super geklappt. Ich halte die ganze Aktion plötzlich für eine ziemlich beschissene Idee. Hier im Club zu reden ist doch echt dämlich. Aber zu ihm nach Hause hätte ich auch nicht gehen wollen. Und ob Leon zu mir gekommen wäre, ist auch fraglich. Das hat doch alles keinen Sinn mehr. Wenn Leon wirklich etwas für mich empfinden würde, dann hätte er sich doch anders verhalten. Ich will mich wegdrehen und wie ein Hasenfuß von hier verschwinden, aber ich werde energisch von Daniel am Arm gepackt.

»Das ist doch jetzt nicht euer Ernst!«, schreit er erstaunlich laut durch den Club.

»Ihr zwei kommt jetzt mit und redet! Das ist ja schlimmer als im Kindergarten!« Damit packt Daniel auch Leon am Arm und zieht uns in die Toilette. Alle anderen schmeißt er einfach raus. Wow! Der kleine Daniel läuft zur Höchstform auf. Er ist richtig wütend, stemmt die Hände in die Hüften und zieht seine Augenbrauen gefährlich zusammen.

»Was soll der Mist?«, fragt Leon entrüstet nach.

»Das solltest du doch wissen! Wie kann man eigentlich so blöd sein? Du weißt doch ganz genau, dass Val dich nicht anschreien kann. Wenn du so eine Scheiße laberst wie gestern Nacht, dann kann er dich nicht anschnauzen, dass du totalen Bockmist erzählst! Verdammt Leon! Wie kann man nur so ein Idiot sein? Unfassbar!« Dabei baut sich Daniel schnaubend vor Leon auf und, obwohl er sehr viel kleiner ist und nur halb so breit, zuckt Leon ein wenig zusammen. Aber Daniel lässt sich nicht beirren und redet weiter auf ihn ein.

»Anstatt hier doof rumzustehen und blöd aus der Wäsche zu gucken, solltest du dich vielleicht bei Val entschuldigen! Er hat so viel für dich getan, als niemand anderes für dich da war und sobald du ihn nicht mehr brauchst, lässt du ihn fallen wie eine heiße Kartoffel? Du lügst ihm vor, dass du

noch bei deinen Eltern bleiben musst, obwohl du schon lange zurück in deiner Luxusherberge bist! Hast du überhaupt die leiseste Ahnung, was für Sorgen er sich wegen dir gemacht hat? Hätte ja auch sein können, dass dich dein Vater irgendwo im Wald verscharrt! Val war so fertig wegen dir und du hast dich einen Scheiß darum gekümmert. Er brauchte jemanden zum Reden, deshalb hab ich ihn besucht. Und du dämlicher Kerl hast nichts Besseres zu tun, als voreilige Schlüsse zu ziehen und herum zu blöken, ohne Val die Chance zu geben, etwas zu erklären? Und dann wirfst du dich gleich dem nächstbesten, wenn auch zugegebenermaßen verdammt heißen, Typen an den Hals? Du hast jemanden wie Val ganz sicher nicht verdient und ich versteh beim besten Willen nicht, was er an dir findet. So wie du ihn behandelst, ist es ein Wunder, dass er überhaupt noch in Erwägung zieht, mit dir zu reden!«
Dann ist Daniel endlich still. Wow! Er muss ja auch mal Luft holen. Leon ist auch still und ich trau mich kaum, ihn anzusehen. Denn ich fürchte, dass er jetzt endgültig ausrastet. Eigentlich will ich ihn auch nicht mehr ansehen, denn ehrlich gesagt hat Daniel recht. Es mag sein, dass Leon mir gut getan hat, aber jetzt geht das eindeutig zu weit. Ich muss mir diesen Mist doch auch nicht gefallen lassen. Und allein, dass ich hier bin, beweist doch nur, dass ich ihm schon wieder nachlaufe wie ein treudoofes Hündchen. Leon hat mich schon viel zu lange hingehalten. Er mag mich vielleicht. Vielleicht ist er auch wirklich scharf auf mich, aber mehr wird es nie sein. Sonst würde er sich doch ganz anders verhalten. Und wenn ich ihm noch länger hinterherdackele, wird es nur noch schlimmer für mich.

Aber Leon sieht gar nicht wütend aus, eher ziemlich geschockt und dann wandelt sich sein Gesichtsausdruck zu traurig und irgendwie reumütig.
»Du bist Daniel?«, scheint er so langsam zu begreifen, wie falsch er mit seiner Fremdgehvermutung lag.
»Val, es tut mir leid! Ich hab das gestern nicht so gemeint. Ich konnte doch nicht wissen, dass es Daniel ist«, höre ich Leon sagen. Man kann richtig sehen, wie sich seine Gedanken überschlagen. Hat er wirklich gedacht, ich würde ihn so schnell betrügen? Wir hatten uns doch geeinigt, dass wir uns mit niemand anderem treffen. Und dass ich nicht unbedingt glücklich darüber bin, wenn er sich plötzlich nicht bei mir meldet, muss ihm doch auch klar gewesen sein. Wieso sieht er dann aus, als hätte er erst jetzt so eine Art Geistesblitz bekommen? So blind kann er doch auch nicht sein. Er weiß doch, wie viel er mir bedeutet. Aber es interessiert ihn nicht. Sein Blick hält mich gefangen, aber ich will seine fadenscheinigen Ausreden gar nicht hören. Ich will nicht wieder nachgeben und das Unweigerliche nur noch etwas hinauszögern. Mit jedem Mal, dass ich mir Hoffnungen mache, die dann sofort wieder zerschlagen werden, tut es mehr weh.

Leon setzt erneut an, um zu sprechen, aber ich halte mir einfach die Ohren zu. So kann ich nur seinen verzweifelten Gesichtsausdruck sehen, wenn mich seine Lippen anflehen, ihm zuzuhören. Ich sollte einfach gehen, aber ich kann mich nicht rühren. Ich schaffe es nicht einmal, meinen Blick von Leon abzuwenden. Ich muss ihn einfach ansehen. Wenn ich jetzt gehe, wäre es endgültig vorbei und ich habe schreckliche Angst vor endgültig. Ich wünschte mir wirklich, dass ich ein bisschen konsequenter wäre. Leon sieht mich so bittend an, aber ich schüttele nur mechanisch den Kopf, was ihm den Rest zu geben scheint. Hoffnungslos sackt er in sich zusammen und ich kämpfe den Drang nieder, ihn zu trösten.

Aber dann hebt Leon seinen Arm. Ganz langsam hält er mir seine Handinnenfläche entgegen. Die Finger auseinander gestreckt und dann tut er das Unfassbare! Er knickt den Mittel- und den Ringfinger ein und mir bleibt die Luft weg.
Was für andere aussehen mag, als sei Leon unter die Metalfans gegangen, hat für mich eine ganz andere Bedeutung und erschüttert meine kleine Welt. Ich kann genug Gebärdensprache, um ihn zu verstehen. Das Handzeichen bedeutet ›Ich liebe dich!‹

Langsam sinken meine Arme nach unten und mit offenem Mund starre ich Leon an. Unfähig irgendetwas zu tun.
»Val! Bitte! Ich … ich bin so ein Idiot! Ich hatte das doch alles ganz anders geplant. Ich wollte dich überraschen! Ich dachte, wenn du glaubst, dass ich nicht hier bin, dann wirst du nicht misstrauisch. Sonst hätte ich mir irgendeine andere Ausrede einfallen lassen müssen. Aber ich Trottel habe nicht darüber nachgedacht, wie das bei dir ankommt. Ich wollte dir doch beweisen, dass ich auch … Mir ist alles über den Kopf gewachsen und ich habe es mal wieder total vermasselt.« Leon versucht ruhig zu bleiben, aber seine Stimme zittert und er spricht viel zu schnell. Mit traurigem Blick sieht er mich an und seufzt tief. Dann fährt er etwas langsamer fort:
»Bitte Val! Ich will nur ein Date mit dir, ein richtiges Date. Unser Erstes. Dann kann ich dir alles erklären. Morgen

Abend! Bis dahin werde ich irgendwie fertig.« Hoffnungsvoll sieht er mich an und knetet nervös seine Hände. Ich weiß nicht, was ich machen soll. Zu viel wirbelt gerade durcheinander. Ich möchte Leon in den Arm nehmen, ihn anschreien, ihn küssen und ihm wütend die Meinung geigen, am liebsten alles gleichzeitig. Also tue ich gar nichts.

»Ich schulde dir dieses Date. Das hatte ich dir doch versprochen, bevor ich losgefahren bin. Val! Ich liebe dich!«, fügt er noch vollkommen ernst hinzu. Er hat es gesagt, laut und sogar in Gebärdensprache. Und plötzlich wird mir bewusst, dass er das nicht einfach so wissen kann. Er muss sich dieses Symbol schon vorher im Internet oder sonst wo rausgesucht haben. Eine Geste, die für die drei Buchstaben, I L Y steht. Das gehört nicht unbedingt zur Allgemeinbildung. Leon hat sich bewusst informiert, um mir das sagen zu können. Er konnte ja noch nicht einmal wissen, dass ich heute Abend hier auftauche. Das ist es doch, was ich die ganze Zeit wollte. Und mit aller Macht greift wieder diese Hoffnung nach mir. Was wäre, wenn er es ernst meint? Wenn er sich wirklich in mich verliebt hat? Was wäre denn, wenn er sogar eine gute Erklärung für sein Verhalten hat? Und ehe ich noch weiter grübeln kann, nicke ich ihm zu und bestätige unsere Verabredung.

Atemlos stürmt Leon auf mich zu und fällt mir um den Hals. »Morgen Abend? Ich hol dich um sieben ab?«, freut er sich und die Erleichterung ist deutlich aus seiner Stimme herauszuhören. Ich nicke wieder und Leon drückt mich noch einmal fest an sich. Ein gutes Gefühl, seinen Duft wieder einatmen zu können und seine Wärme zu spüren.

Er fehlt mir so sehr, dabei war er doch nicht mal drei ganze Tage weg.

»Ich muss jetzt gehen. Ich hab morgen früh noch einen Termin«, will sich Leon von uns verabschieden und ist ganz hektisch. Aber mein irritierter Blick lässt ihn noch eine Erklärung dazu fügen.

»Oh, das ist Pauls Schuld! Er hat das mit der Farbe nicht hinbekommen, obwohl er meinte, das sei seine Spezialfähigkeit«, dabei rollt Leon genervt mit den Augen und macht mit seinen Finger Gänsefüßchen in der Luft.

»Ich hab jetzt aber einen Maler aufgetrieben, der gegen einen ordentlichen Zuschlag auch am Sonntag arbeitet«, erklärt Leon ohne wirklich etwas zu verraten und bemerkt natürlich meine Verunsicherung.

»Ja, ich weiß! Aber es sollte doch eine Überraschung werden. Ich hab sowieso schon zu viel verraten. Ich hoffe echt, dass dir meine Idee gefällt. Aber das erklär ich dir alles morgen Abend. Ich muss jetzt los, sonst bin ich bis dahin nicht fertig. Ich war eigentlich auch nur kurz hier, um mit Stefan zu reden und Matze zu gratulieren.« Dann scheint ihm wieder etwas einzufallen und ein Hauch Röte färbt seine Wangen.

»Oh, der Kuss vorhin, mit Stefan …«, stammelt Leon ganz verlegen, »das hatte nichts zu bedeuten. Ich wollte nur … Ich dachte doch, dass du und Daniel … Da war gar nichts, ehrlich!« Leon sieht richtig süß aus, wenn er so unsicher ist und ich kann gar nicht anders, als ihn anzulächeln. Sofort schließen sich Leons Arme wieder um mich und drücken mich an seinen harten Körper.

»Es tut mir alles so leid, Val! Ich erklär dir morgen Abend alles ganz in Ruhe«, flüstert Leon und ein unbestimmtes Kribbeln durchflutet mich.

»Bis morgen!«, verabschiedet er sich und gibt mir einen keuschen Kuss auf die Wange. Kurz bin ich versucht, ihn festzuhalten und mir einen richtigen Kuss zu stehlen, aber ich reiße mich zusammen. Morgen! Morgen Abend bekomme ich mein Date und einen richtigen Kuss.
Dann überrascht Leon mich schon wieder, indem er direkt auf Daniel zugeht. Der hat sich wirklich nicht mehr gerührt und kein Wort gesagt, damit Leon und ich in Ruhe reden können. Das hat ihm bestimmt Einiges abverlangt. Leon entschuldigt sich bei Daniel für seinen Ausbruch letzte Nacht. Aber als Daniel ihm um den Hals fällt und ihm auch einen Kuss auf die Wange gibt, ist er doch ein bisschen irritiert und sein Blick richtet sich kurz Hilfe suchend auf mich. Ich zwinkere ihm zu und zucke mit den Schultern. Und dann lächelt Leon sein Wahnsinns-Leon-Lächeln und drückt Daniel kurz an sich. Der scheint zufrieden damit und lässt ihn endlich wieder los. Leon winkt mir noch einmal zu und wünscht uns für heute Abend noch viel Spaß, bevor er den Club verlässt.

Ich bin jetzt erst so richtig aufgedreht, nicht wesentlich schlauer als vor dem Gespräch mit Leon, aber irgendwie ist jetzt doch alles anders. Er wollte mich überraschen? Mit was? Und wieso? Ich habe den Verdacht, dass Leon gestern doch keine Party gefeiert hat. Er und seine Jungs haben irgendetwas anderes getan. Mit Farbe. Vielleicht hat Leon seine Wohnung renoviert, jetzt, wo sie ihm gehört? Wieso macht er dann aber so ein Geheimnis daraus? Ich hätte ja auch helfen können. Ich habe echt keine Ahnung, was das zu bedeuten hat. Und schon gar nicht, was das mit mir zu tun haben soll und warum er mir nichts gesagt hat. Aber gut, dann gedulde ich mich eben noch bis morgen.

Daniel legt grinsend seinen Arm um mich und zieht mich auf die Tanzfläche.
»Na los Val! Lass uns die Hüften schwingen! So wie du gerade strahlst, ist an Schlafengehen doch eh nicht zu denken!« Da hat er recht! Wir zwängen uns durch die Massen und tanzen ausgelassen. Das habe ich schon ewig nicht mehr gemacht. Wir haben richtig Spaß. Ich habe nicht mal Zeit zum Grübeln, weil wir ständig mit irgendwelchen Leuten reden müssen. Daniel zieht die Aufmerksamkeit auf sich und wird von einigen jungen Männern angesprochen. Für einen Moment hatte ich ein bisschen Schiss, dass er vielleicht mit so einem Typen im Darkroom verschwindet, aber Daniel wimmelt alle freundlich ab und hält sogar mir den Rücken frei. Keine Ahnung, wie er das alles schafft, aber es scheint ihn nicht im Geringsten zu stören. Dabei ist mir natürlich nicht entgangen, dass Daniel den Typen, den Leon vorhin noch geküsst hat, anschmachtet. Stefan, hat Leon doch gesagt. Aber der scheint keinerlei Interesse an ihm zu haben und verschwindet mit einem in Leder gekleideten Muskeltypen in einem Hinterzimmer. Aber Daniel wäre nicht Daniel, wenn er sich davon die gute Laune verderben lassen würde. Er singt ziemlich schief, dafür aber sehr laut jeden einzelnen Song mit. Genau wie alle anderen. Und ich mittendrin. Wir tanzen mit allen um uns herum und wagen sogar ein paar heiße Posen, die von den Umstehenden bejubelt werden. Ich habe Spaß in einem überfüllten Club und flirte ein wenig mit wildfremden Männern. Es ist einfach großartig!

Nach zwei Stunden auf der Tanzfläche bin ich durchgeschwitzt, aber glücklich. Leon hat gesagt, dass er mich liebt. Sobald ich daran denke, ziehen sich ganz automatisch meine Mundwinkel nach oben. Und Daniel freut sich mit mir. Natürlich weiß er ganz genau, was in mir vor sich geht. Ihm muss ich gar nichts erklären. Wir gehen noch an die Bar und Daniel bestellt uns zwei rosafarbene Getränke. Er steht total auf diese klebrigen Drinks. Und eigentlich schmecken die auch ganz lecker, so zwischendurch. Sonst bevorzuge ich eher ein Bier.
Neben uns stehen zwei niedliche Jungs in Daniels Alter und er prostet ihnen gleich zu. Die beiden sind ein wenig schüchtern, aber Daniel verwickelt sie gleich in ein Gespräch und wir verbringen den Rest der Nacht lachend mit den beiden. Wahnsinn, wie schnell das bei ihm geht. Dabei ist es nicht mal eine billige Anmache! Nein! Daniel kommt einfach so mit den Leuten ins Gespräch und findet schnell einen riesigen Haufen Freunde. Als es draußen schon langsam hell wird, verabschieden wir uns und tauschen unsere Nummern, um mal zusammen schwimmen zu gehen. Kein Doppeldate oder so was, einfach nur schwimmen. Die beiden Jungs fangen nämlich auch im kommenden Semester hier an der Uni an und kennen noch niemanden in der Stadt. Ist doch unglaublich! Das Semester hat noch nicht einmal angefangen, da hat Daniel schon die ersten Freundschaften geschlossen. Er ist wirklich eine beeindruckende Persönlichkeit.

Begleitet vom morgendlichen Vogelgezwitscher kommen wir in meiner Wohnung an und ich will mir nur noch schnell eine kalte Wasserflasche aus dem Kühlschrank holen, als mir dort vier Flaschen rosafarbenes Blubberwasser ins Auge springen. Und im Gefrierfach sind drei große Packungen Eiscreme. Schoko mit flüssiger Karamellfüllung, Erdbeere mit Vanille inklusive Schokoherzchen und Schokoeis mit Schokostückchen und Schokosoße. Daniel! Und schon taucht er hinter mir auf.

»Das war nur zur Sicherheit, falls es nicht so gut läuft«, erklärt er und umarmt mich von hinten.

»Aber ich bin echt froh, dass wir den Süßkram nicht brauchen. Leon ist eigentlich doch nicht so übel. Er hat sich sogar bei mir entschuldigt. Ich glaube, er gibt sich wirklich Mühe, aber ihm fehlt noch ein bisschen Übung!«, macht sich Daniel mit Oberlehrerbetonung ein wenig über Leon lustig.

Ich kann gar nicht glauben, was für ein riesiges Glück ich habe. Daniel ist der beste Freund, den man sich wünschen kann. Ich drehe mich zu ihm und drücke ihn ganz fest an mich. Und es fühlt sich toll an. Ganz anders als mit Leon, aber auch wunderschön. Daniel duftet sogar ein bisschen nach Vanille. Die beiden sind so unterschiedlich wie Tag und Nacht. Daniel fühlt sich für mich wie Nachhausekommen an, wie ein Teil meiner Familie. Bei Leon ist es eher eine aufregende Achterbahnfahrt oder wie Schaukeln mit ganz viel Kribbeln im Bauch.

»Ist ja schon gut Val!«, lacht Daniel auf und schnappt geräuschvoll nach Luft. Ich hab es wohl etwas übertrieben.

»Sag mal, eigentlich kann man den Süßkram doch auch essen, wenn man gut drauf ist? Oder bist du schon müde?«, fragt Daniel mich und leckt sich wie ein kleines Kind beim Anblick eines riesigen Lollis über die Lippen. Er ist so niedlich! Und gerade jetzt sieht er wirklich noch sehr jung aus. Also greife ich nach einer rosa Flasche und nehme eine Packung Schokoeis heraus und wir legen uns ins Bett, stopfen uns mit ungesundem Zeug voll und erzählen noch.

Daniel schwärmt mir von Stefan, dem Bad Boy, vor. Unglaublich, was ihm alles an ihm aufgefallen ist. Ich geb ja zu, dass er wirklich wahnsinnig gut aussieht, aber meine Gedanken waren dann doch eher bei Leon. Ich muss Daniel versprechen, dass ich herausfinde, wer Stefan ist. Er will seinen ganzen Lebenslauf mit allen schmutzigen Details. Er fragt mir richtig Löcher in den Bauch, aber viel kann ich ihm auch nicht erzählen. Der einzige Stefan, von dem ich gehört habe, ist der, den Leon feuern musste, weil sein Vater es so wollte. Der hat irgendwelche Flyer oder Werbeanzeigen für die Firma von Leons Vater gemacht. Aber ich weiß nicht, ob das der Selbe wie vorhin im Club war. Allerdings wäre das ein guter Grund für Leon, mit ihm zu reden. Mit diesen Informationen gibt sich Daniel erst einmal zufrieden und lässt sich eine Weile vertrösten. Aber ich bin mir sicher, dass Daniel leise Stefans Namen murmelt, kurz bevor er einschläft.

Kapitel 24

Am nächsten Nachmittag, also kurz nach dem ersten Kaffee, suchen Daniel und ich unsere Outfits zusammen. Er für seine Wohnungsbesichtigung und ich für mein Date mit Leon. Mein erstes Date überhaupt! Ich bin so wahnsinnig aufgeregt und renne hibbelig durch mein Zimmer, während ich mich schon zum zwanzigsten Mal umziehe. Daniel ist aber auch nicht viel besser als ich. Er will diese Wohnung unbedingt haben und ich würde mich natürlich auch riesig freuen, wenn das klappt.
»Val! Ich bin so aufgeregt! Fast so sehr wie du!«, lacht Daniel mich an und reicht mir ein dunkelblaues Hemd, das ich noch anprobieren soll. Das hatte ich schon ganz vergessen und ich weiß nicht, wie Daniel dieses Teil aus den Tiefen meines Kleiderschrankes ans Tageslicht befördert hat. Aber es steht mir richtig gut. Er hat ein Händchen für so was. Ob Leon mein Outfit auch gefällt?
Er hat gesagt, dass er mich liebt. Das ist mir erst so richtig bewusst geworden, als wir wieder zu Hause waren. Und jetzt kribbelt alles in mir und ich schwanke ständig zwischen Angst, Euphorie und Hoffnung hin und her. Leons Erklärung für sein merkwürdiges Verhalten interessiert mich ja schon. Schließlich hat er mich angelogen. Und diese angebliche Überraschung verwirrt mich mit jeder Sekunde mehr, die ich darüber nachdenke.
Bevor Daniel zu seiner Besichtigung losgeht, drückt er mich fest an sich.
»Val! Ich hoffe so, dass alles gut wird! Viel Glück heute Abend! Aber wenn Leon wieder Mist baut, dann lass ihn

einfach stehen und komm nach Hause. Ich werde hier auf dich warten. Prosecco und Eiscreme sind auch noch genug da. Und wenn ich dich irgendwo abholen soll, dann schreib mir einfach, egal wie spät es ist, okay?«, bietet Daniel mir an und sammelt einen hellen Fussel von meinem Kragen. Dankbar nicke ich ihm zu. Es ist schon irgendwie beruhigend, dass ich weiß, dass ich nicht allein sein muss, egal wie es heute läuft.
»Oh, Val! Du siehst absolut heiß aus! Ausgeschlossen, dass Leon dich nicht sofort vernaschen will. Ich bin sicher, dass du heute Abend gar nicht mehr nach Hause kommst!«, zwinkert er mir zu. Ich wünsche Daniel auch noch viel Glück für seine Besichtigung und dann lässt er mich allein.

Ich habe noch etwas Zeit, bis Leon mich abholt. Keine Ahnung, was ich machen soll. Nervös laufe ich auf und ab und versuche mich irgendwie abzulenken. Es hängt so viel von diesem Date ab. Vielleicht hätten wir einfach so reden und nicht so ein riesen Ding daraus machen sollen. Ich weiß nicht, ob ich das durchstehe. Und falls wir irgendwo was essen gehen, dann bekomm ich ganz sicher keinen Bissen herunter. Grübelnd stehe ich am Fenster und sehe auf die Straße. Ein ganz normaler Abend, zumindest für all die Menschen da unten. Keiner von denen sieht so nervös aus, wie ich mich fühle. Keiner, bis auf einen. Leon! Er wollte doch erst in einer halben Stunde hier sein. Aber da unten steht schon sein Wagen und er läuft hektisch die Straße auf und ab und studiert die Auslagen in den wenigen Schaufenstern ganz genau. Wusste nicht, dass er sich für Briefmarken und Münzen interessiert, aber vor dem Laden bleibt er besonders lange stehen. Ist er wirklich

auch so nervös, wie ich? Hat er die Warterei nicht mehr ausgehalten und ist schon viel zu früh losgefahren? Jetzt steht er ratlos vor seinem Auto und fährt sich durch die Haare. Sogar von hier aus kann ich sehen, wie er schnauft. Dann scheint er einen Entschluss zu fassen und geht zielstrebig auf meinen Hauseingang zu. Mein Herz beginnt sofort, heftig zu pochen. Dann klingelt es und für einen kurzen Moment erstarre ich. Oh Mist! Wie soll ich das nur aushalten. Ich bin so schrecklich angespannt.
Dann öffne ich die Tür und Leon scheint es wirklich nicht besser zu gehen als mir. Merkwürdigerweise beruhigt mich das ein wenig. Ich fühle mich immer noch wohl in seiner Gegenwart. Aber ich fürchte, dass ich auf ihn nicht dieselbe Wirkung habe. Leon schaut unruhig hin und her, in meine Augen und gleich wieder weg.
»Val!«, bringt er endlich hervor und ich bin ganz froh, dass er nicht von mir erwartet, etwas ähnlich Sinnvolles zu sagen.
»Val! Ich bin zu früh, aber ich war zufällig in der Gegend. Du siehst toll aus!«, stammelt er nervös und ich muss über seine offensichtliche Ausrede schmunzeln. Das passt doch eigentlich nicht zu ihm, aber ich glaube, die Ereignisse der letzten Wochen und Monate haben ganz schön an seinem Selbstbewusstsein gezehrt. Irgendwie hat sich unser Verhältnis geändert, fast schon umgekehrt. Leon ist jetzt derjenige, der verunsichert zu mir sieht. Er ist derjenige, der nicht so recht weiß, was er machen soll. Ich kann mich noch ganz genau daran erinnern, wie es mir bei unseren ersten Begegnungen ging und Leon sieht jetzt genauso aus, wie ich mich damals gefühlt habe.
Also nehme ich einfach meine Jacke vom Haken und gehe zu Leon. Er weiß nicht, wie er mich begrüßen soll. Wäre

eine Umarmung angemessen für ein erstes Date? Hände schütteln? Ach, das ist doch albern. Wir kennen uns doch. Und auch, wenn das unser erstes richtiges Date ist, muss es doch nicht so verkrampft sein. Aber ich verstehe Leon. Er hat einfach Angst irgendetwas falsch zu machen, genau wie ich bei fast all unseren Treffen. Ich nehme ihn einfach in den Arm und drücke ihm einen zarten Kuss auf die Wange.
»Val!«, flüstert Leon erleichtert an meinem Ohr und zerquetscht mich fast, als er seine Arme um mich schlingt.
Gemeinsam gehen wir nach unten und Leon hält mir sogar mit einer formvollendeten Verbeugung die Beifahrertür auf. Ich grinse ihn an und dann ist es wieder da, nicht so selbstbewusst wie sonst, aber genauso liebenswert, Leons Lächeln.
Die Fahrt über bleibt Leon still, aber es ist ihm deutlich anzusehen, dass er immer noch so richtig nervös ist. Ich bin echt gespannt, was er mit mir vorhat. Der Strecke nach zu urteilen, die wir fahren, geht es zu ihm nach Hause. Also kein neutraler Boden. Aber vielleicht ist das ganz gut so. Zu viel Publikum bei ernsten Gesprächen ist bestimmt auch nicht so toll.

Als wir ankommen, eilt Leon wieder auf meine Seite und öffnet mir die Autotür. Er scheint heute einen auf Gentleman machen zu wollen, ganz stilecht. Ich mache dann auch einen Knicks, als ich aussteige und damit bringe ich ihn tatsächlich zum Lachen. Seine immense Anspannung lässt ein klein wenig nach, nur um dann in seiner Wohnung sofort wieder geballt auf Leon einzustürzen.

»Ich hab was gekocht und warm gestellt. Vielleicht sollten wir dann erst essen?«, fragt er unsicher. Ich nicke vorsichtig, denn eigentlich habe ich keinen Appetit.
»Okay, dann setzt dich doch schon mal ins Wohnzimmer! Ich bringe dann alles rein«, fordert Leon mich mit einem steifen Lächeln auf. Ich spare mir die Frage, ob ich ihm helfen soll, da ich mir sicher bin, dass Leon mir das heute sowieso nicht erlauben würde. Ich gehe also ins Wohnzimmer, dankbar, dass ich etwas durchatmen kann.
Irgendwie sieht Leons Wohnung anders aus, als ich sie in Erinnerung hatte. Ich war ja bei unseren Nachhilfestunden schon mal hier, aber das kommt mir vor, als wäre es schon eine Ewigkeit her. Dennoch bin ich mir ziemlich sicher, dass diese große Tafel, die jetzt im Wohnzimmer hängt, früher nicht hier war. Sogar Kreide und ein Tafelwischer sind da. Sieht alles noch ganz neu und unbenutzt aus. Ist eigentlich `ne tolle Idee. Da hätte ich auch selbst schon mal drauf kommen können. So könnte ich ja viel leichter kommunizieren, ohne ständig einen Zettel und einen Stift parat zu haben. Obwohl ich ja bisher auch nicht so viel Besuch zu Hause hatte, als dass das helfen würde. Für unterwegs ist das ja auch keine Lösung. Aber wozu braucht Leon so eine Tafel?
Er hantiert immer noch in der Küche herum. Ab und zu scheppert es laut und ich fürchte, dass Leon mit einigen Problemen zu kämpfen hat. Hat er wirklich selbst etwas gekocht? Ich wusste nicht, dass er das kann. Ein paar Minuten später kommt Leon mit dem Essen rein und präsentiert so eine Art Auflauf. Das ist definitiv selbst gekocht. Wahrscheinlich schmeckt es besser als es aussieht.

Tut es ehrlich gesagt nicht und es fällt mir echt schwer, mir nichts anmerken zu lassen. Dass Leon mich gebannt beobachtet, hilft mir auch nicht gerade.
»Und? Schmeckt es?«, fragt er und hält gespannt den Atem an. Uff! Ich nicke und versuche mich in einem Lächeln. Zufrieden widmet Leon sich seinem Teller. Als er den ersten Bissen in seinen Mund schiebt, entgleisen seine Gesichtszüge.
»Fuck! Das schmeckt ja scheußlich!«, stellt er überrascht fest und sieht mich verzweifelt an.
»Ich hab mich echt ganz genau an das Rezept gehalten. Oh Val! Das kannst du doch nicht essen!«, ruft er und nimmt mir die halb volle Gabel aus der Hand. Gleich danach schnappt Leon sich auch noch meinen Teller und verschwindet in der Küche. Ich folge ihm und kann gerade noch sehen, wie er alles in den Müll schmeißt.
»Ich bestell Pizza! Tut mir echt leid! Ich … bin nicht so gut in solchen Sachen. Das hier ist mein allererstes Date überhaupt. Also bei dem es nicht nur um eine Bettgeschichte geht. Und ich bin gerade dabei, es total in den Sand zu setzen. Tut mir leid, Val!«, gibt Leon verlegen zu. Er ist total verunsichert und das tut mir wirklich leid. Ich will doch gar nicht, dass er so einen Zirkus veranstaltet. Das ist doch auch nicht meine Welt. Jetzt gehe ich einfach auf ihn zu, lege einen Arm um ihn und streiche beruhigend über Leons Rücken. Dabei lächle ich ihn aufmunternd an. Leons Ausdruck bleibt etwas gequält, aber er atmet tief durch.
»Okay! Plan B! Welche Pizza willst du?« Oha! Keine typische Leonfrage, auf die ich leicht antworten kann. Aber dann drückt er mir grinsend ein Stück Kreide in die Hand und deutet auf die Tafel in meinem Rücken, die mir bis

eben noch gar nicht aufgefallen ist. Genau wie im Wohnzimmer auch, hängt eine riesige Tafel an der Wand.
Was soll das? Ein unbestimmtes Kribbeln breitet sich in mir aus, und als ich meine Lieblingspizzasorte auf die Tafel schreibe, zittert meine Hand ein wenig. Dann ruft Leon beim Bringdienst an und bestellt.
»Das dauert jetzt noch ein bisschen. Aber vielleicht kann ich dir dann doch schon einiges erklären«, eröffnet Leon und kann nicht verbergen, wie unwohl er sich dabei fühlt.

Oh Shit! Leon ist echt so richtig nervös. Es scheint viel für ihn auf dem Spiel zu stehen und ich hab jetzt auch ein bisschen Angst. Ich weiß ja nicht, was er mir sagen will. Vielleicht hat er mir was zu beichten. Aber ich bin auch nicht sicher, ob ich ihm alles verzeihen könnte. Wenn er vielleicht mit einem anderen Typen was laufen hatte, dann würde mir das schon ziemlich zusetzen und ich weiß nicht, ob ich Leon dann jemals vertrauen könnte. Aber mittlerweile bin ich mir schon recht sicher, dass er ernsthafte Absichten mit mir hat. Sonst würde er bestimmt nicht so einen Aufriss machen und wäre nicht so schrecklich aufgeregt.
»Val! Ich weiß gar nicht, wo ich anfangen soll. Aber vielleicht sollte ich als Erstes einiges klarstellen. Dass ich den Eindruck vermittelt habe, dass ich kein Interesse mehr an dir habe, tut mir wirklich leid. Das ist so weit weg von der Wahrheit, dass ich gar nicht auf so eine Idee gekommen bin. Ich hatte die letzten Tage wirklich viel zu tun. Als ich bei meinen Eltern war, hat sich einiges geändert. Mein Vater dreht zwar immer noch ab, aber das Schreiben von deinem Vater hat seine Wirkung nicht verfehlt. Die Angst vor einer Klage und die Wirkung in der Öffentlichkeit haben

ihn ziemlich getroffen und er hat eingelenkt. Also genau genommen hat er mich einfach ignoriert. Er hat kein einziges Wort mit mir geredet und meiner Mutter alle Entscheidungen überlassen. Mama ist ... nun ja ... sie hat so ihre eigene Art mit Vater umzugehen. Sie kann ihn ganz gut manipulieren, ohne, dass er das bemerkt. Sie würde nie gegen ihn das Wort erheben oder ihm vor anderen, nicht einmal vor uns Kindern, widersprechen. Aber trotzdem bekommt sie irgendwie immer, was sie will. Und sie wollte meine Wohnung. Sie konnte ihn wirklich dazu bringen, ihr das ganze Haus zu überschreiben. Vater hat das gleich alles von seinen Anwälten regeln lassen. Und da das Haus jetzt Mama gehört, hat sie mir einfach die Wohnung geschenkt. Da ist noch ein bisschen Papierkram zu erledigen, aber bald gehört diese Wohnung ganz offiziell mir. Und Vater hält sich aus allem raus. Mutter konnte ihm begreiflich machen, dass ich so keinen Aufstand machen würde und er Ruhe vor mir hätte. Und mein Konto gehört jetzt auch ganz und gar mir und wurde mit einer exorbitant hohen Summe aufgefüllt. Damit erkauft sich mein Vater das Gefühl, mich in der Hand zu haben. Er fordert, dass ich keine große Sache aus meiner Homosexualität mache und die eben nicht mit der Firma in Verbindung bringe. Er will mich nie wieder sehen und einen Job bekomm ich erst recht nicht von ihm. Aber das will ich auch gar nicht. Sobald ich wieder zu Hause war, hab ich auch gleich meine ersten Bewerbungen ausgedruckt und persönlich abgegeben. Das macht sich ganz gut, denn der Nachname meines Vaters schindet bei Einigen ganz schön Eindruck. Die wollten sofort mit mir reden und mich ausfragen, wieso ich nicht in der Firma meines Vaters anfangen will. Deshalb hatte ich auch so schnell zwei Termine für informelle

Vorstellungsgespräche. Das ging dann plötzlich alles so schnell. Vater würde es furchtbar nerven, wenn ich bei einem seiner Konkurrenten anfange. Das wissen die natürlich auch und haben mir schon sehr attraktive Angebote gemacht. Aber dazu kann ich dir später noch mehr erzählen, falls es dich interessiert. Und da ich dann auch endlich wieder an meine ganzen Unterlagen ran kam, hab ich meine Masterarbeit, die hier schon fast fertig rumlag, gedruckt und eingereicht. Ich hatte einfach so wahnsinnig viel zu tun, dass ich nicht gemerkt habe, wie schnell die Zeit vergeht. Sonst hätte ich mich ganz bestimmt öfter bei dir gemeldet. Ich hab einfach nicht drüber nachgedacht, weil mein Kopf so voll war mit dem ganzen Krempel«, erklärt Leon ziemlich hektisch. Jetzt sieht er mich fragend an und erwartet wohl eine Reaktion von mir. Ich versuche mich in einem Lächeln. Aber ich versteh immer noch nicht, wieso er mir nicht gesagt hat, dass er zurück von seinen Eltern ist. Er hat mich doch angelogen und das ist wohl kaum damit zu erklären, dass er keine Zeit hatte. Und genau das frage ich Leon, indem ich ihn vor die große Tafel im Wohnzimmer ziehe und meine Frage mit Kreide aufschreibe.
»Ich weiß Val! Und das tut mir wirklich leid! Ich ... ich würde dir das gerne zeigen«, antwortet Leon.

Er reicht mir seine Hand und zieht mich mit sich in den Flur. Seine Handfläche ist ganz feucht und jetzt ist er sogar noch nervöser als sowieso schon. Ich hab echt ein bisschen Schiss vor dem, was jetzt kommt.
»Also, die Wohnung gehört ja jetzt mir und deshalb habe ich ein paar Umbauten gemacht. Hier zum Beispiel«, erklärt Leon und deutet auf die Tafel, etwas kleiner als die

im Wohnzimmer, aber ebenfalls mit Kreide ausgestattet. Ich verstehe noch nicht ganz, worauf Leon hinaus will. Und schon gar nicht, warum er daraus so ein Geheimnis gemacht hat.

»Solche Tafeln gibt es jetzt in jedem Zimmer. Vielleicht findest du das albern, aber ich dachte, es wäre eine gute Idee. Und ich habe ein paar neue Möbel gekauft. Das kann man natürlich alles noch ändern. Also hier,« Leon zieht mich in ein Arbeitszimmer, »stehen jetzt zwei Schreibtische. Ich habe auch neue Laptops bestellt, die müssten morgen ankommen. Hier gibt es superschnelles W-Lan und viel Platz für Bücher und den ganzen Krempel. Natürlich könntest du auch deine eigenen Möbel noch unterbringen, wenn du die lieber magst.« Leon redet einfach weiter, aber ich kann ihm gerade nicht folgen. Meine Möbel? Ich soll hier arbeiten? In seinem Arbeitszimmer? Ich kapier gar nichts mehr. Hat er die Tafeln überall wirklich für mich angebracht? Mein Herzschlag beschleunigt sich noch einmal um einiges, als ich mir das durch den Kopf gehen lasse. Aber dann schiebt Leon mich schon weiter in ein anderes Zimmer, in dem es noch ein wenig nach frischer Farbe riecht. Ist echt riesig, diese Wohnung.

»Und das wäre dann dein Reich. Ist nichts Besonderes. Ich hab die letzten Tage mit Renovieren verbracht. Das hier war mal mein Partyraum, mit Bar und fetter Musikanlage. Aber den ganzen Krempel habe ich rausgeschmissen. Ich hoffe, es gefällt dir. Aber wenn nicht, kannst du alles ändern, ganz wie du willst«, redet Leon hektisch auf mich ein und ist mit seinen Nerven schon fast am Ende.

Wir stehen in einem großen hellen Raum, in den meine Wohnung komplett reinpassen würde und trotzdem hätten ganz bequem noch ein bis zwei Elefanten Platz. Der Raum

hat dieselbe Farbe wie mein altes Zimmer bei meinen Eltern. Überhaupt sieht es dem ziemlich ähnlich, nur ist es viel größer. Es gibt sogar eine Ecke mit Postern von Placebo! Das hat er doch nicht wirklich getan? Und da, an der riesigen Pinnwand, genau wie bei mir zu Hause, hängen auch schon ein paar Bilder, einige von mir und ein paar von Leon. Es gibt sogar eines, wo ich meine schlammige Eisteefrisur habe und ich mich an Leon lehne. Paul muss das damals mit seinem Handy gemacht haben. Ich bin total baff! Mit so etwas hab ich doch niemals gerechnet.
»Val, es tut mir alles so leid«, beginnt Leon zu erklären.
»Ich wollte dich damit überraschen. Ich habe dir so viele Umstände gemacht und mich meistens wie ein Vollidiot aufgeführt und jetzt wollte ich zumindest etwas davon wieder gut machen. Ich habe mal wieder nicht nachgedacht! Ich war so beschäftigt, weil ich mein Leben so schnell wie möglich wieder in geregelte Bahnen lenken wollte, dass ich gar nicht auf die Idee gekommen bin, dass du das falsch verstehen könntest. Dieses ganze Beziehungsdings ist doch noch so neu für mich und ich habe das Gefühl, je mehr ich versuche, alles richtig zu machen, desto mehr verbocke ich. Ich habe mich nicht getraut, dich einfach so zu fragen, ob du bei mir einziehen willst. Ich musste dir doch erst mal zeigen, dass ich auch etwas ohne deine Hilfe auf die Reihe bekomme. Und ich hatte gehofft, dass dir das Zimmer so gut gefällt, dass du nicht Nein sagen kannst. Ich wollte einfach, dass alles perfekt ist, wenn du herkommst.«
Was? Fragt Leon mich wirklich gerade, ob ich bei ihm einziehen will? Ganz offiziell? Nein! Das kann er so doch nicht meinen. Ich hab das bestimmt falsch verstanden. Irritiert sehe ich Leon an. Ich kann das einfach nicht glauben.

»Val, wir haben doch sowieso schon fast zwei Monate in deinem Zimmer zusammengewohnt. Und die Vorstellung in dieser riesigen Wohnung wieder ganz allein zu sein, hat mir gar nicht gefallen. Meine Wohnung bietet auch viel mehr Platz. Also versteh das nicht falsch, ich fand es wirklich toll bei dir, aber für zwei Personen war es manchmal etwas eng. Und zuerst dachte ich, dass das sowieso nicht geht. Ich dachte, es müsse anders laufen. Ich dachte, wir müssen noch einmal ganz von vorn anfangen, um zu sehen, wie es läuft. Aber dann hat es sich vollkommen falsch angefühlt und ich wollte nicht wieder ein paar Schritte zurückmachen. Val! Ich will mit dir zusammen sein und ich will das volle Programm. Und da kam ich auf die Idee, naja, ich dachte, vielleicht würdest du hier einziehen wollen? Aber bevor ich dich das fragen konnte, musste ich dir auch ein angemessenes Zimmer anbieten können. Also hab ich all meine Jungs zusammengetrommelt und mit ihnen alles renoviert und die Möbel aufgebaut. Paul war da erstaunlich geschickt. Nur als es ans Streichen dieses Zimmer ging, hatte er wohl schon etwas zu viel Bier intus«, lächelt mich Leon an. Deshalb also die laute Musik und die offenen Fenster.

Ich komme schon wieder nicht mit. Er will wirklich, dass ich bei ihm einziehe? Er hat das alles für mich gemacht?

Aber dann redet er schon weiter:

»Und der Kuss im Club hatte wirklich nichts zu bedeuten. Das war Stefan Lohmann, unser Werbefachmann. Also war. Mein Vater hatte mich ja gezwungen, ihn zu feuern und deshalb wollte ich mit ihm reden und ihm alles noch einmal erklären. Wir sind schon seit ein paar Jahren ziemlich gut befreundet. Wir haben uns im Club kennengelernt

und sind recht schnell im Darkroom gelandet. Also ja, vor ein paar Jahren hatten wir einen One-Night-Stand, aber mehr ist da nicht gelaufen. Ehrlich! Und das ist wirklich schon sehr lange her. Von ihm habe ich allerdings ein Jobangebot bekommen. Deshalb hab ich ihm im Club zum Dank den Kuss auf die Wange gegeben. Und der Rest war nur, weil ich dich gerade mit Daniel Hand in Hand im Club entdeckt hatte. Da sind mir die Sicherungen durchgebrannt.« Leons Wangen färben sich knallrot und er versucht seine Verlegenheit zu überspielen.
»Stefan meinte, dass er sich schon sehr darauf freut, mich durch die Gegend scheuchen zu dürfen. Aber er hat echt was drauf und ich kann bestimmt `ne Menge von ihm lernen.`Allerdings wäre das etwas ganz anderes als die Arbeit für meinen Vater oder bei einem seiner Konkurrenten. Aber ich denke, das wäre genau das Richtige für mich. Und dass wir mal was miteinander hatten, ist für uns kein Problem. Ich wollte nur noch nicht zusagen, weil ich nicht sicher war, wie du darüber denkst.« Was? Er will mein Einverständnis? Für einen Job? Ich versteh die Welt nicht mehr! Aber momentan kann ich nichts tun, als starr in der Ecke zu stehen und diese ganzen Informationen auf mich wirken zu lassen.
»Du kannst natürlich ganz in Ruhe über alles nachdenken. Das ist kein Problem. Lass dir so viel Zeit, wie du willst!« Aber es ist offensichtlich, dass es für ihn doch ein Problem ist. Er ist so richtig nervös deswegen und wartet angespannt auf meine Antwort. Ich versteh nicht, wieso er so wahnsinnig viel Angst hat. Er weiß doch, wie sehr ich ihn liebe. Doch plötzlich überkommt mich der Verdacht, dass ich mit dieser Annahme vielleicht total falsch liege. Woher sollte Leon denn so eine Gewissheit nehmen? Ich hab ihm

nie wirklich gesagt, wie viel er mir bedeutet. Irgendwann habe ich mal aufgeschrieben, dass er mir wichtig ist. Aber das kann doch alles und nichts bedeuten. Und Leon hat gesagt, dass er mich liebt! Er hat es mir klar und deutlich gesagt und ich habe ihm nicht geantwortet! Oh, ich bin so ein Idiot! Wenn ich an Leons Stelle wäre, würde ich jetzt wohl vor Anspannung ohnmächtig werden. Er gesteht mir seine Liebe und fragt mich, ob wir so richtig zusammenwohnen und ich stehe bloß blöd in einer Ecke herum und kann mich nicht rühren, weil plötzlich so viel auf mich einstürzt. Ich bin echt erbärmlich. Wenn Daniel oder Roman mich jetzt sehen könnten, würden sie mir wohl einen heftigen Tritt in den Hintern verpassen. Aber jetzt muss ich das irgendwie allein hinbekommen.

Langsam hebe ich meine Hand, ganz genau verfolgt von Leons Blick, der jetzt nervös auf seine Unterlippe beißt. Dann knicke ich den Mittel- und den Ringfinger ein, genau dieselbe Geste, die Leon in dem Club gemacht hat. ›Ich liebe dich!‹ Wie in Zeitlupe sickert die Bedeutung in Leons Bewusstsein und seine Mundwinkel ziehen sich nach oben. Die Anspannung fällt schlagartig von ihm ab und das atemberaubendste Leon-Lächeln trifft mich mitten ins Herz.

»Val!«, sagt Leon ehrfürchtig und er sieht unfassbar schön aus, weil er sich meinetwegen so sehr freut. Leons Arme schließen sich um mich und er presst mich ganz fest an sich.

»Val!«, drückt er sogar noch ein bisschen fester zu.

»Ich werde das irgendwie hinbekommen, diese Beziehungssache.« Ich spüre seine Wärme, seinen Duft, seinen

rasenden Herzschlag. Leons Atem kitzelt mich leicht an meinem Ohr:
»Ich liebe dich! Und es tut mir leid, dass ich so lange gebraucht habe, um das zu kapieren.« Ich bin vollkommen überwältigt und halte mich einfach an seinem starken Körper fest. Leon ist nicht perfekt. Ganz bestimmt nicht. Aber er ist genau richtig für mich und ich kann kaum glauben, dass er jetzt wirklich zu mir gehört.

Das Klingeln des Pizzaboten reißt uns dann erst mal wieder auseinander. Das passiert uns viel zu oft und ich denke ernsthaft darüber nach, in Zukunft lieber selbst zu kochen. Wobei das dann ganz sicher meine Aufgabe wird, denn das, was Leon da als Essen bezeichnet hat, möchte ich nicht noch einmal auf dem Tisch haben.

Wenig später sitzen wir zusammen an dem großen Esstisch und verdrücken unsere Pizzen. Jetzt hab ich sogar richtig Hunger, da die Anspannung der letzten Tage einfach von mir abgefallen ist. Leon geht es ähnlich. Je länger wir reden, desto mehr kommt der alte Leon durch. Der, der so selbstbewusst ist, immer gut gelaunt und fröhlich. Leon erzählt mir von seinen Vorstellungsgesprächen, von dem Besuch bei seinen Eltern und überhaupt von allem, was ich in den letzten Tagen nicht mitbekommen habe.
Er hat für mich sogar so ein teures Tablet besorgt, auf dem ich jetzt, ganz gemütlich auf dem Sofa sitzend und an ihn gelehnt, meine Antworten für ihn tippen kann. Es fühlt sich fast wie ein ganz normales Gespräch an. Ich brauche auch gar nicht viel zu tippen, da Leon oft schon nach wenigen Buchstaben weiß, was ich meine. Es fühlt sich fast an wie sprechen, ohne diese lästige Warterei. Mithilfe der Tablets

kann ich ihm dann sogar von Daniel erzählen, davon, dass Melli mich angerufen hat und auch die Details meiner Stalkeraktion lasse ich nicht aus. Leon entschuldigt sich noch gefühlte tausend Mal, dass er nicht dran gedacht hat, dass ich ihn vermissen könnte. Aber auch er begreift langsam, dass seine Nervosität vollkommen überflüssig war und neben mir sitzt wieder der alte Leon. Der, den ich vor ein paar Monaten noch aus der Ferne angehimmelt habe. Ein bisschen erwachsener ist er geworden, vorsichtiger und aufmerksamer, aber er ist immer noch der Mann, in den ich mich so Hals über Kopf verliebt habe.

Reden tut gut. Ehrlich. Es war höchste Zeit. Natürlich bestätige ich Leon auch noch, dass ich wirklich bei ihm einziehen möchte. Und den Job bei Stefan kann er von mir aus auch haben. Wie könnte ich nach diesem Abend noch an Leons Aufrichtigkeit zweifeln? Außerdem dürfte Daniel sich darüber auch ziemlich freuen. Es ist wirklich unfassbar, was Leon alles in vier winzigen Tagen auf die Beine gestellt hat. Er hatte Bewerbungsgespräche, seine Masterarbeit ist abgegeben und seine riesige Wohnung hat er komplett renoviert! Dass das überhaupt möglich ist! Kein Wunder, dass Leon keine Zeit für mich hatte. Wie kann er da bloß denken, dass ich ihn für einen Versager halte? Aber Leons Vater hat ihm dieses Gefühl doch recht deutlich vermittelt und ganz egal, ob er ein Arsch ist, er ist immer noch Leons Vater und so was tut weh. Auch einem Mann wie Leon.

Kapitel 25

Und jetzt? Jetzt sind wir zusammen. Ich kann es noch gar nicht glauben. Ich wohne mit meinem Freund in einem Luxusappartement. Ich sitze hier mit meinem Freund in unserem Wohnzimmer und wir reden. Aber ehrlich gesagt bin ich der Meinung, wir haben für heute genug geredet. Da gibt es noch ein paar andere Dinge, die ich jetzt wahnsinnig gern mit meinem Freund machen würde.
Ganz vorsichtig trippeln meine Finger zu Leon, bis zu seiner Hand und dann winden sich meine Finger zwischen seine. Leons Blick trifft meinen und dann bildet sich ein zaghaftes Lächeln in seinem Gesicht, das blitzschnell zu einem süffisanten Grinsen wird. Leon hebt unsere verschlungenen Hände an und zieht mich so ganz sanft aber bestimmt zu sich, ganz nah. Er duftet so wahnsinnig gut. Und für ein paar Sekunden drücke ich ihn fest an mich und atme seinen Geruch ein, einfach um sicherzugehen, dass dieser Moment echt ist. Dann spüre ich Leons Lippen an meiner Halsbeuge, ganz zart. Sofort bildet sich eine Gänsehaut und ich sinke noch tiefer in seine Arme. Langsam ziehen sich seine Küsse federleicht über meinen Hals bis zu meinen Lippen. Leons feuchte Zungenspitze kitzelt an meiner Oberlippe und ich hauche einen Kuss darauf. Dann senken sich Leons Lippen auf meine. Wir küssen uns. Und obwohl wir das schon oft getan haben, fühlt sich dieser Kuss wie der Erste an. Der Erste, bei dem keiner von uns unsicher ist, bei dem keine Fragen zwischen uns stehen, der erste Kuss, den wir beide ganz ausgiebig genießen können.

Leons große, kräftige Hände legen sich in meinen Nacken, halten mich fest, führen mich und ich lasse mich fallen. Ich brauche mehr davon, mehr von ihm. Breitbeinig setze ich mich auf Leons Schoß, um seinen Körper dichter zu spüren. Leon lehnt sich zurück, lächelt zu mir hoch und hält mich fest. So bin ich ein bisschen größer als er, gerade so, dass er ein klein wenig zu mir aufsehen muss. Aus dieser Perspektive ist er auch einfach nur wunderschön. Mein Leon eben. Seine warmen Hände schleichen sich unter mein Hemd, streicheln zärtlich über meinen Rücken und ziehen mich noch dichter an ihn. Sein Kuss ist verzehrend, sein Becken zeigt deutlich, dass Leon schon sehr erregt ist. Und das allein, die Tatsache, dass dieser wahnsinnig atemberaubende Mann scharf auf mich ist, lässt mir sofort das Blut in die Lenden schießen und beschleunigt meinen Herzschlag. Meine Hände vergraben sich in Leons Haaren, vielleicht etwas zu grob, aber ich bin gerade nicht imstande mich zurückzuhalten. Ich will Leon, so sehr. Obwohl wir uns schon so nah sind, fühlt es sich an, als würde jede einzelne Zelle meines Körpers von ihm angezogen. Ich muss mehr von ihm spüren. Aber Leon ist noch mit den Knöpfen meines Hemdes beschäftigt und es irritiert mich ein wenig, dass er schon wieder so ein Musterbeispiel an Selbstbeherrschung ist. Doch als ich mein Becken über seinem Schritt kreisen lasse, lodert sein Blick auf und ein Keuchen entkommt ihm. Schnell ziehe ich mir das Hemd über den Kopf, um gleich darauf auch Leon von seinem Shirt zu befreien. Haut an Haut. Wundervoll. Sein betörender Duft intensiviert sich mit dieser unglaublichen Körperwärme, die von Leons muskulösem Oberkörper ausgeht. Sanft streicheln Leons Finger über meine Haut, aber das geht mir nicht schnell genug. Ich bin so

erregt und will jetzt mit ihm schlafen. Am liebsten sofort. Für ein langes Vorspiel habe ich beim besten Willen keine Geduld.
Etwas umständlich krabbele ich von Leon herunter und ziehe ihn mit mir ins Schlafzimmer. Leon wirkt ein wenig irritiert, aber als ich vor dem großen Bett stehe und mir die Hose und die Unterhose abstreife, lacht er leise auf. Dieses tiefe, leicht amüsierte und wahnsinnig erregende Lachen habe ich schon viel zu lange nicht mehr gehört. Und mit dieser unglaublichen sexy Stimme sagt Leon:
»Val! Hast du es wirklich so eilig?« Was für eine Frage! Ich rolle mit den Augen und nicke heftig, was ihm gleich noch so ein tiefes Lachen entlockt. Wie ist es bloß möglich, dass mich so etwas Simples wie ein Lachen total um den Verstand bringt? Und als Leon dann auch seine restlichen Sachen zu Boden fallen lässt und nackt vor mir steht, muss ich echt nach Luft schnappen. Seinem herausfordernden Grinsen entnehme ich, dass ihm mal wieder mehr als bewusst ist, was sein Anblick mit mir anstellt. Es ist ja auch nicht zu übersehen, dass sich meine mittlere Körperregion ziemlich stark in seine Richtung reckt.
Mit langsamen Schritten kommt Leon auf mich zu, gibt mir einen viel zu kurzen Kuss und legt sich dann quer auf das Bett.
»Komm her Val!«, fordert er mich mit heiserer Stimme auf und ich gehorche. Sofort ist er über mir, sein schwerer Körper, der mich bedeckt, mit wohliger Wärme einhüllt und seine Lippen, die meine verwöhnen. Ich schlinge meine Beine um Leons Hüften und presse sein Becken an meines. Unsere Schwänze reiben aneinander und für mich ist das fast schon zu viel. Ich kann nicht mehr warten. Im Nachtschrank suche ich nach Kondomen und Gleitgel.

Dann bin ich doch ein klein wenig verunsichert und weiß nicht so recht weiter. Aber Leon nimmt mir das Kondom aus der Hand, packt es lächelnd aus und will es über meinen Penis streifen. Doch ich halte ihn zurück. Fragend hebt Leon eine Augenbraue und folgt meinem Blick, der eindeutig auf seinen Penis gerichtet ist. Er ist ganz schön groß und ich hab jetzt doch ein bisschen Angst. Aber ich bin entschlossen, es jetzt zu versuchen. Ich muss einfach wissen, wie es ist, Leon in mir zu spüren. Ich nehme ihm das Kondom ab und will es über seinen steifen Schwanz rollen, aber Leon hält meine Hände fest. Hab ich was falsch gemacht? Will er mich gar nicht?

»Val? Möchtest du das wirklich?«, fragt Leon ganz deutlich und sieht mich offen an. Ich nicke hektisch und weiß selbst, dass das nicht sehr überzeugend aussieht. Ich hab Schiss, aber ich will es trotzdem. Ich werde auch morgen noch Schiss haben, wenn wir es heute nicht tun. Leon schmunzelt. Oder amüsiert er sich über … nein! Ich sollte endlich aufhören, ständig an mir selbst oder an Leon zu zweifeln. Ein guter Vorsatz! Ich atme tief durch und nicke dann noch einmal ruhig und ernsthaft.

»Okay, Val! Ganz wie du willst!«, lächelt Leon mich süffisant an und ich bilde mir sogar ein, dass sein Penis dabei erwartungsvoll gezuckt hat. Leon nimmt mir das Kondom wieder aus der Hand und legt es zur Seite. Dabei lächelt er mich an:

»Gleich, Val! Hab nur ein klein wenig Geduld!«, säuselt er an meinem Ohr und zieht mich ein Stück nach unten, sodass ich bequem auf dem Rücken liege. Geduld ist im Moment nicht unbedingt meine Stärke. Leon legt sich auf mich, schiebt meine Beine auseinander und positioniert sich dazwischen. Er stützt sich auf den Ellenbogen ab und

mit der freien Hand wandert er über meine Brust. Ungeduldig schiebe ich seine Hand tiefer und Leon tut mir den Gefallen. Endlich umschließt er meinen Schaft und reibt über die Spitze. Ich bin so sehr erregt, dass ich mich jetzt schon konzentrieren muss, um nicht gleich zu kommen. Leon scheint das zu bemerken, lässt von meinem Schwanz ab und streift hauchzart zwischen meinen Pobacken entlang. So zart, dass ich es kaum spüre und ich mich seiner Berührung entgegen dränge, um ihn ein wenig zur Eile anzutreiben. Aber Leon ist offensichtlich fest entschlossen, sich ganz viel Zeit zu lassen. Das treibt mich gerade in den Wahnsinn. Also greife ich nach der Tube Gleitgel und halte sie ihm direkt vor die Nase. Jetzt muss Leon doch lachen.
»Du bist wirklich sehr ungeduldig, Val!«, gibt er gespielt streng von sich. Ich nicke nur zustimmend und bekomme von ihm noch so ein wundervolles Lächeln geschenkt. Und einen Kuss, der mir beweist, dass es ihm ganz ähnlich geht. Er hat sich nur besser unter Kontrolle. Leon gibt ganz viel Gleitgel auf seine Finger und verteilt die kühle Creme zwischen meinen Pobacken. Dann massiert er meinen Eingang, wobei er immer wieder ein ganz klein wenig dagegen drückt. Als er dann endlich ein kleines Stück in mich hinein gleitet, stöhne ich laut auf und presse sofort meine Lippen zusammen. Ich mag es nicht, wenn mir so unwillkürliche Laute entkommen. Das klingt ziemlich befremdlich. Aber Leon macht es mir verdammt schwer, das zu kontrollieren. Jetzt sieht er mich so warm an, gibt mir einen zärtlichen Kuss und flüstert dann:
»Entspann dich, Val! Ich mag es, wenn du stöhnst.« Jetzt sehe ich ihn doch etwas verwirrt an. Das kann man doch nicht mögen!

»Ach verdammt, Val! Ich mag einfach alles an dir! Ich liebe es, wie sich deine blonden Haare kringeln. Ich finde es faszinierend, wie sich deine Gefühle in deinem Gesicht widerspiegeln und ich dich verstehen kann, ohne, dass du etwas sagst. Ich liebe diese Narbe, die sich so anders anfühlt und mich immer dazu verleitet, sie zu küssen. Ich liebe es, wie du dich mir hingibst, deine Ungeduld, das tiefe Verlangen in deinem Blick und diese Laute, die dir nur entkommen, wenn du so erregt bist, dass du die Kontrolle über dich selbst verlierst. Val, du hast wirklich keine Ahnung, wie anziehend du bist. Und jetzt, wenn deine Wangen vor Verlegenheit rot glühen, dann kann ich gar nicht genug von deinem Anblick bekommen.« Noch ehe er zu Ende gesprochen hat, dringt sein Finger tiefer in mich und streift über meine Prostata. Erneut muss ich aufkeuchen und Leon lächelt mich zufrieden an. Er bewegt sich in mir und ich kann mich nicht von seinen Augen lösen. Ich bin vollkommen überfordert, von seinen Worten, seinen Berührungen und seinem intensiven Blick.
Leon dehnt mich. Ich weiß nicht genau, was er macht, aber ich glaube, er hat schon einen zweiten Finger in mich geschoben. Ich kann mich nur hilflos an ihm festkrallen und kämpfe um jeden Atemzug und einen kleinen Rest an Kontrolle. Aber als Leon weiter meine Prostata massiert und sein Becken dichter an mich schiebt, sodass mein Schwanz über seinen festen Bauch streift, kann ich es nicht mehr aufhalten. Ich komme so heftig, dass mir kurz schwarz vor Augen wird und mein Sperma verteilt sich klebrig auf Leons und meinem Bauch.
Ich halte mich an Leon fest und verstecke mein Gesicht an seiner Schulter, während ich ganz langsam wieder zu Atem komme. Das ist so peinlich, aber ich konnte es wirklich

nicht mehr hinauszögern. Am liebsten würde ich jetzt im Erdboden versinken.

»Fuck Val!«, sagt Leon atemlos und ich mache mich schon auf eine seiner Sticheleien gefasst, als er mich mal wieder überrascht:

»Du bist so verdammt heiß, wenn du kommst. Ich musste mich gerade echt zurückhalten, um nicht selbst Hand anzulegen.« Trotzdem ist es mir peinlich und ich sehe nur zögerlich in Leons Gesicht.

»Oh nein, Val! Das ist doch nicht dein Ernst! Wenn du es wagst, deswegen jetzt ein schlechtes Gewissen zu haben, dann werde ich das niemals wieder tun! Haben wir uns verstanden, Val?«, sagt Leon streng zu mir. Ich nicke zögerlich und dann lächelt Leon mich an.

»Wunderbar! Ich bin nämlich noch lange nicht fertig mit dir!« Da ist so ein gieriger Unterton in seiner Stimme, der über meine Haut kribbelt. Aber mir bleibt keine Zeit, um über irgendetwas nachzudenken, denn Leon verwickelt mich in einen ungestümen Kuss. Schnell und hungrig saugt er an meinen Lippen und spielt mit meiner Zunge, folgt dann meiner Narbe hinab und malt sie mit seiner Zunge nach. Mein Körper, der gerade hypersensibel ist, reagiert mit einer Gänsehaut und in meinem Penis kribbelt es schon wieder. Leon wandert tiefer und streift wie zufällig mit seinem stoppeligen Kinn über meine Spitze. Das versetzt mir so einen stimulierenden Stromschlag, dass mein Blut rasend schnell wieder in meinen Schwanz befördert wird.

Da ist es wieder, dieses tiefe, leise Lachen. Es scheint Leon zu gefallen, dass ich so stark auf ihn reagiere. Aber als seine Lippen sich um meine Härte schließen und ich tief in seine Mundhöhle gleite, muss ich mich schon wieder am Bett festkrallen, um nicht von meinen eigenen Emotionen überrannt zu werden. Ich möchte ihn jetzt anflehen, mich endlich zu nehmen. Ich bin mehr als bereit dafür. Aber so einfach kann ich das nicht.

So kontrolliert, wie es mir gerade möglich ist, winkle ich ein Bein an und schubse Leon mit meinem Knie ein Stück von mir weg. Und er lässt mich langsam aus seinen geröteten Lippen gleiten. Ein wenig verunsichert schaut Leon in mein Gesicht und ich richte mich auf, um ihn mit mir zusammen nach oben zu ziehen. Er scheint mich zu verstehen. Und als ich meine Hand zwischen unsere Körper gleiten lasse, hält er sogar den Atem an, den er keuchend mit meiner ersten Berührung seines Schaftes entlässt. Mit der anderen Hand taste ich nach dem Kondom. Während ich es über Leons Penis rolle, beobachtet er ganz genau mein Gesicht. Eigentlich sollte ich mich unter seiner Musterung unwohl fühlen. Aber ich weiß noch ganz genau, was er nach unserem ersten Versuch im Bett gesagt hat. Er hätte mich genau ansehen sollen, damit ihm auffällt, wenn etwas nicht stimmt. Und jetzt seinen prüfenden Blick auf mir zu spüren, gibt mir eher ein Gefühl der Sicherheit.

Leon positioniert seine Arme links und rechts neben meinem Kopf, stützt sich auf seine Ellenbogen und eine Hand fährt zärtlich durch meine Haare.

»Val, du bis so unglaublich schön. Weißt du das eigentlich?« So wie er das sagt, ist mir auch egal, ob das stimmt. Hauptsache, er meint es so. Und so wie er mich bei diesen Worten ansieht, ist es ihm ernst. Nicht nur das Kompliment, sondern das hier, mit mir, mit uns, einfach alles.

Zielsicher schließe ich meine Hand um Leons Härte und führe ihn zu meinem Eingang. Leon presst fest seine Lippen aufeinander und atmet tief durch. Langsam erhöht er den Druck und beobachtet dabei ganz genau mein Gesicht. Als er den ersten Widerstand überwindet, zieht es ein bisschen, aber das ist nicht unangenehm. Ganz im Gegenteil, es macht mir überdeutlich bewusst, was hier passiert. Ich kann ihn spüren, jeden Millimeter von Leons perfektem Penis, der sich unendlich langsam in mich schiebt. Es kostet ihn wahnsinnige Anstrengung, sich so zurückzuhalten. Seine Lippen sind zu einem schmalen Strich zusammengepresst und auf seiner Stirn bildet sich ein hauchzarter, glänzender Schweißfilm. Mit meinen Händen streichle ich über Leons knackigen Po, kneife zärtlich hinein, was Leons Gesichtszüge ein bisschen entspannt. Dann schließe ich meine Hände um seine Pobacken und ziehe ihn dichter zu mir, sodass Leon tiefer in mich eindringt. Keuchend entweicht Leons Atem und seine Hand legt sich an meine Wange. Dann beugt er sich zu mir herunter und seine Lippen legen sich auf meine. Ein zärtlicher Kuss, sanft und leise. Ob Leon damit mich oder eher sich selbst beruhigen will, kann ich nicht sagen. Sein zitternder Atem streift über meine Lippen, während er sich ganz in mir versenkt. Dann hält er inne und gibt mir ein klein wenig Zeit, mich an dieses unglaubliche Gefühl zu gewöhnen.

»Ich liebe dich, Val!«, flüstert er ganz leise an meinen Lippen und mein Herz macht einen riesigen Sprung.

Der perfekte Moment mit dem perfekten Mann, der die perfekten Worte sagt. Und ich wünschte mir wirklich, ich könnte darauf antworten. Aber ich kann ihn nur anlächeln, was ihn immerhin auch zum Lächeln bringt.

»Ich weiß es doch, Val!«, sagt er mit sanfter Stimme zu mir und ich ziehe ihn in eine viel zu feste Umarmung. Eher eine Umklammerung, weil ich nicht weiß, wie ich sonst mit den ganzen Gefühlen fertig werden soll, die gerade durch meine Blutbahn wirbeln.

Behutsam bewegt sich Leon in mir. Er beobachtet mich und ich halte mich an ihm fest. Sein Atem geht stoßweise und das leichte Zittern seiner angespannten Muskeln zeigt mir, dass Leon kämpft, um seinen Höhepunkt noch hinauszuzögern. Aber ich will nicht, dass er sich zurückhält. Ich will, dass er sich einfach nur fallen lässt. Mit meinen Händen auf Leons Pobacken treibe ich ihn zu höherem Tempo an. Leon seufzt hilflos meinen Namen und dann dringt er noch einmal tief in mich und kommt mit einem kehligen Laut in mir. Ich kann es spüren. Ich kann fühlen, wie sein Penis pulsiert. Tief in mir. Überwältigend schön. So viel Nähe. Mein Leon!

An diesem Abend schlafen wir nicht bloß miteinander, wir machen Liebe! Ich weiß, das klingt so richtig kitschig, aber so ist es nun mal. Na gut, so war es beim ersten Mal. Beim zweiten Mal ist es schon ein wenig leidenschaftlicher und beim dritten Mal haben wir es eher wie die Karnickel getrieben. Erst als es draußen schon wieder hell ist, schlafe ich ganz dicht an Leon gekuschelt ein. Ich bekomme gerade noch mit, wie er mir eine Haarsträhne aus der Stirn streicht und ein »Schlaf gut!« zuflüstert.

Zum ersten Mal schlafe ich mit Leon in unserem Bett. Zum ersten Mal wache ich in unserem Bett neben ihm auf. Und schon beim ersten Blick in Leons entspanntes Gesicht, kurz bevor er aufwacht, wird mir klar, dass ich nie wieder allein in meinem Bett aufwachen werde. Da sind keine Sorgen und keine Zweifel mehr. Ich bin angekommen, irgendwie zu Hause. Ich wohne jetzt hier. Mit Leon, dem Mann, den ich so wahnsinnig liebe. Dann öffnet er seine Augen und sieht mich direkt an. Sofort taucht dieses wahnsinnig schöne Leon-Lächeln in seinem Gesicht auf. Meinetwegen. Leon brummt ein zufriedenes »Guten Morgen!« und küsst mich. Eine wundervolle Art, einen neuen Tag zu beginnen.

Epilog

Bald ist mein Geburtstag.
Leon und Daniel wissen, dass ich dem mit gemischten Gefühlen entgegensehe. Aber ich habe irgendwie das Gefühl, dass die beiden etwas aushecken. Das macht mich nervös. Normalerweise verkrieche ich mich an meinem Geburtstag gern und ertrinke in Selbstmitleid. Aber dieses Jahr wird daraus wohl nichts. Ich weiß nicht, ob ich das wirklich gut finde.

Ich wohne jetzt schon seit einigen Monaten mit Leon zusammen. Er erlaubt mir natürlich nicht, Miete zu bezahlen. Aber dafür erlaube ich ihm nicht, zu kochen. Da haben wir beide was davon. Es ist alles wunderbar. Ich bin glücklich. Ich freue mich jeden Tag, neben Leon aufzuwachen. Er hat den Job bei Stefan angenommen und Daniel wohnt auch schon lange hier in der Stadt. Meine alte Wohnung wollte er nicht, weil er sich beim besten Willen nicht vorstellen konnte, allein zu wohnen. Ich bezweifle, dass seinem WG-Mitbewohner klar war, worauf er sich da einlässt. Wir sehen uns häufig. Überhaupt unternehmen wir alle viel zusammen. Wir gehen oft in diesen Club und einmal konnte Leon mich sogar dazu überreden, mit ihm in den Darkroom zu gehen. Nur, um mal zu gucken. Mir war gar nicht klar, dass die das toll finden. Also, wenn andere gucken. Doch das ist wirklich nichts für mich. Aber ich hab da ein paar Anregungen bekommen, mit denen ich Leon in unserem Bett in den Wahnsinn treiben kann. So wie gestern Abend und fast jeden anderen

Abend auch. Ich liebe es einfach, mit Leon zu schlafen. Eigentlich liebe ich alles an ihm. Er ist perfekt für mich und ich kann immer noch nicht glauben, dass er dasselbe von mir denkt. Aber so ist es. Er liebt mich. Auch, wenn er es mir nicht so oft sagt, weiß ich, dass es so ist. Leon ist eben doch kein großer Romantiker. Aber das hat er mir ja von Anfang an gesagt. Und ich vermisse das auch nicht. Er zeigt mir trotzdem auf seine Weise, wie wichtig ich ihm bin. Das wird mir schon bewusst, wenn ich mich nur in unserer Wohnung umschaue und überall die Tafeln sehe. Sogar im Bad ist eine. Mittlerweile haben wir sogar einen Kurs in Gebärdensprache gemacht. War seine Idee. Er hat sich das zu seinem Geburtstag von meiner Mama gewünscht und sie hat uns natürlich freudestrahlend zwei Plätze in ihrem Kurs reserviert. Und als Daniel davon gehört hat, war er ganz empört, dass wir ihn nicht auch gefragt haben. Er hat höchstpersönlich bei Mama angerufen und sie regelrecht angebettelt, auch mitmachen zu dürfen. Mama vergöttert Daniel und er fühlt sich auch sehr wohl in unserer Familie und ist bei allen Geburtstagspartys mit dabei.
Apropos Geburtstag. Darf man da nicht normalerweise ausschlafen, so lange man will?
Nein! Was soll denn das! Ich bin noch nicht wach! Ich will noch schlafen! Mürrisch schiebe ich Leon von mir weg und weigere mich beharrlich, die Augen zu öffnen. Bestimmt ist es draußen noch dunkel. Wenn er doch nur nicht so zärtlich an meinem Hals knabbern würde. Er weiß ganz genau, dass ich dem nicht lange widerstehen kann. Und jetzt kratzt er noch mit seinen Bartstoppeln über die empfindliche Haut in meiner Halsbeuge. Ja, gut. Er hat gewonnen. Ich gebe mich geschlagen, drehe mich zu ihm und lasse mich mürrisch nach hinten ins Kissen fallen. Leon murmelt

zustimmend und wandert mit seinen Lippen tiefer und tiefer und tiefer und Ohhh! Plötzlich bin ich gar nicht mehr müde. Aber klar denken geht nicht. Fest schließen sich Leons Lippen um meinen Schaft, massieren ihn in schnellem Rhythmus und seine Zunge tanzt um meine Eichel. Leon nimmt keine Rücksicht auf mein Wimmern, treibt mich zielstrebig weiter bis zu einem überwältigenden Höhepunkt, der mich angestrengt nach Luft schnappen lässt. Wow! Das war kurz und heftig. Leon krabbelt wieder zu mir hoch und ich lege meinen Kopf auf seine Schulter. Seine Fingerspitzen ziehen sanfte Kreise auf meiner Haut und dann flüstert er mir leise ins Ohr:

»Herzlichen Glückwunsch, Val!« Mhmmm, wenn ich so geweckt werde, ist Geburtstaghaben doch gar nicht so schlecht. Dann will ich mal nicht so sein und mich dem heutigen Tag stellen.

Es ist der 5. Oktober. Geburtstag. Wie jedes Jahr. Aber dieses Jahr ist irgendwas anders.

Sanft knabbert Leon an meinem Ohrläppchen und bringt mich so zum Kichern.

»Los aufstehen! Du Schlafmütze! Wir haben heute viel vor!« Jetzt bin ich wirklich irritiert! Viel vor? Eigentlich würde ich mich doch ganz gern unter der Bettdecke verkriechen. Aber Leon würde ich mitnehmen. So ein Geburtstag im Bett ist bestimmt ganz nett! Ohje, jetzt fang ich auch schon an, zu reimen. Ich bin gut gelaunt. Das fühlt sich merkwürdig an. Selbst, wenn ich an Roman denke, fühle ich mich gut. Er wäre bestimmt stolz auf mich. Und er würde sich für mich freuen. Und mit Sicherheit würde er mir einen Tritt in den Allerwertesten verpassen, wenn ich meinem Freund den Spaß verderbe, bloß weil ich mal wieder in Selbstmitleid zerfließe.

Also gut! Ich habe heute Geburtstag! Das ist mein Tag! Ich bin die Hauptperson, zumindest in meiner kleinen Welt. Und Leon ist schon ganz hibbelig. Ich bin gespannt, was er im Schilde führt und ich bin festentschlossen, mir und ihm heute nicht den Spaß zu verderben. Also springe ich aus dem Bett und ziehe Leon mit mir ins Bad unter die Dusche.
»Hui! Da ist wohl jemand neugierig geworden und kann es kaum erwarten, seine Geschenke zu bekommen!«, neckt er mich lachend und gibt mir einen Klaps auf meinen nackten Hintern.

Wir duschen zusammen. Das machen wir schon lange so. Nur wegen der Umwelt natürlich, spart ja Wasser. Nach dem Anziehen will ich in die Küche, aber Leon reicht mir meine Jacke.
»Heute frühstücken wir auswärts!« Und dann huscht er schon an mir vorbei durch die Tür. Etwas verdattert folge ich ihm und dieses angenehme Kribbeln in mir breitet sich immer weiter aus. Auf dem Weg nach unten schaue ich noch in den Briefkasten und finde einige bunte Geburtstagskarten. Es ist toll, dass so viele Leute an mich gedacht haben. Dann piept mein Handy. Es ist eine Videonachricht von Jana und Matthias.
Sie haben der winzig kleinen Lena ein Partyhütchen aufgesetzt, das ihr gleich wieder vom Kopf rutscht. Sich selbst haben sie Luftschlangen umgehängt. Alle drei lachen in die Kamera, werfen Konfetti und Jana singt ›Happy Birthday‹ während Matthias in eine Partytröte bläst. Das ist so lieb, obwohl Lena die Tröte nicht so toll findet und gleich anfängt zu weinen. Aber ich freue mich riesig und ich bedanke mich gleich bei den frischgebackenen Eltern.

Leon drängelt schon ein Bisschen und zieht mich aufgeregt durch die Straßen. Wir gehen in das kleine Café, dahin, wo Leon und ich das erste Mal miteinander ›gesprochen‹ haben. Wow, das ist irgendwie süß und eigentlich nicht Leons Art. Als wir ankommen, sehe ich schon meine Eltern an einem großen Tisch sitzen. Ich glaub es nicht! Mama und Papa sind extra hergekommen, um mit mir zu frühstücken? Sogar Daniel ist hier! Damit hatte ich wirklich nicht gerechnet.

Wir haben seit dem Unfall, der Roman das Leben kostete, keinen meiner Geburtstage mehr gefeiert. Meist gab es einige Tage später ein paar Geschenke für mich, aber die Stimmung war immer sehr bedrückend. Aber heute nicht! Heute strahlen mich vier Augenpaare an und sie freuen sich mit mir. Alle stürzen sich gleichzeitig auf mich, gratulieren mir, umarmen mich und sind mindestens so glücklich wie ich. Die Überraschung ist wirklich gelungen und ich freue mich wahnsinnig. Das Frühstück verläuft sehr aufgeregt und alle reden durcheinander. Besonders Daniel und meine Mama verstehen sich blendend und überschlagen sich beim Reden, so als wollten sie sich gegenseitig überholen. Aber trotzdem entgehen mir nicht die Blicke, die sich Mama, Papa, Daniel und Leon heimlich zuwerfen und ich werde das Gefühl nicht los, dass da noch etwas auf mich zukommt.

Nach dem ausgiebigen Frühstück, das sich bis in den frühen Nachmittag hinzieht, verabschieden sich meine Eltern und Daniel von Leon und mir. Mein Vater klopft Leon aufmunternd auf die Schulter, so als wolle er ihm viel Glück

wünschen und Daniel scheint ihm mit seinem verschwörerischen Zwinkern Ähnliches sagen zu wollen.
Ich werde so langsam nervös. Ich habe ein recht angespanntes Verhältnis zu Geburtstagsüberraschungen. Ich mag sie einfach nicht. Die letzte endete für mich und meine Familie in einer Katastrophe. Aber das wird heute bestimmt anders. Ich sollte mir deswegen keine Gedanken machen und es einfach auf mich zukommen lassen. Aber insgeheim hoffe ich, dass Leon nicht gleich mit mir ins Auto steigt. Ich glaube, das wäre zu viel für mich.

Leon schlendert mit mir durch die Straßen und weigert sich, mir zu verraten, wo es hingeht. Wir sind Richtung Bahnhof unterwegs und tatsächlich gehen wir wenige Minuten später durch die große Eingangshalle. Wir fahren mit dem Zug! Das hat Leon doch mit Absicht gemacht. Wir fahren sonst nie Zug. Wir nehmen immer den Wagen. Ich falle ihm um den Hals und drücke ihn, einfach, weil er an so etwas gedacht hat. Weil er sich immer so viele Gedanken um mich macht und mir jeden Wunsch von den Augen ablesen will.
»Val!«, lacht er mich an und weiß ganz genau, was ich denke. In den letzten Monaten hat er diese Fähigkeit perfektioniert. Vielleicht hat Mama ihm auch was von ihrer mütterlichen Superkraft abgegeben. Ich weiß es nicht. Aber wir brauchen selten mehr als unsere Hände, um uns zu verständigen und mit diesen tollen Tafeln in unserer Wohnung und der Gebärdensprache läuft es super. Aber Leon will immer noch nicht damit rausrücken, wo wir hinwollen und so langsam werde ich echt hibbelig. Aber das mag auch an ihm liegen, denn Leon ist auch nicht gerade entspannt. Wir steigen in einen Zug und ich ärgere mich

gerade, dass ich in der Aufregung gar nicht auf die Anzeigetafel geguckt habe, die zweifelsohne den Zielbahnhof angezeigt hat. Egal. Wir sitzen im Zug und ich lehne mich an Leon. Er nimmt sogar meine Hand in seine, kann ja auch kaum jemand sehen. Mit Zärtlichkeiten in der Öffentlichkeit sind wir meist etwas zurückhaltender. Denn es ist nicht unbedingt selten, dass man als Schwuler verbal angegriffen wird. Und man weiß ja nie, an was für Idioten man gerät. Die muss man ja nicht unbedingt provozieren. Wenn wir allerdings mit Freunden im Park unterwegs sind oder Leon mich von der Uni abholt, dann verstecken wir uns auch nicht.

Den Haltestellen nach zu urteilen, sind wir Richtung Bremen unterwegs. Und schlagartig rutscht mir buchstäblich das Herz in die Hose und ich spüre einen Anflug von Panik.
Ich habe versucht, nicht darüber nachzudenken, was Roman vor elf Jahren mit mir zu meinem Geburtstag machen wollte. Aber ich konnte nicht verhindern, dass ich spekuliert habe, wohin wir mit dem Auto wollten. Und eine Option, in meinen Augen die wahrscheinlichste Variante, war, dass wir zur A1 unterwegs waren, bevor der Unfall passierte. Vielleicht nach Bremen oder sogar bis nach Hamburg.
Aber nein, das ist unmöglich! Leon kann nicht herausgefunden haben, was Roman mit mir vorhatte. Dann wäre ich doch selbst bestimmt auch schon drauf gekommen.

In Bremen am Hauptbahnhof steigen wir aus. Ich hab keine Ahnung, was Leon vorhat, aber er ist sich seiner Sache sicher und geht zielstrebig auf eine Straßenbahn zu. Er hat sogar schon die richtigen Tickets für uns. Wir fahren Richtung Weser und müssen dann noch ein Stück auf dem Hafengelände herumlaufen, bis wir vor einer riesigen Halle stehen. In großen roten Buchstaben steht Pier 2 darüber und es sieht aus wie eine Konzerthalle. Aber jetzt, am Nachmittag ist hier doch ganz bestimmt nichts los. Ich frage mich, was wir hier wollen. Leon führt mich hinein. Es scheint niemand hier zu sein, trotzdem sind alle Türen offen. Hat Leon das alles geplant? Wir sind ganz allein in dieser überdimensionierten Konzerthalle. Und ich bin so richtig verwirrt. Dann geht plötzlich das Licht aus und die Partybeleuchtung auf der Bühne wird angeschaltet. Bunte Scheinwerfer erhellen die Halle und tanzen um uns herum. Sogar eine Nebelmaschine wurde angeworfen. Es ist unglaublich. So habe ich mir das immer vorgestellt, damals als Roman und ich noch geplant hatten, einmal zusammen zu einem Placebo Konzert zu gehen.

Leon stellt sich ganz dich vor mich und legt seine Arme um meine Taille. Dann geht die Musik los. Und schon beim ersten Ton schießen mir Tränen in die Augen. ›Without you I'm nothing‹ von Placebo ertönt und bringt den Boden unter mir zum Vibrieren. Der Song erfüllt mich, scheint in meinem ganzen Körper wieder zuhallen. Ohne mich loszulassen, reicht Leon mir einen Flyer. Keine Ahnung, wie lange er den schon in der Hand hält. Das Papier ist schon ziemlich alt und ich hab ein wenig Angst, ihn mir durchzulesen. Leon nickt mir aufmunternd zu, aber er ist sogar noch angespannter als ich. Tapfer greife ich nach dem Stück Papier. Ein Werbezettel für ein Konzert. Für das Konzert. Aber es sind drei Zettel. Hinter dem Flyer sind noch zwei Eintrittskarten. Karten für ein Placebo-Konzert für 47,50 DM. Freie Platzwahl. Placebo live im Pier 2 am 5. Oktober 2001. An meinem 14. Geburtstag, dem Tag, der einfach alles verändert hat. War das Romans Überraschung für mich? Und ich dachte, er wollte vielleicht mit mir ins Spaßbad oder zum Minigolf. Aber vielleicht hätten wir genau hier gestanden, Roman und ich.

»Val?«, dringt Leons Stimme ganz leise zu mir durch.

»Deine Eltern, Daniel und ich haben uns zusammengesetzt. Wir haben die unterschiedlichsten Szenarien durchgespielt, aber mit allen Informationen, die wir zusammentragen konnten, erschien uns diese Möglichkeit am wahrscheinlichsten. Roman hatte dir doch so einen Konzertbesuch versprochen. Ein paar Wochen vor dem Unfall hat er deine Mutter gefragt, ob sie dir so etwas erlauben würde, wenn er verspricht, die ganze Zeit auf dich aufzupassen. Das hatte sie schon wieder vergessen, aber als wir so gegrübelt haben, fiel es ihr wieder ein. Daniel hat dann einfach auf gut Glück gegoogelt. Wir waren selbst überrascht, als er diesen Volltreffer landete. Ich habe dann einen Kumpel gefragt, dessen Vater hier arbeitet und der konnte dann im Archiv sogar noch die Flyer und ein paar Eintrittskarten finden.« Leon deutet auf die Zettel in meiner Hand.

»Es passt alles zusammen! Wir wissen natürlich nicht mit Sicherheit, ob es genau das war, was Roman für deinen Geburtstag geplant hatte, aber wir alle waren uns einig, dass es das wirklich gewesen sein könnte. Roman trug bei dem Unfall sogar ein passendes Bandshirt und ein weiteres hatte er bei sich, vermutlich für dich. Das ist deiner Mutter dann auch noch eingefallen.« Ich starre Leon einfach nur an. Alle Puzzleteile, von denen ich mir nie erlaubt habe, sie alle zusammenzusetzen, ergeben plötzlich ein lückenloses Bild! Sogar die Musik, die im Auto lief, war eine CD der Band. Ich erinnere mich daran, wie Roman mir kurz zuzwinkerte, als er sie anschaltete. Mit einem Mal erinnere ich mich wieder! Roman trug seine schwarze Lederjacke. Aber nicht die Gute, sondern die, die schon etwas abgenutzt war. Er hatte sie immer zu Konzerten an, weil er meinte, dass es da nicht so tragisch wäre, wenn er einer brennenden Kippe zu nahe kommt. Und in seiner Brusttasche steckten Zettel! Genau solche Zettel, wie ich sie jetzt in der Hand halte. Ich habe nur die paar Zentimeter sehen können, die aus der Tasche herauslugten, aber es waren ganz sicher die selben Farben. Jedes Detail passt perfekt. Das war es, was Roman mit mir vorhatte! Ich bin ganz sicher!

»Val? Ist das zu viel? Ich war nicht sicher, ob … » Leon hat Angst, dass ich es nicht verkrafte. Er macht sich vermutlich schon seit Tagen Gedanken, ob das hier eine gute Idee ist. Aber das ist es. Ich bin ihm so dankbar. Ich lasse mich gegen ihn fallen, lehne meinen Kopf an seine Schulter, halte mich an ihm fest und lasse mich von ihm sanft im Rhythmus der Musik wiegen. Er hält mich umschlungen und haucht einen Kuss auf meinen Scheitel.

Und plötzlich fühlt es sich gut an. Ich kann wieder atmen. Die Panik ist weg. Und die Ungewissheit auch. Irgendwie fühlt es sich an, als hätte Leon mir ein Stück von Roman geschenkt, eines, von dem ich vorher nichts wusste. Er hat mir etwas gegeben, das ich nicht für möglich gehalten hätte und das macht es jetzt noch unendlich viel wertvoller für mich. Ich habe etwas Neues über meinen Bruder erfahren, nach so langer Zeit. Das macht ihn in diesem

Moment für mich wieder lebendig. Es macht mich traurig und zugleich unheimlich glücklich.

Es hätte auch anders kommen können. Es gab Zeiten, da habe ich mir das gewünscht. Ich habe mir gewünscht, dass nicht ich, sondern Roman hätte weiterleben dürfen. Damals habe ich gedacht, er würde es besser hinbekommen, einfach lebendiger sein. Wenn alles nur ein kleines bisschen anders gekommen wäre, hätte es auch mich treffen können. Aber ich stehe jetzt hier. Ich bin noch da und ich habe ein Leben. Ich habe den tollsten Freund, den man sich nur wünschen kann. Ich weiß, dass er diesen Titel ausgewählt hat, seine Art, mir zu zeigen, wie sehr er mich liebt. Und meine Familie, zu der ich auch Daniel zähle, haben natürlich mitgeholfen. Und heute ist es fast so, als wäre ein Teil von Roman auch dabei. An diesem Tag, meinem Geburtstag, dem ersten seit sehr langer Zeit, haben alle Menschen, die ich liebe und die mich lieben, einen Platz.
Ich lebe und ich liebe mein Leben!

-ENDE-

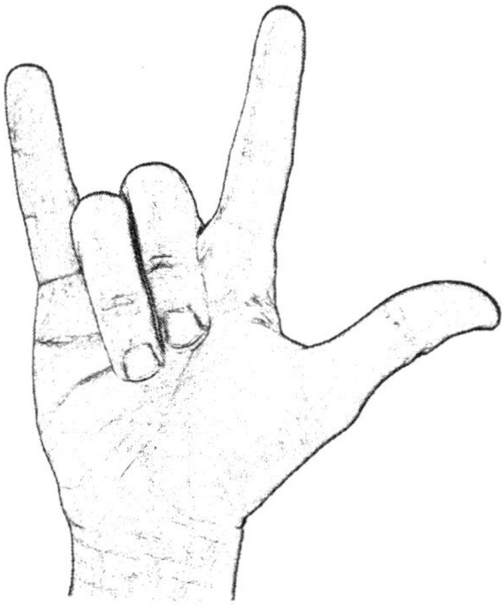

Empfehlungen

Zuckerstangen und Herzchenwaffeln

(Taschenbuch und eBook)

Chris, ein nerdiger Mathematiker und Weihnachtsmuffel, verkrümelt sich über die Feiertage in eine Holzhütte im Nirgendwo. Anton ist in einer Rostlaube unterwegs zu seiner Familie und bleibt mitten in der Pampa hinter einer Schneewehe liegen. Bibbernd vor Kälte steht er in glitzerndem Rentiershirt und mit Zuckerstangenhaaren bei Chris vor der Tür. An besinnliche Stille ist nun nicht mehr zu denken.
Quietschbunt, glitzernd und mit himmelblauen Augen verdreht Anton seinem Retter den Kopf.

Eine süße Weihnachtsgeschichte, gewürzt mit Humor, Glühwein und Liebe.

Briefe von einem Werwolf

(Taschenbuch und eBook)

Ich würde so gern bei dir bleiben, mit dir leben, jeden einzelnen Tag mit dir teilen und mit dir gemeinsam alt werden. Aber ich kann den Wolf in mir nicht kontrollieren und das macht mir höllische Angst. Ständig kämpfe ich gegen die Bestie um die Vorherrschaft in diesem Körper. Viel zu oft gewinnt der Wolf und wandelt sich, ohne dass ich mich dagegen wehren kann. Doch ich sorge dafür, dass er dich nie wieder verletzt. Ich werde gehen und nie mehr zu dir zurückkommen. Nur so kann ich dich vor ihm beschützen.

Marek ist ein Werwolf, der seinen menschlichen Freund vor dem Tier in ihm beschützen möchte. Eine gemeinsame Zukunft scheint ihm unmöglich. Doch Kai ist so tief mit Marek und seinem Wolf verbunden, dass er nicht ohne ihn durchs Leben gehen will.

Salzig wie das Meer

(kostenlose Kurzgeschichte)

Die Tür wird geöffnet und sofort kehrt das Zittern in seine Glieder zurück. Ich presse ihn an mich, verberge ihn mit meinem Körper vor ihren Blicken. Diesmal nicht! Ich werde ihn nicht gehen lassen. Sollen sie mich nehmen, aber auf keinen Fall ihn. Nicht dieses Mal.

Eine Geschichte über zwei Männer, die ein Schicksal teilen, die hoffen und lieben. Zwei Männer, die selbst in Freiheit nie wirklich frei sein werden.

Impressum

Mail: coco.zinva@gmail.com

Coco Zinva
Triangel 20
24229 Schwedeneck

5560772R00203

Printed in Germany
by Amazon Distribution
GmbH, Leipzig